KB162321

효행설화 연구

이 저서는 2022년도 대한민국 교육부와 한국학중앙연구원(한국학진흥사업단)
해외한국학 씨앗형 사업의 지원을 받아 수행된 연구임(AKS-2022-INC-2230003)

효행설화 연구

호남지역 효행설화를 중심으로

이병일 李炳一

역락

머리말

효는 한국인들이 가장 소중하게 여기는 윤리적 덕목이며 지금도 전해지는 미풍양속이다. 교육학적 안목에서 보면 효는 직접적인 인격과 탁월한 지혜를 획득하는 방법적 원리이기도 하다. 영국의 역사학자 토인비는 한국의 효 사상과 가족제도 등의 설명을 듣고, 눈물을 흘렸다고 한다. 그는 인류를 위해서 가장 필요한 사상이라며 서양에도 한국의 효 문화를 전파해 달라고 부탁한 일화가 있다.

이처럼 효 교육사상은 고대 한국인의 전통문화를 자연스럽게 계승하고 있는 한국인의 미덕이며 훌륭한 전통 교육사상이다. 그런데 한국이 지닌 빼어난 문화 중 하나로 손꼽히며 사회를 유지하는 근간으로 기능하였던 효는 어찌 된 일인지 오늘날의 한국과 중국의 젊은 세대에겐 고리타분한 전통의 하나로 여겨지고 있다. 경제적 풍요를 목표로 하여 달려온 현대사회는 인간성의 상실과 퇴폐풍조를 만연시켜왔으며 인간다운 행동을 망각해왔다.

한국인의 전통교육사상은 현대에 있어서도 보편성을 지니고 있는 탁월한 교육사상이라 하겠다. 따라서 한국인에 있어 효는 가장 중시하는 덕목 또는 가장 소중하게 여기는 미풍양속을 넘어 현대에 있어서도 인격교육의 방법론과 지혜로서 그 의미와 가치를 충분히 지니고 있다고 자부한다. 윤리의 붕괴, 전통가치관의 단절, 가정에서의 자녀교육의 실종, 청소년들의 타락 등 오늘날 우리 가정, 우리 사회가 겪고 있는 총체적 위기를 벗어날 수 있는 것은 바로 '인격을 중시'하고 '조상을 숭배'하는 한국인의 오랜 문화전통인 효 사상이며 효행 교육이라 할 수 있겠다.

첫 시작이 아마 1998년이 아닌가 기억된다.

필자가 효행설화에 관심을 가지게 된 것은 대학원 석사과정 중이었던 1998년이었다. 대학 1학년이었던 1990년은 '민속학도'의 꿈은 있었지만 대학 성적도 대학 생활도 바닥이었던 자유분방한 시기였다. 세상은 워낙 빨리 돌아가고 혼란한 시기였고, 전공서 한 권도 제대로 읽지 못한 학생은 민속학을 배운다고 난리법석을 떨었던 것을 상상해 보라. 한자도 제대로 읽지 못하면서 문헌설화를 공부한다하고 현장연구(FieldWork)도 한 번도 하지 못한 게으름뱅이가 민속학을 전공하러 대학원에 들어간다는 것은 지금 생각해도 내 꼴이 우습기만 하다.

대학과 대학원 생활. 이렇게 10년의 세월을 보냈다. 삼국시대의 설화부터 조선말기에 이르는 기록으로 실려 있는 문헌설화를 공부해보니 그 양이 너무 많아 놀랐고, 모두 한문으로 기록되어 있어 번역하는데도 한 세월이라 또 놀랐다. 선배 학자들의 번역서를 읽는 것도 일이면 일이라 게으름뱅이 나는 구비설화에 눈을 돌렸다. 점심을 굶어 가면서 모은 거금으로 『한국구비문학대계』 85권(자료집 82책, 부록 3책)을 구입하였다. 필자는 책장에 잘 진열되어 있는 두꺼운 책들의 자태에 감동하면서 '이제는 내가 학자가 다 되었구나' 하면서 행복한 환상에 빠지게 되기도 하였다.

아무튼 이 책들을 보면서 나는 어떻게 이것을 분류하고 또 어떻게 정리할 것인가? 앞으로 몇 년을 더 공부를 해야 학문의 마침표를 찍을 수 있을 것인가? 이런 저런 행복한 상상으로 필자는 석사 논문 '화순군 설화 연구'를 시작할 수 있었다. 내친김에 필드워크도 하고 문헌설화와 구비설화도 함께 연구하여 대단한 논문을 써야겠다고 마음먹었다. 하지만 학문의 깊이도 끈기도 없었던 필자였기에 대충 논문을 완성하고 학위 과정을 마쳐야만 했다.

아무튼 문헌설화 연구에 깊이도 없고 끈기도 없었던 게으른 필자는 박사 과정에서도 설화연구에 대한 미련을 버릴 수 없었다. 박사 학위 논문을 쓰기 시작했던 2005년은 이제는 고인이 되신 아버지의 병마로 인해 필자나 필자의 가정 안팎으로 어려움을 많았던 시기였다. 효행과 관련된 자료를 찾고 정리하면서 설화의 효자 효녀들의 고통을 조금이나마 이해할 수 있었고 나 또한 알게 모르게 그들이 되어가고 있다는 사실을 알게 되었다.

아버지와 함께 했던 5년여 시간. '오랜 병에 효자없다'는 말이 있지만 필자는 운 좋게도 효자아들이라 불리며 아버지를 하늘나라에 보내 드릴 수 있었다. 하지만 마음으로 위로받아야 할 가족과는 이별을 감수해야 했고, 2010년 중국 천진으로 건너가 지금까지 이곳에서 살게 되었다.

한국을 떠나 중국에 온 지 13년이 되어간다. 반백의 나이가 되어서야 집안 어느 구석에 처박아 놓았던 "효행설화 연구"에 대한 집필을 시작하였다. 지금 시작하는 첫 발을 내딛었는데 무사히 출간할 수 있을지 걱정이다. 나의 나태함과 게으름, 학문적 소양의 부족함이 나에게 있어 큰일이라 할 수 있는 이 일을 감당할 수 있을까 심히 걱정이다.

책머리에 꼭 적어 두고 싶은 말은 필자의 졸고가 앞으로 우리나라 효행설화 연구에 미력이나마 도움이 되었으면 하는 마음이 간절하다. 일반 독자뿐만 아니라 한국어를 배우는 외국의 수많은 후학들이 이 책을 통해 우리 선조들의 효행의식과 생활태도를 이해하여 우리의 가정, 우리 사회가 겪고 있는 총체적 위기를 벗어날 수 있는 계기가 되었으면 한다.

필자의 졸고를 흔쾌히 받아 주시고 어려운 출판을 맡아 아름답게 책을 꾸며 주신 도서출판 <역락>의 이대현 사장님, 이태곤 이사님, 편집부의 임애정 대리님, 디자인팀 이경진 대리님께 아울러 깊은 감사를 드리는 바이다.

자녀를 위해 최선을 다하셨던 고인이 되신 아버님과 치매로 인해 아들의 얼굴조차 몰라보시는 어머님께 이 책을 바친다. 묵묵히 옆에서 내조를 감당하고 있는 아내 조정희 님께도 깊은 감사를 드린다.

2023년 봄의 길목에서.

이병일

차례

제3장
효행설화의 사회적 의미 · 169

제4장
호남지역 효행설화의 전승의식 · 195

제5장
결론 · 205

제1장

효행설화 연구

1. 연구의 목적

설화는 그 시대 민중들의 지혜와 사상, 신앙, 습속, 그리고 생활 감정이 솔직하게 그려져 있는 정신문화의 유산으로, 오랜 세월에 걸쳐 그 형식과 내용이 끊임없이 변화해오며 전해지는 문학이다. '전승(傳承)'이라는 특수성을 고려해 볼 때 설화는 입에서 입으로 전해지는 전대(前代) 민중들의 생활 흔적이며 민중의 지혜가 녹아 흐르는 민중들의 정신적 소산이자 문화유산이다.

효행설화는 효행과 관련한 사람들의 이야기이다. 인간의 기본 성정(性情)인 효행은 시대와 사회 환경에 따라 그 나름의 노력을 통해 지금의 모습으로 전해져 오고 있다. 효행설화는 문자가 없었던 고대에는 수많은 민중들의 입을 통해 전해져 왔는데 문자화되고 문헌에 정착하게 되면서부터 기록자의 사상과 입맛에 맞게 사회교화(社會敎化)에 도움이 될 만한 것만 기록으로 남게 되기도 하였다.[1]

구비설화가 문자화된다고 해서 모든 이야기가 기록의 대상이 된다는 말은 아니다. 문자를 사용하는 계층은 민중보다는 상당한 지식을 가진 관료 계급이거나 지배계층이었다. 비식자층인 민중들은 여전히 그들의 방식인 구전(口傳)을 통해 설화의 명맥을 유지해 나갔다. 그래서 설화를 기록문학(記錄文學)이 아니라 구비문학(口碑文學)이라고 한다. 설화는 구전(口傳)을 통해 그 존재를 유지해 간다. 설화는 민중들의 보통의 말과 그들의 삶을 통해 만들어 가고 이야기 구조에 힘입어 전승되어진다. 처음 누군가에 의해서 시작된 이야기는 입에서 입으로 전해지면서 점차 다양한 변모하는 과정을 겪는다. 그리고 또다른 누군가의 입을 통해서 전해지기에 특정 마을의 범위를 넘어서 전파(傳播)되기도 한다. 설화는 전승과 전파의 과정을 이어가면서 끊임없이 변모한다. 동일한 설화일지라도 시대나 지역, 그리고 구연자에 따라서 내용이 달라지기도 한다.

설화를 말하는 구연자는 본인이 들은 이야기의 세세한 부분까지 그대로 기억하고 있다가 고스란히 그것을 전승하는 것은 아니다. 해당 설화의 핵심인 구조를 기억하고, 거기에 이야기꾼 나름의 수식을 덧붙여서 전승한다. 그렇기 때문에 설화는 입으로 전하기에 적합하고, 단순하면서도 나름대로 잘 짜여진 구조를 지니고 있고 표현 역시 복잡하지가 않다. 이야기를 하고 들을 수 있는 장소와 분위기만 조성된다면 언제 어디서든 구연(口演)할 수 있는 특징을 지닌다. 구연자는 청자의 반응을 의식하면서 구연하게 된다. 이렇게 구연되어진 설화는 언제, 누가, 어디에서 만들었고 누구로부터 들은 이야기인지는 중요하지도 않다. 설화는 민중들의 삶의 이야기를 민중들의 입을 통해, 입에서 입으로 전하는 이야기이기에 구체적으로 그 출처를 정확히 알 수는 없다.

---

1) 김현룡, 『한국문헌설화』, 건국대출판부, 1999, 4쪽.

설화는 처음에 누군가에 의해 시작되었을 것이다. 그리고 그 누군가에 의해 시작된 이야기는 또 다른 누군가의 입을 통해 입에서 입으로 전해지면서 수많은 변모의 과정을 겪게 된다. 특정 가정이나 마을의 범위를 벗어나 공간을 초월해서 전파(傳播)되기도 한다. 한 지역에서 전승하는 설화와 비슷한 유형의 설화들이 세계 곳곳에서 전해지기는 것도 그렇다. 설화의 전체적인 줄거리나 일부 삽화, 혹은 모티프의 차용 등으로 동일한 형태의 설화들이 전국적으로 또는 세계적으로 보이기도 한다.

그런데 동일한 설화라도 지역이나 구연을 하는 구연자나 기록자에 의해 그 내용이 일부 달라지기도 한다. 이를 설화의 '변이(變移)'라고 하는데 변이의 폭은 지역과 개인에 따라 크거나 작을 수 있다. 기록되어 전해지는 문학은 작자와 독자, 그리고 그 내용이 항상 고정적이다. 그러나 설화는 말을 하는 사람인 화자와 듣는 사람인 청자가 항상 고정되어 정해져 있지 않다. 설화를 전하는 사람이 때로는 듣기도 하고, 설화를 듣던 사람이 때로는 전하는 사람이 되기도 한다. 이러한 특징으로 설화의 시간과 공간은 확장되고 확대되어 다양한 설화를 재생산해 낸다. 설화의 변이로 형성된 또 다른 설화는 유능한 설화 전승자에 의해 또 다른 하나의 이야기로 만들어진다.

이렇게 변이로 인해 만들어진 설화의 내용은 동일하게 존재할 수 없다. 설화에서 일어나는 변이는 일정한 경향성을 띠고 있는데 대체로 설화의 전체적인 골격은 그대로 유지하고 부분적으로 변화하거나 바뀌는 경우가 대부분이다. 설화 연구 분야 가운데 설화의 형성과 변화에 주목하는 연구로 유형별로 변이의 양상을 살피는 연구가 있는가 하면 변이된 설화가 어떻게 형성 되었는지 주목하는 연구, 더 나아가 기록문화로 수용된 설화의 양상을 연구하는 연구도 있다.

한국의 효행설화는 전국적인 분포를 보이며 전승되고 있다. 효행설화는

인간담(人間譚)으로 부모와 자식의 관계에서 자식이 부모에게 효행을 하는
내용의 설화로 효행민담과 효행전설로 나눌 수 있다. 효행전설은 특정 지
역의 특정 인물을 주인공으로 하는 인물전설로 많이 나타난다.[2] 효행설화
는 비특정 지역 비특정 인물의 효행에 관한 이야기이다. 주로 문헌에서 자
주 찾아 볼 수 있고, 구비전승된 설화에서도 다양하게 나타난다.

『삼국사기(三國史記)』「열전(列傳)」편에는 일반 백성에 속하지만 예사롭지
않은 효행을 행한 인물들이 나온다. 흉년으로 굶주리고 병든 노모를 위해
허벅지 살을 잘라 드리고 종기의 고름을 빨아내는 효행을 행한 '향덕(向德)',[3]
노환으로 거친 음식을 드시기 어려운 어머니를 위해 넓적다리 살을 베어
먹이며 어머니의 사후에는 어머니를 위해 불공을 드린 '성각(聖覺)',[4] 홀어
머니를 봉양하기 위해 품팔이, 구걸, 종살이를 한 '효녀 지은(孝女 知恩)'[5]이
바로 그 예이다.

『삼국유사(三國遺事)』「효선편(孝善篇)」에도 '진정(眞定)', '대성(大城)', '향득
(向得)', '손순(孫順)', '빈녀(貧女)' 5인의 효자 효녀가 등장한다. 가난한 총각
병사인 진정(眞定)은 품팔이로 홀어머니를 봉양하고 출가를 통해 어머니의
극락왕생을 기원한 효를 행했다.[6] 이외에도 내세를 위해 전재산을 보시(布

---

2) 최래옥, 『한국구비전설의 연구』, 1981, 80쪽.
3) 『三國史記』「列傳」向德, "年荒民饑, 加之以疫癘, 父母飢且病, 母又發癰, 皆濱於死, 向德,
   日夜不解衣, 盡誠安慰, 而無以爲養, 乃剖髀肉以食之, 又吮母癰, 皆致之平安"
4) 『三國史記』「列傳」聖覺, "後歸家養母以老病難於蔬食割股肉以食之. 及死至誠爲佛事資
   薦."
5) 『三國史記』「列傳」聖覺, 孝女知恩韓歧部百姓連權女丁也. 性至孝. 少喪父獨養其母. 年三
   十二猶不從人之省不離左右. 而無以爲養或傭作或行乞得食以飼之. 日久不勝困憊就富家請賣
   身爲婢得米十餘石. 窮日行役於其家暮則作食歸養之. 如是三四日其母謂女子曰 "向食麤而甘
   今則食雖好味不如昔而肝心若以刀刃刺之者是何意耶." 女子以實告之母曰 "以我故使爾爲婢. 不
   如死之速也" 乃放聲大哭女子亦哭. 哀感行路.
6) 『三國遺事』「孝善篇」[眞定師孝善雙美], "聖覺法師眞定羅人也. 白衣時隷名卒伍而家貧不
   娶. 部役之餘傭作受粟以養孀母. 家中計産唯折脚一鐺而已. 一日有僧到門求化營寺鐵物母以
   鐺施之. 旣而定從外故. 母告之故且虞子意何如尒. 定喜現於色曰 "施於佛事何幸如之. 雖無

施하고 환생하여 전생과 현생의 부모를 위해 사찰을 건립하고 효도를 다한 대성(大城)의 이야기7)가 있고, 흉년으로 굶주린 아버지를 위해 넓적다리 살을 잘라 봉양한 향득(向得),8) 아내와 품팔이로 노모를 봉양하다 노모의 음식을 빼앗아 먹는 아들을 땅에 묻으려고 한 손순(孫順)부부의 이야기9) [孫順埋兒], 걸식으로 눈먼 어머니를 봉양하는 여인이 흉년이 들자 봉양이 어려워지자 남의 집 종살이로 봉양한 여인 빈녀(貧女)의 이야기10)가 등장한다.

『고려사(高麗史)』「열전(列傳)」[효우편(孝友篇)]에는 '문충(文忠), 석주(釋珠),

鐺又何患.”乃以瓦盆爲金熟食而養之…”

7) 『三國遺事』「孝善篇」[眞定師孝善雙美], “…家窘不能生育 因役傭於貨殖福安家 其家俵田 數畝 以備衣食之資 時有開士漸開 欲設六輪會於興輪寺 勸化至福安家 安施布五十疋 開呪 願曰 檀越好布施 天神常護持 施一得萬倍 安樂壽命長 大城聞之 跳踉而入 謂其母曰 予聽 門僧誦倡 云施一得萬倍 念我定無宿善 今玆困匱矣 今又不施 來世益艱 施我傭田於法會 以 圖後報何如 母曰 善 乃施田於開 未幾城物故 是日夜 國宰金文亮家有天唱云 牟梁里大城兒 今托汝家 家人震驚 使檢牟梁里 城果亡 其日與唱同時 有娠生兒 左手握不發 七日乃開 有 金簡子彫大城二字 又以名之 迎其母於弟中兼養之 旣壯 好遊獵 一日登吐含山 捕一熊 宿山 下村 夢熊變爲鬼 訟曰 汝何殺我 我還啖汝 城怖憚請容赦 鬼曰 能爲我創佛寺乎 城誓之曰 喏 旣覺 汗流被蓐 自後禁原野 爲熊創長壽寺於其捕地 因而情有所感 悲願增厚 乃爲現生二 親創佛國寺 爲前世爺孃創石佛寺 請神琳表訓二聖師各住焉 茂張像設 且酬鞠養之勞 以一身 孝二世父母 古亦罕聞 善施之驗 可不信乎…”

8) 『三國遺事』「孝善篇」[向得舍知割股供親], “景德王代 熊川州有向得舍知者 年凶 其父幾於 餒死 向得割股以給養 州人具事奏聞 景德王賞賜租五百碩”

9) 『三國遺事』「孝善篇」[孫順埋兒], “興德王代 孫順者[古本作孫舜] 牟梁里人 父鶴山 父沒 與妻同但傭人家得米穀養老孃 孃名運烏 順有小兒 每奪孃食 順難之 謂其妻曰 兒可得 母難 再求 而奪其食 母飢何甚 且埋此兒以圖母腹之盈 乃負兒歸醉山[山在牟梁西北]北郊 堀地忽 得石鍾甚奇 夫婦驚怪 乍懸林木上 試擊之 舂容可愛 妻曰 得異物 殆兒之福 不可埋也 夫亦 以爲然 乃負兒與鍾而還家 懸鍾於梁扣之 聲聞于闕 興德王聞之 謂左右曰 西郊有異鍾聲 淸 遠不類 速檢之 王人來檢其家 具事奏王 王曰 昔郭巨瘞子 天賜金釜 今孫順埋兒 地湧石鍾 前孝後孝 覆載同鑑 乃賜屋一區 歲給粳五十碩 以尙純孝焉 順捨舊居爲寺 號弘孝寺 安置石 鍾 眞聖王代 百濟橫賊入其里 鍾亡寺存 其得鍾之地 名完乎坪 今訛云枝良坪”

10) 『三國遺事』「孝善篇」[貧女養母], “孝宗郎遊南山鮑石亭[或云三花述] 門客星馳 有二客獨 後 郞問其故 曰 芬皇寺之東里有女 年二十左右 抱盲母相號而哭 問同里 曰 此女家貧 乞 啜而反哺有年矣 適歲荒 倚門難以藉手 贖賃他家 得穀三十石 寄置大家服役 日暮橐米而來 家 炊餉伴宿 晨則歸役大家 如是者數日矣 母曰 昔日之糠粃 心和且平 近日之香秔 膈肝若 刺而心未安 何哉 女言其實 母痛哭 女嘆己之但能口腹之養 而失於色難也 故相持而泣…”

황수(黃守), 권거의(權居義), 노준공(盧俊恭), 윤구생(尹龜生), 위초(尉貂), 정유(鄭愈) 형제, 조희참(曹希參), 정신우의 딸(鄭臣祐女), 손유(孫宥), 신사천의 딸(辛斯蔵女), 반전(潘腆), 군만(君萬), 최루백(崔婁伯), 김천(金遷), 서릉(徐稜)' 등 총 17편의 다양한 효행설화가 실려 있다.

이처럼 효행 관련 설화는 인간의 근본적인 삶에 대한 문제를 다루는 인간 삶의 진리와 가족의 이야기이기에 시·공간과 계층을 뛰어 넘어 보편적 소재가 될 수 있었던 것이다.

효 관념은 시대에 따라 그 형태가 다르기는 하나 강한 응집력과 이해의 구조로 가족문화를 만들었고 때로는 이것이 부정적 지배 이데올로기와 전쟁 등의 역사적 사건으로 인하여 변화되거나 왜곡·혼란을 겪기도 했지만, 효를 중심으로 한 가족문화는 사라지지 않고, 시대·계층·지역을 넘어 그 명맥을 이어왔다. 그리고 효는 가족을 운영하는 기본원리로서 가족윤리의 역할과 사회 통합의 기능, 후세 교육의 역할을 담당하였다.[11]

한국인의 전통적인 윤리규범 가운데 가장 기본이 되는 윤리를 '경로효친(敬老孝親)'의 사상이라는 점에서 전통적인 효의 개념은 부모로부터 자녀에게 이르는 하향적 관계가 아니라, 자녀가 부모를 위하는 상향적 관계라 할 수 있다. 즉 부자간의 상호관계가 아니라 부모의 행위와는 아무런 관계 없이 이루어지는 자녀들의 일방적인 의무였다. 이 사상의 긍정적인 면은 인간의 정신적 가치를 높이고 사회통합의 기능을 담당하였고 더 나아가 인류 문화를 더욱 창조적으로 발전시켜 왔다.

오늘날의 사회는 물질적 가치만을 추구하고 개인의 이기적 탐욕만을 채우기 위해 존엄한 인간성과 윤리 도덕을 저버림으로써 사회는 심각한 위기에 빠져 들어 가고 있다. 이러한 가치관의 혼란과 도덕적 위기를 맞고 있는

---

11) 노혜진, 「高麗史 列傳 孝友編의 好友說話 硏究」, 한양대학교 교육대학원, 2005, 1~2쪽.

현실을 극복하기 위한 대안으로 우리가 관심을 가져야 하는 것은 우리의 전통윤리 규범인 경로효친의 사상이다.

경로효친의 사상은 우리 민족 전통윤리의 핵심으로 효행을 소재로 한 효행설화가 유난히 많은 것은 우연이 아니다. 효행설화는 예로부터 널리 전파 전승되어 오면서 효를 권장하고, 우리의 효 의식을 강화시켜 주는 구실을 해 왔다.

효의 최초의 문헌기록은 『서경(書經)』「순전(舜典)」 나오는 "삼가 오전을 아름답게 하라(愼徽五典)"이다. 이 '오전(五典)'에 대해서는 두 가지 설이 있는데 그 하나는 맹자의 오륜(五倫)을 가리키며, 또 하나는 가족윤리의 근간을 이루는 '효(孝), 제(悌), 자(慈)'로 "아버지는 의롭고 어머니는 자애로울 것이며 형은 우애가 있어야 하고 아우는 공손해야 한다."는 '父義母慈子孝兄友弟恭[12])를 말한다.

공자는 효의 본유관념(本有觀念)으로 '공경하는 마음'을 강조하였다. 단순한 물질봉양은 효가 아니라 했다. 공자는 물질적 봉양도 중요하지만 '부모를 공경하는 마음이 없으면 겉으로는 효처럼 보일지 몰라도 개나 말을 잘 사육하는 일과 구별할 수 없다.'[13)고 했다. 효의 핵심인 '공(恭)'과 '경(敬)'이 빠진 효는 효가 아니라는 말이다. 공자는 물질적 봉양에 있어 부모를 공경하는 마음이 있어야 한다며 얼굴빛은 항상 환하게 하여 공경하는 태도로 부모님께 술과 음식을 드려야 한다고 했다.[14)

또한 공자는 "부모가 살아계실 때에도 예로써 섬기고 장례 때에도 예로써 치르고 제사도 예로써 모시라.[15)"고 강조하였다. 이것은 유교의 상제례

---

12) 『史記』「本紀」五帝本紀, "擧八元, 使布五教于四方, 父義, 母慈, 兄友, 弟恭, 子孝, 內平外成."
13) 『論語』, 「爲政」, "子游問孝. 子曰 今之孝者, 是謂能養. 至於犬馬, 皆能有養; 不敬, 何以別乎"
14) 『論語』, 「爲政」, "子夏問孝 子曰 色難 有事弟子服其勞 有酒食先生饌 曾是以爲孝乎"

가 조상숭배 사상과 결합하여 효사상의 일부를 형성하게 되었다는 것을 알
수 있다.

『효경(孝經)』에서는 효를 정치적 교화의 의도로 "하늘의 불변한 기준이며
땅의 떳떳함이다."16)라고 하여 우주적 원리로 승화시키고 있다. 가족 사회
를 바탕으로 한 윤리로서 "우리의 신체는 머리털에서 살갗에 이르기까지
부모에게서 물려받은 것이니 이것을 감히 손상시키지 않는 것이 효의 시작
이요, 몸을 세워 도를 행하고 후세에 이름을 드날려 부모님의 명예를 높이
는 일이 효의 마침이라 했다.17)

맹자는 공자의 효 사상을 유교의 중심 사상으로 굳게 다져 놓았는데 '효
는 자식이 부모를 받들어 섬기는 것'18)으로 '부모의 뜻을 거역하지 않고 잘
따르는'19)순종지덕(順從之德)을 말한다. 그러므로 맹자는 '사람이 부모에게
기쁨을 얻지 못하면 사람이라 할 수 없고, 부모에게 순종하지 않는 사람은
자식이라 할 수 없다.20)'고 하였다.

온갖 역경과 고난 속에서도 부모의 뜻을 거역하지 않고 자식의 도리를
다한 순(舜)은 역사상 가장 모범적인 대효(大孝)21)라 극찬하였다.

『예기(禮記)』에서도 효도는 자녀가 부모에 대하여 경애의 감정을 바탕으
로 행하는 도덕규범으로 "부모를 사랑하는 것에서부터 시작하며 백성에게

---

15) 『論語』, 「爲政」 孟懿子問孝. 子曰 無違. 樊遲御, 子告之曰 孟孫問孝於我, 我對曰 無違.
　　樊遲曰 何謂也 子曰 生, 事之以禮; 死, 葬之以禮, 祭之以禮.
16) 『孝經』, 天之經 地之義.
17) 『孝經』, 身體髮膚 受之父母 不敢毀傷 孝之始也. 立身行道 揚名於後世 以顯父母 孝之終
　　也.
18) 『孟子』「離累」, "孝子之至, 莫大乎尊親, 尊親之至, 莫大乎以天下養. 爲天子父, 尊之至也,
　　以天下養, 養之至也."
19) 『孟子』「離累」, "曾子則能承順父母之志 而不忍傷之也"
20) 『孟子』, 「離婁」 "不得乎親, 不可以爲人, 不順乎親, 不可以爲子."
21) 『孟子』, 「離婁」 "舜盡事親之道而瞽瞍底豫, 瞽瞍底豫而天下化, 瞽瞍底豫而天下之爲父子
　　者定, 此之謂大孝."

자애로움과 화목함을 가르침으로써 부모를 소중하게 여기고, 어른을 공경하게 되며 효도로써 어버이를 섬기며 순종하면 천하에 행하지 못할 것이 없다."[22]고 강조하였다.

『소학(小學)』에서는 자녀 인성교육의 일환으로 부모와의 관계 속에서 지켜야 하는 다양한 행위 지침으로서 효행을 제시하고 있다. 부모와의 관계 속에서 지켜야 하는 예절로 인간이 인간으로서 반드시 행해야 할 덕목인 효행은 일상의 낮고 쉬운 일부터 자녀들이 지속적으로 실천하도록 하게 하려는 의도가 있다. 이것은 『논어(論語)』의 「헌문(憲問)」에 나오는 '하학인사상달천리(下學人事而上達天理)'[23]의 방법이기도 하다.

효(孝)의 자전적 의미는 '늙을 노(耂)'와 '아들 자(子)'가 합쳐진 회의자로 '아들이 늙은 부모를 등에 업고 있는 모양'을 본뜬 글자이다. '老'와 '子'의 결합으로 이루어진 '孝'는 '아랫사람이 윗사람을 받든다'는 관계를 나타내고 있다. 이 관계를 지키고 실천하는 것이 바로 '孝'인 것이다.

'孝'는 '받든다(效)'와 같은 계통의 글자로 '하늘의 도리를 본받고 따르고 모방한다'는 뜻으로 좁게는 가정의 범위에서 넓게는 인류 사회에서 천도(天道)에 따라 역사와 문화를 창조적으로 발전시키는 것을 의미한다.[24] 『중용(中庸)』에서는 "효는 사람의 뜻을 잘 계승하고 사람의 일을 잘 따르는 것이다."[25]라 했다. 이렇게 볼 때 효는 외형적인 가산(家産)이나 가업(家業)을 계승하고 발전하는 것만이 아닌 내면적 정신적 가치도 함께 계승하여 발전시키는 것이라 할 수 있겠다.[26]

---

22) 『禮記』「祭義」 "子曰 入愛自親始 敎民睦也 入敬自長始 敎民順也 敎以慈睦 而民 貴有親 敎以敬長 而民 貴用命 孝以事親 順以聽命 錯諸天下 無所不行"
23) 『논어』「憲問」, "子貢曰, 何爲其莫知子也, 子曰, 不怨天, 不尤人, 下學而上達, 知我者, 其天乎"
24) 장기근, 『도덕 윤리 효도의 원리와 실천』, 主流・一念, 1996, 94쪽.
25) 『中庸』, "夫孝者, 善繼人之志, 善述人之事".
26) 장기근, 위의 책, 94쪽.

　우리의 경로효친 사상이나 윤리 도덕은 진취적이지 못한 비진보적인 낡은 사상이나 규범이 아니다. 자식이 효도함에 있어서 부모에게 무조건적으로 맹종(盲從)하는 굴종(屈從)의 관계가 아니다. 부모와 자식의 불가분의 사이에서 잘못하는 부모와 함께 어긋난 길을 간다는 것은 진정한 의미에서 효가 아니다. 『효경(孝經)』에 "불의 앞에서는 아들이 아버지에게 간언을 올려야 한다.[27]"고 했으며 "부모에게 굴종하고, 좋아도 섬기고 나빠도 섬기면서 마음속에 숨김이 있으면 어찌 효라고 하겠느냐?"[28]고 가르치고 있다. 효자는 충신처럼 하늘의 도에 따라 자신의 부모가 불의에 빠지지 않도록 간곡하게 간언해야 한다. 그것이 바로 효의 도리이다.

　그런데 군주와 신하는 '의(義)'로 맺어진다. 군주가 불의하면 신하는 그를 버리고 떠날 수 있는 조건적이라 한다면 효는 부모와 자식간의 피로 맺어진 불가분의 사이에서 이루어짐으로 절대적이라 하겠다. 자식은 부모를 섬기는 데 있어서 끝까지 지성으로 다 해야 하며, 자식의 간언을 부모가 듣지 않아도 여전히 부모를 공경하는 것이 충과 다른 효의 특성이라 하겠다.

　효행설화 중에는 부모를 위해 자신의 신체 일부는 물론 자기의 목숨이나 자식의 소중한 생명까지도 기꺼이 희생시키는 극단적인 행동을 보여주는 설화도 있다. 극단적인 희생이 동반되는 설화들은 지금의 관점에서 그대로 이해하기에 무리가 따르기는 하지만 그 밑바탕에 깔려있는 정신이나 사상은 예나 지금이나 변화가 없을 것이다. 효의 실천 방법은 시대와 환경의 변화에 따라 달라진다 하더라도 그 속에 담긴 정신만은 계승 발전시켜야 할 것이다. 즉 부모를 섬기는데 있어서 기쁨으로 부모를 봉양하며 부모가 병환이 났을 때는 걱정하면서 치료하려는 '효사상'의 근본만은 변함이 없어야 할 것이다.

---

27) 『孝經』, "當不義, 則子不可以不爭於父".
28) 『孝經』, "委曲從父母, 善亦從善, 惡亦從惡, 而心有隱, 豈得爲孝也".

효행설화는 고난의 문제를 중심으로 이야기가 전개되며,[29] 고난의 문제
는 또 다른 고난과 결부되어 다양한 고난의 양상을 드러낸다. 설화에 나타
난 고난의 양상은 전통적 윤리 사회인 과거에도 존재했고, 현재에도 존재
하는 삶의 문제이다. 우리가 살아가면서 겪게 되는 이러한 삶의 문제들은
효행설화를 통해 간접적으로 체험할 수 있고, 그와 같은 문제를 해결해 나
가는 주인공들의 삶의 방식을 통해 문제 해결의 실마리도 얻을 수 있을 것
이다.

고난을 극복하는 방식에 있어서 전통적 윤리사회에서는 효의 실현에 최
고의 가치를 부여하여 어떠한 희생이나 조건에서도 반드시 실현해야 하는
윤리의식으로 인식해 왔다. 이러한 효지상주의적(孝至上主義的) 사고에 바탕
을 둔 효행은 현대적 관점에서 우리의 삶과 연관지어 볼 때 극한 상황에서
도 효를 실현하려는 민중의 의지를 확인하는 긍정적인 면도 있지만, 개인
의 개성이 무시되고, 인간성이 말살되는 부정적인 면도 있어 재해석이 필
요하다.

따라서 이 책에서는 효행설화에 나타난 고난의 문제를 당대의 의미와 현
재의 관점에서 통시적으로 비교 고찰하여 효행설화의 사회적 의미를 밝혀
보고자 한다. 그러기 위해 본 연구는 『한국구비문학대계』를 통해 전승되는
효행설화를 고난의 양상에 따라 분류하고 그 구조를 분석하여, 설화의 주
인공이 고난을 극복하고 해결하는 과정을 통해 효행설화의 현대적 의미와
효의 중요성에 대해서 고찰하고자 한다.

---

29) 박영주, 「효행설화의 고난 해결방식과 그 의미-가난의 문제를 중심으로」, 『도남학
　　보』 16, 도남학회, 1997, 152쪽.

2. 연구사 검토

효행설화는 전국적 분포를 보이는 우리나라의 대표적인 설화이다. 효행설화의 유형에 있어서도 다양한 각편들이 구비 전승되거나 문자로 정착되어 일찍부터 많은 연구자들의 관심을 끌었다.

한국 효행설화의 분류는 내용, 형식 및 구조, 역사적 변천 등에 따라 분류할 수 있다.[30] 전통적인 효개념에 따른 효행설화의 유형은 『맹자(孟子)』[31]에 나타난 증자(曾子)의 '효'와 증자의 아들 증원(曾元)의 '효'로 크게 양지형(養志型) 설화, 양구형(養口型) 설화 둘로 분류할 수 있다.

양지형(養志型) 효행설화는 증자가 자신의 부모 증석(曾晳)에게 색양(色養)을 다한 양지지효(養志之孝)이다. '색양(色養)'[32]이라는 말은 부모를 섬기는데 있어 부모의 얼굴빛을 자세히 관찰하여 불편 여부를 판단하여 행동하여 부모의 마음에 들도록 효양(孝養)을 다 하는 행위 또는 항상 얼굴빛을 부드럽게 하여 부모의 마음을 즐겁게 한다는 말이다.

> 清州人從仕郎慶延, 稟性正直, 色養二親, 必具甘旨。 稍有疾病, 憂愁鬱悒,
> 親自湯藥, 暫不離側. 其父嘗遘疾不愈, 正月大雨, 川水漲溢, 父欲嘗鮮膾, 延卽
> 往川邊, 解衣入水, 身自張網, 波流悍急, 延移網緩流, 終日徹夜待之, 有大魚數
> 尾罹網, 持以獻之. 父喜曰: '吾不進食, 唯欲嘗魚, 今而得食, 甚適於口, 吾疾似
> 差.' 已而病果愈, 人莫不驚嘆。 後父歿, 延三日水漿不入口, 喪制一遵≪家禮≫,

---

30) 장덕순, 『한국설화문학연구』, 서울대출판부, 1970, 39쪽.
   유증선, 「설화에 나타난 효행사상」, 『藏菴池憲英先生華甲紀念論叢』, 호서문화사, 1971, 995~997쪽.
31) 『孟子』, "曾子 養曾晳 必有酒肉 將徹 必請所與 問有餘 必曰有. 曾晳死 曾元 養曾子. 必有酒肉 將徹不請所與問 有餘曰亡矣 將以復進也. 此所謂養口體者也 若曾子則可謂養志也. 事親若曾子者可也."
32) 한국고전용어사전 편찬위원회, 『한국고전용어사전』, 세종대왕기념사업회, 2001, "색양"

不食鹽醬, 哀毀骨立, 廬墓三年, 未嘗至其家. 立家廟, 朔望必祭, 出入必告, 事
之如生, 遇新物必薦, 不薦則不食. 事母益勤, 奉養必有酒、肉, 夜則母寢乃退.
年踰四十, 不事進取, 人或勸之仕, 曰: '窮達有命, 何以求爲?' 父嘗與奴婢二口,
及父歿, 延分與弟、妹, 聞有諂神禮佛者, 必斥之, 鄕里化之.33)

  청주(淸州) 사람 종사랑(從仕郎) 경연(慶延)은 타고난 성품이 정직하여
어버이를 색양(色養)하며, 반드시 감지(甘旨)를 갖추었습니다. 그리고 약
간의 질병이라도 있으면 근심하고 걱정하며 몸소 약을 다리면서 잠시
도 곁을 떠나지 않았으며, 그 아비가 일찍이 병에 걸려 낫지 않았는데
정월에 큰 비가 내려 냇물이 불었습니다. 아비가 신선한 회[鮮膾]를 맛
보고자 하므로, 경연(慶延)이 즉시 냇가에 가서 옷을 벗고 물에 들어가
그물을 쳤으나 물결이 사납고 급하므로, 경연은 다시 물결이 순하게 흐
르는 데로 그물을 옮겨 하루 종일 밤을 새면서 기다리니, 마침내 큰 고
기 두어 마리가 그물에 걸렸습니다. 가지고 와서 바치니, 아비가 기뻐하
며 말하기를, '내가 밥을 먹지 못하고 오직 물고기만 먹고 싶었는데 이
제 얻어 먹게 되니 매우 입에 맞으며, 내 병이 차도(差度)가 있을 것 같
다.'고 하였는데, 얼마 되지 아니하여 과연 병이 나으니 사람이 경탄하
지 않는 이가 없었으며, 뒤에 아비가 죽자 경연은 3일을 물과 장을 입
에 넣지 않고 초상의 제도를 한결같이 『가례(家禮)』를 준수하여 젓[醢]·
장(醬)을 먹지 않고 지나치게 슬퍼하며 뼈만 남았으며, 3년 동안 여묘
(廬墓)하면서 일찍이 그 집에 가지 않았습니다. 가묘(家廟)를 세워 삭망
(朔望)에 반드시 제사하고, 나가고 들어올 때에는 반드시 고하여 살았을
때와 같이 섬기고, 새 음식물이 생기면 반드시 천신(薦新)하고, 천신하
지 않고는 먹지 않았습니다. 어미를 섬기기에 더욱 부지런하여 반드시
주육(酒肉)으로 봉양(奉養)하고, 밤이면 어미가 잠자리에 누워야만 물러
났고, 나이가 40이 넘었어도 출세하기를 일삼지 않았습니다. 사람이 혹
벼슬하기를 권하면 말하기를, '궁(窮)하고 영달(榮達)하는 것은 명(命)이
있는 것인데 어떻게 구한다고 되겠느냐?' 하였습니다. 아비가 일찍 노
비 2명을 주었는데, 아비가 죽은 뒤 경연(慶延)은 아우와 누이에게 나누
어 주었으며, 귀신을 믿고 부처를 숭배하는 것을 들으면 반드시 물리치

33) 「成宗實錄」 卷 15, 成宗 3年 2月 18日 乙酉.

니 향리(鄕里)가 감화(感化)하였습니다.

위 설화는 『조선왕조실록(朝鮮王朝實錄)』「성종실록(成宗實錄)」에 실린 효자 경연(慶延)에 대한 이야기이다.

부모를 섬기는데 물질적인 봉양도 중요하지만 정신적인 봉양이 더욱 가치가 있음을 보여 주는 설화의 예이다. 부모의 얼굴빛을 자세히 살피며 혹시 어디 불편한 곳이 있는지 살피는 효자 경연은 아버지에게 약간의 질병이라도 있으면 근심하고 걱정하며 몸소 약을 달이면서 잠시도 아버지의 곁을 떠나지 않았다. 경연은 큰 비가 내려 냇물이 불어난 어느 추운 정월 신선한 회[鮮膾]를 먹고 싶어 하는 아버지를 위해 즉시 냇가에 갔다. 추운 날씨에도 옷을 벗고 하루 종일 밤을 새면서 기다리는 고통도 감수하며 마침내 큰 고기 두어 마리를 잡아 아버지께 바친다. 아비가 기뻐하며 말하기를, '내가 밥을 먹지 못하고 오직 물고기만 먹고 싶었는데 이제 얻어먹게 되니 매우 입에 맞으며, 내 병이 차도(差度)가 있을 것 같다.'며 기뻐하였다. 경연의 이런 행동은 바로 색양(色養)에 바탕을 둔 양지형 효행설화의 전형적인 예이다.

양지형 효행설화는 내용에 따라 희로애락을 얼굴에 나타내지 않고 항상 부드러운 얼굴로 부모를 대하는 유형, 밖에 나갈 때나 들어와서 인사를 드리는 유형, 부모의 잠자리와 식사를 손수 돌보아 드리는 유형, 집안의 일을 부모에게 물어보고 결정하는 유형, 몸가짐을 삼가고 방종에 흐르지 않도록 힘써 공경하는 마음으로 부모를 모시는 유형으로 나눌 수 있다.[34]

양구형(養口型) 효행설화는 증자의 아들 증원(曾元)이 증자에게 봉양하였던 타입의 효행설화이다. 부모를 섬기는데 있어서 현실적 가치구현에 가장 부합되는 가장 기본적인 효도의 방법이 바로 양구형 효행설이다. 가장 세속

---

34) 김영복, 「충남지방의 효행설화연구」, 충남대학교 교육대학원 석사논문, 1985, 17쪽.

적인 효행설화라 할 수 있는 양구형 효행설화는 '반포(反哺)', '자오반포(慈烏
反哺)', '숙수지공(菽水之供)'35)의 효행이라 할 수 있다.

부모를 봉양하는 행위에는 진정성 있는 공경의 마음을 담고 있어야 한
다. 『論語』36)에서는 "개와 말도 모두 먹여 길러줄 수 있는데, 공경하지 않
으면 무엇으로 구별할 수 있겠는가"라고 말하고 있다. 부모님을 봉양하는
행위에 공경의 마음이 담겨있지 않으면 먹이를 주며 기르는 동물을 대하는
것과 다를 바 없게 된다.

또한 봉양에는 물질적 봉양을 넘어 부모님 뜻을 존중하는 '양지(養志)'의
의미 역시 담고 있다. 부모님이 바라는 것을 아느냐고 대학생들에게 물으
면, 좋은 대학에 들어가서 학점 잘 받고 취직을 잘하면 부모님이 기뻐할 것
이라 대답을 한다. 『맹자(孟子)』는 "자신을 돌아보아 자신의 행동이 참되지
않으면 부모를 기쁘게 하지 못할 것이다(悅親有道, 反身不誠, 不悅於親矣)."고 말
하고 있다. 고정된 형식에 얽매이지 말고 내면에서 우러나오는 진실된 마음
으로 공경의 감정을 담아 부모님을 기쁘게 하는 효의 본질이자 이상이다.

그동안 진행된 효행설화 연구들을 살펴보면 크게 효행설화 전반에 대한
유형별 연구, 지역을 고려한 지역별 연구, 그리고 특정 유형에 대한 연구로
이루어져 왔다.

첫째, 효행설화의 유형적 분류에 관한 연구와 유형분류에 관한 대표적인
학자와 연구를 살펴보면 다음과 같다.

먼저 설화형과 모티프에 의한 유형 분류로 장덕순37)의 유형적 분류를

---

35) 콩과 물로 드리는 공양이라는 뜻으로, 가난한 중에도 김소한 음식으로 정성을 다
하여 부모를 봉양하는 일을 이르는 말.
36) 『論語』, 「爲政」, "子游問孝. 子曰 今之孝者, 是謂能養. 至於犬馬, 皆能有養; 不敬, 何以
別乎"
37) 장덕순, 『한국설화문학연구』, 서울대 출판부, 1970.

들 수 있다. 장덕순은 기존의 문헌설화를 체계적으로 정리하면서 효행설화를 설화형과 모티프에 따라 ① 호랑이(虎)와 효자(㉠ 성묘길 동행 ㉡ 같이하는 묘살이 ㉢ 살호(殺虎) ㉣ 호랑이가 된 효자) ② 희생(㉠ 매아득보(埋兒得寶) ㉡ 살아득약(殺兒得藥) ㉢ 매신개안(賣身開眼))③ 규범적 효행(㉠ 부빙(剖氷) ㉡ 할고(割股) ㉢ 읍죽(泣竹) ㉣ 포시(抱屍) ㉤ 단지(斷指) ㉥ 친종연지(親腫吮之) ㉦ 상분(嘗糞)) ④ 버린딸의 효성 ⑤ 불효자의 개심 ⑥ 이적(異蹟) ⑦ 기타의 7개 항목으로 분류하였다.

최래옥[38]은 장덕순의 분류에서 '기타' 항목을 ⑦ 효불효 ⑧ 효자출세 ⑨ 순종, 정성이 제일 ⑩ 재혼시키는 효 ⑪ 사제의 정으로 세분화하여 장덕순의 유형분류를 보완하였다.

최운식[39]도 설화형과 모티프를 고려하여 효행설화를 ① 희생(犧牲) ② 이적(異蹟) ③ 호감호(孝感虎) ④ 위기구출 ⑤ 버린딸의 효성(孝誠) ⑥ 보은(報恩) ⑦ 우의(寓意) ⑧ 활친(活親) ⑨ 순종(順從) ⑩ 재혼(再婚)시키는 효 ⑪ 불효자의 개심(改心) ⑫ 불효자의 징벌 ⑬ 사후의 효 ⑭ 효불효로 14항목으로 분류했다.

위의 학자들의 유형분류는 설화형(type)과 모티프(motif)에 의한 유형분류인데 상위 항목과 하위항목의 체계적인 관계가 부족한 분류이다.

먼저 장덕순의 유형분류를 보면 아래와 같다.

　① 호랑이(虎)와 효자
　　㉠ 성묘길 동행 ㉡ 같이하는 묘살이 ㉢ 살호(殺虎)
　　㉣ 호랑이가 된 효자
　② 희생
　　㉠ 매아득보(埋兒得寶) ㉡ 살아득약(殺兒得藥) ㉢ 매신개안(賣身開眼)

---

38) 최래옥, 『한국구비전설의 연구』, 일조각, 1982.
39) 최운식, 『심청전연구』, 집문당, 1982.

③ 규범적 효행
  ㉠ 부빙(剖氷) ㉡ 할고(割股) ㉢ 읍죽(泣竹) ㉣ 포시(抱屍)
  ㉤ 단지(斷指) ㉥ 친종연지(親腫吮之) ㉦ 상분(嘗糞)
④ 버린 딸의 효성
⑤ 불효자의 개심
⑥ 이적(異蹟)
⑦ 기타

③의 규범적 효행(孝行)과 그 하위분류 항목들을 보면 상위항목(규범적 효행)과 하위 항목 사이(할고, 포시, 단지, 친종연지, 상분)의 논리적이고 체계적인 일관성이 보이지 않는다. ㉡ 할고(割股), ㉣ 포시(抱屍), ㉤ 단지(斷指), ㉥ 친종연지(親腫吮之), ㉦ 상분(嘗糞) 등은 희생의 방법에 의한 분류인데 ㉠ 부빙(剖氷) ㉢ 읍죽(泣竹)은 주인공의 효행 행위나 이적(異蹟) 관련된 분류법이다. 또한 ①의 '호랑이(虎)와 효자(孝子)'의 하위 항목인 ㉠ 성묘길 동행(同行)과 ㉡ 같이하는 묘살이는 구조는 같아도 내용상의 차이로 인해 서로 다른 항목으로 설정하는 문제점이 있다. 또한 두 개 이상의 모티프가 하나의 효행설화에 나타나 있는 복합형 효행설화 경우 어느 유형으로 설정해야 하는지에 대한 설명이 없다.

최래옥의 ⑪의 사제의 정을 효행설화로 분류하였는데, 사제의 정이 어떠한 내용인지 구체적으로 알 수 없다. 제시되지 않는 상태에서는 효행설화의 하위분류로 보기보다는 인간담의 하위분류로 포함되어야 할 것이다.

장덕순, 최래옥, 최운식 등이 ⑤의 버린 딸의 효성(孝誠)의 유형분류 항목을 설정하였는데 이것은 효행의 주체에 의한 유형분류로 양자(養子)의 효행에 관한 유형분류도 효행의 주체에 따른 유형분류이므로 양자에 관한 유형설정도 있어야 할 것이다. 김용주의 논문40)에 의하면 48편의 양자 효행설

---

40) 김용주, 「양자 효행설화 연구」, 한국교원대 대학원 석사논문, 2003.

화가 전승되어지는데 이 부분을 따로 설정하지 않고 효자나 부부의 효행 항목에 포함하였던 것 같다. 또한 매아득보형(埋兒得寶型) 효행설화나 살아치병형(殺兒治病型) 효행설화와 같이 희생(犧牲)과 활친(活親), 이적(異蹟)의 내용이 설화에 포함되는 경우는 어느 유형에 포함시켜야 하는지의 문제점이 존재한다.

다음으로 효행설화가 성립되기 위한 핵심요소로 최래옥[41]은 효행설화가 성립되기 위한 최대한의 핵심화소(核心話素)로 "누가 - 누구에게 - 어떻게 - 효도를 하였다"로 제시하였다. 여기에 ① 시기 ② 도움 ③ 보상의 유무 ④ 결말 ⑤ 구조 ⑥ 내용의 측면에서 분류를 시도하였다. 강덕희[42]는 최래옥의 핵심요소에 '언제'와 '동기'의 항목을 더 추가하여 "누가 누구에게 언제 동기는 무엇이며 어떻게 효도하였다"로 제시하였다. 이들의 효행설화의 핵심화소들은 여타 효행설화와의 비교 고찰을 통해 효행설화의 변이와 전승에 대한 연구에 용이한 연구업적이라 하겠다.

김동기[43]는 전통적인 분류방법으로 정신적인 효를 강조한 양지형(養志型)과 물질적인 효행인 양구형(養口型)으로 나눴고, 구성상의 분류로는 긍정형·부정형·복합형으로, 그리고 유형에 따라 공신형(供身型), 상신형(傷身型), 할고형(苦役型), 기자형(棄子型), 상제형(喪祭型), 보원형(報冤型), 우의형(寓意型), 효불효형(孝不孝型), 기로형(棄老型), 공물형(供物型), 기타 등으로 세분하였다. 그의 유형분류를 살펴보면 효 행위가 일어나는 계기를 병약(病弱), 사고(事故), 전란(戰亂), 빈궁(貧窮) 등으로 파악한 점은 높이 평가되나 공신형(供身型), 상신형(傷身型), 고역형(苦役型), 공물형(供物型)의 개념 규정이 제대로 이루어

---

41) 최래옥, 「한국 효행설화의 성격연구」, 『한국민속학』 10, 민속학회, 1977, 111~136쪽.
42) 강덕희, 「한국구전효행설화의 연구: 부모득병의 치료효행담을 중심으로」, 『국어국문학』 21, 국문학회, 1983. 367~388쪽.
43) 김동기, 「한국 효행설화 연구」, 단국대 대학원 석사논문, 1976.

지지 않았으며, 부모를 재혼시키는 재혼형 설화나 개심형(改心型) 효행설화는 전국적인 분포를 가지는 설화임에도 불구하고 유형분류에 포함시키지 않았다.

신웅철[44]은 효와 관련된 설화 227편을 행위별로 치병(治病)을 위한 효, 부양(扶養)을 위한 효, 공경(恭敬) 및 안락(安樂)을 위한 효, 상(喪)·제(祭)에 대한 효, 기타 등으로 분류하였는데, 부양(扶養)이나 공경(恭敬), 안락(安樂)의 기준 설정이 모호하고 구체적이지 않는 데 문제점을 보이고 있다.

허원봉[45]은 유교적 관념에서 효행설화를 감천기적(感天奇蹟), 단지화약(斷指和藥), 봉양(奉養), 묘전참배(墓前參拜), 항호(抗虎)투쟁, 영물매개부활(靈物媒介復活), 악부천벌(惡婦天罰), 기타 등으로 나누었고, 감천기적(感天奇蹟)의 효행설화가 가장 많은 비율을 나타냄을 통해 예로부터 감천사상(感天思想)이 널리 유포되어 있었음을 밝히고 있다.

이 유형분류에 있어서도 문제점을 제기하면 단지화약(斷指和藥)의 경우 희생을 통한 효행인데 단지(斷指) 이외에도 할고(割股), 분지(焚指)의 경우도 희생을 통한 효행설화의 유형이다. 단지의 행위가 희생을 대표할 만한 근거도 부족하고 실제 전승의 양상에 있어서도 할고(割股)의 효행설화는 전국적인 분포를 가지는 전승 양상을 보이는데도 항목으로 설정하지 않은 문제점이 있다. 또한 악부천벌(惡婦天罰)의 경우에서도 악한 며느리만 존재하는가 아니라 불효자나 불효녀, 남편 등의 경우도 상당수 존재하는 이 경우를 고려하지 않은 유형분류이다.

이상의 유형별 분류에 대한 연구들은 그 분류방법에 있어 연구자의 편의에 따라 분류한 유형분류이다. 효행설화는 전승되는 양에 비해 그 구조와 내용이 비교적 단순하여 유형분류에 있어서 서로 확연히 구별되거나 한 가

---

44) 신웅철, 「한국 설화에 나타난 효의 세계」, 고려대 교육대학원 석사논문, 1979.
45) 허원봉, 「한국 설화에 나타난 유교사상 연구」, 고려대 교육대학원 석사논문, 1975.

지 유형에 편성하는데 어려움이 따른다. 이 점을 고려하여 신중한 유형분류를 시도해야 할 것이다.

둘째, 효행설화를 지역별로 분류한 연구로는 유증선[46]을 들 수 있는데 그는 경북지방의 설화 56편을 대상으로 효행설화를 ① 애친(愛親)형(㉠ 순명대봉(順命待奉)형 ㉡ 위친희생(爲親犧牲)형 ㉢ 봉제사(奉祭祀)형 ㉣ 서모구봉(庶母求奉)형 ㉤ 풍수(風水)형 ㉥ 자득(子得)형 ㉦ 호형(虎孝)형 ㉧ 기타) ② 援助者형(㉠ 호랑이형 ㉡ 까마귀형 ㉢ 솔개형 ㉣ 황새형) ③ 천시명약(天施名藥)형(㉠ 잉어형 ㉡ 복숭형 ㉢ 신약형 ㉣ 동삼형 ㉤ 홍시형 ㉥ 죽순형 ㉦ 약수형 ㉧ 산돼지형 ㉨ 닭(봉)형 ㉩ 꿀형 ㉪ 지렁이형 ㉫ 부유형 ㉬ 토끼형)으로 분류했다. 유증선의 분류는 상위 유형을 최소화하고 하위 유형의 항목은 세분화한 분류이지만 하위 유형을 살펴보면 단순히 제목을 붙이는 것에 불과하다.

이외에도 김선풍,[47] 김성봉,[48] 김영복,[49] 박철영,[50] 소은정,[51] 이수봉,[52] 이지향,[53] 정인모,[54] 조성민[55] 그리고 이수봉[56]의 「백제문화권역의 효열설화연구」 등이 있다. 이 연구들은 특정지역에 대한 효행설화 연구라는 측면에는 크게 기여했으나 본격적인 연구가 이루어지지 않고 선행 연구의 분

---

46) 유증선, 「설화에 나타난 효행사상」, 『장암지헌영선생 화갑논총』, 호서문화사, 1971.
47) 김선풍, 「영동 지방의 효열설화문학고」, 『우리문학연구』 3, 우리문학연구회, 1982. 3~36쪽.
48) 김성봉, 「경북지방 효행설화의 연구」, 영남대 교육대학원 석사논문, 1997.
49) 김영복, 「충남지방의 효행설화 연구」, 충남대 교육대학원 석사논문, 1985.
50) 박철영, 「영동 지방 효열전설의 연구」, 경희대 교육대학원 석사논문, 1984.
51) 소은정, 「효행설화의 유형과 의미: 영남지역 설화를 대상으로」, 경남대 교육대학원 석사논문, 2005.
52) 이수봉, 「호남 지방 열설화 연구」, 『정태진박사 회갑기념 국어국문학논총』, 삼영사, 1987.
53) 이지향, 「전북지역의 효행설화연구」, 우석대 대학원 석사논문, 2005.
54) 정인모, 「경남지방효행설화연구」, 경북대 대학원 석사논문, 1993.
55) 조성민, 「한국 효행설화연구; 전북지역 효행설화를 중심으로」, 원광대 대학원 석사논문, 1993.
56) 이수봉, 「百濟文化圈域의 孝烈說話研究」, 百濟文化開發研究院, 1987.

류의 방법을 지역 설화에 그대로 적용하고 있다.

셋째, 특정 유형의 의미망을 밝히는데 주력한 연구가 있다.

먼저 효행설화의 희생의 문제에 대한 접근으로 희생효설화에 관한 연구가 있다. 최운식[57]은 희생효설화를 ① 효녀자기희생형 ② 산삼동자형 ③ 효자매아형 ④ 효자호랑이형 ⑤ 호랑이에게 자식을 준 효부형 ⑥ 죽은 아들을 묻는 효부형 ⑦ 양자효자형 ⑧ 매처치상형(賣妻治喪型) 등 8개의 항목으로 분류했다. 최운식의 유형 분류 중 ①, ④, ⑦은 효행주체에 의한 분류이고 ②, ③, ⑤, ⑥, ⑧은 희생의 방법에 의한 분류로 일관성이 부족하다. 그리고 서태수[58]는 자녀희생설화에서 나타나는 효행주체의 의식을 ① 부모에 대한 미분성 ② 아들에 대한 노후 보장의 기대심리 ③ 윤회사상 및 자녀재생사고 ④ 사회적 보상심리 등 복합적인 관념에서 실현된다고 했다. ① 부모에 대한 미분성이라는 철학적인 용어를 유형분류에 사용하여 정확히 어떤 유형 분류인지 가늠하기 힘들다.

이 밖에도 강진옥,[59] 권석환,[60] 김낙효,[61] 김영희[62] 등도 희생효 설화에 주목하여 '희생'이란 방식을 통해 효행이 실현된다고 했다. 최운식,[63] 장양섭[64] 등은 <심청전>의 배경설화에서 부분적으로나마 효녀희생형설화에 대해 언급하고 있고 유증선,[65] 최래옥,[66] 김동기[67] 등도 효행설화의 유

---

57) 최운식, 『한국설화 연구』, 집문당, 1991.
58) 서태수, 「자녀희생효설화를 통해 본 효행주체의 의식」, 『청람어문교육』 5-1, 청람어문학회, 1991. 240~271쪽.
59) 강진옥, 「삼국유사 <효선편>설화 연구(Ⅰ)-손순매아의 의미」, 『국어국문학』 93, 국어국문학회, 1985, 139~162쪽.
60) 권석환, 「효행설화연구: 희생효설화를 중심으로」, 계명대 대학원 석사논문, 1996.
61) 김낙효, 「희생효 설화의 전승양상」, 한국어교육, 1994.
62) 김영희, 「자식희생형 효부설화의 연구」, 한국교원대 대학원 석사논문, 1995.
63) 최운식, 『한국설화 연구』, 집문당, 1991.
64) 장양섭, 「沈淸傳考: 그 說話의 側面에서」, 인하대 대학원 석사논문, 1979.
65) 유증선, 「설화에 나타난 효행사상」, 『장암 지헌영선생 화갑논총』, 호서문화사, 1971.

형분류 및 자료 분석에서 부분적으로나마 희생효설화를 언급하고 있다.

'효자호랑이 설화'에 대한 연구로는 강진옥,[68] 최래옥,[69] 이호주[70] 등이 있고, '부모득병의 치료효행담' 유형의 연구로는 오종근,[71] 윤승원[72] 등이 있다.

이밖에도 노인에 대한 효사상 연구로서 간호옥,[73] 정상진[74] 등이 있고 '양자효'에 대한 연구로는 김용주의 '양자효행설화연구'[75]가 있으며, '고려장 설화'에 대한 연구로는 이수자,[76] 한구[77]가 있다.

박영주[78]는 효행설화의 고난과 해결방식을 '가난'이라는 상황 속에서 그 의미를 파악했다. 김대숙[79]은 효행 설화를 가족 관계의 인물 구도에 따라 파악하고 가정 구성원간의 갈등과 친족 간에 발생하는 문제로 파악했다. 한미옥[80]은 '길들이기 형 효행담 연구'에서 며느리가 시가 식구들을 길들

66) 최래옥, 「한국 효행설화의 성격연구」, 『한국민속학』 10, 민속학회, 1977.
67) 김동기, 「한국 효행설화 연구」, 단국대 대학원 석사논문, 1976.
68) 강진옥, 「효자호랑이 설화에 나타나는 효 관념」, 『民俗硏究』 1, 안동대학교 민속학연구소, 1991, 81~101쪽.
69) 최래옥, 「韓國孝行 說話의 性格 硏究:孝子호랑이 說話를 中心으로」, 『한국민속학』 10-1, 한국민속학회, 1977, 111~136쪽.
70) 이호주, 「호랑이 설화에 나타난 한국인의 의식고찰」, 고려대 대학원 석사논문, 1982.
71) 오종근, 「韓國口傳 孝行說話의 硏究:父母得病의 治療孝行譚을 中心으로」, 『국어국문학연구』 12, 원광대학교출판국, 1987, 207~225쪽.
72) 윤승원, 「효자득약설화 연구」, 한국교원대 대학원 석사논문, 2000.
73) 간호옥, 「한국 說話文學에 나타난 老人에 대한 孝思想연구」, 『인문학과학 논집』 9, 강남대학교 인문과학연구소, 2000, 247~270쪽.
74) 정상진, 「구비 <노인재혼담>에 투영된 효의식」, 한국민족문화, 2003.
75) 김용주, 「양자 효행설화 연구」, 한국교원대 대학원 석사논문, 2003.
76) 이수자, 「고려장설화의 형성과 의미」, 『국어국문학』 98, 국어국문학회, 1987, 131~162쪽.
77) 한구, 「고려장 설화 연구」, 한국교원대 대학원 석사논문, 1998.
78) 박영주, 「효행설화의 고난 해결방식과 그 의미:가난의 문제를 중심으로」, 『도남학보』 16, 도남학회, 1997.
79) 김대숙, 「구비효행설화의 거시적 조망」, 『口碑文學硏究』 3, 한국구비문학회, 1996, 177~201쪽.

이는 방법에 따라 설화의 유형을 분류하였다.

　이상에서 검토한 바에 의하면 지금까지의 효행설화의 연구는 유형별 성격의 분류나 특정 유형의 설화에 대한 고찰에 치중하거나, 선행연구의 유형 분류를 지역설화에 적용시킨 연구들이다. 따라서 본 연구는 강한 전승력과 다양한 변이 유형을 지니고 있는 호남지역 효행설화를 중심으로 효행설화를 연구하고자 한다. 이 책에서는 효행설화의 중심내용인 고난의 문제에 주목하고 고난 양상에 따른 효행설화의 사회적 의미와 가치를 밝히고자 한다. 아울러 효의 전반적인 의미와 가치를 오늘의 우리의 삶과 연관지어 고찰하고자 한다.

3. 연구의 방법 및 자료

　선행연구 검토에서 이미 살펴 본 바와 같이 효행설화에 대한 연구는 대부분이 효행설화의 유형분류와 특정유형에 대한 연구이거나, 선행 연구의 결과를 지역적인 설화에 적용한 연구가 대부분이었다. 유형분류에 있어서도 연구자들의 다양한 기준설정에 따른 다양한 유형 분류가 시도된 점은 높게 평가하나 이 분류안을 모든 효행설화에 그대로 적용시키기에는 설화가 단순한 구조와 비슷한 내용으로 전승되기에 어려운 점이 많다.

　따라서 본 연구는 새로운 유형 분류안을 제시하는 것보다는 기존의 분류안의 장단점을 참조하고 고난양상에 주목하여 효행설화를 연구하고자 한다. 효행설화의 중심 내용인 고난에는 어떠한 것이 있으며, 설화의 주인공들은 이러한 고난의 양상을 어떻게 극복하고 해결해 나가는가를 고찰하고자 한다. 그리고 고난의 양상과 해결이 주는 사회적 의미는 무엇인지를 밝

---

80) 한미옥, 「길들이기 형 효행담 연구」, 전남대 대학원 석사논문, 1995.

히는 것이 이 연구의 목적이기도 하다.

이 연구는 효행설화를 '과거의 허무맹랑한 이야기', '정지된 시간'의 옛날이야기라는 시각으로 바라보는 게 아니라 현재에도 살아 움직이며 함께 공유할 수 있는 '살아 움직이며' 미래의 민중들에게 전승되는 설화로 바라보고자 한다. "병든 노모를 위해 부부가 자식을 삶아 드렸더니 노모의 병이 나았다."는 내용의 이야기를 과거의 정지된 시간속의 옛날이야기로 보는 게 아니다. '노모의 치병을 위해 자식을 삶아 드려야 하는 고난과 선택의 결과로 노모의 병도 낫게 되고 자식도 다시 살게 된' 민중들의 이야기로 보아야 할 것이다.

효행설화를 가문과 가족이라는 절대적인 권위에서 일방적으로 예속되고 무조건 복종하라는 상하관계의 이야기로 받아들이라는 게 아니다. 가족이 붕괴되고 해체되는 고난의 상황에서 가정의 평화와 위기를 극복하기 위해서는 설화의 주인공들이 헌신적으로 노력한 이야기에서 찾아보고 의미를 부여해야 할 것이다.

희생을 동반하는 극단적인 효행설화는 전통사회의 잔재라는 부정적이고 비판적인 시각으로만 볼 게 아니라 그 시대의 사회가 그 시대의 민중들이 가족을 결속시키고 사회 질서를 확립하고 유지시킨 이야기로 파악해야 할 것이다. 고대 사회에서 조상을 숭배하는 사상은 수많은 인류의 보편적인 현상이었다. 우리 조상들은 이러한 기반위에서 싹튼 효를 생활윤리로써 실천해 왔으며 조선 시대에는 정치적 사회적 질서를 유지하기 위한 규범으로 체계화 하였다. 효는 어떠한 희생이나 대가를 치르는 한이 있더라도 실천해야 하는 규범으로, 죽은 조상을 섬기는 제사를 중시하였고 부모를 위해 희생하는 것은 당연한 것으로 생각했고 더 나아가 국가체제를 유지하기 위한 충(忠)으로까지 확대되었다. 이처럼 효는 시대와 사회의 변화에 따라 변하고 있는 만큼 과거 전통사회의 효의식을 있는 그대로 수용할 수는 없는 것이다. 그러므로 현대사회에서는 과거 전통사회에서 지녔던 효의 역기능적 요소를 제거하고 현대사회에 입각한 효의 사회적 의미를 파악해야 할 것이다.

효는 시간의 흐름에서 역사와 문화를 더욱 창조적으로 발전시킨다. 효도와 효행은 하늘이 준 천부(天賦)의 본성으로 나는 가문(家門)의 영예(榮譽)와 선조들의 유업(遺業)을 계승 발전시킬 책임과 의무가 있다. 현재를 살아가는 나는 과거와 미래를 이어가는 중재자의 역할로 위로는 부모를 잘 모시는 책임과 아래로는 후손들에게 정신적 유산을 잘 계승해야 할 의무가 있다. 이러한 관점에서 효행설화를 과거의 무의미한 이야기가 아닌 과거와 현재, 그리고 미래를 이어주는 '살아 움직이는 민중들의 삶의 이야기로 효행설화를 파악해야 할 것이다.

또한 효행설화의 연구는 시간의 흐름에서 파악해야 하지만 '공간'이라는 개념 속에서도 파악해야 할 것이다. 효가 나를 중심으로 부모와 자식이라는 시간 속에서 과거와 미래를 이어준다면 효행이 이루어지는 작은 공간은 가정이다. 효행은 가정을 통해 나타나고, 가정이라는 공간속에서 가족들이 벌이는 상호관계 속에서 그 의미를 찾아야 할 것이다. 가정의 정서적 기능의 변화와 사회화가 한층 요구되는 현대 사회에서는 민중들의 삶과 고뇌가 담겨있는 효행설화의 가치와 현대적 의미를 재해석하고 찾아야 할 것이다. 현대사회는 도시 중심의 핵가족화가 진행되고 있고 수많은 1인가족들이 만들어 지고 있다. 서구의 물질만능주의와 함께 유입된 개인주의로 인하여 인간소외와 가치관의 혼란과 가속되고 도덕적 위기에 봉착하고 있다. 이를 극복하기 위해서는 전통윤리의 핵심인 효행설화를 통해 그 해답을 찾아야 할 것이다.

본 연구를 위해 사용된 자료는『한국구비문학대계』소재의 효행설화이
다. 이 중 호남지역 효행설화를 연구대상으로 삼고자 한다. 호남지역에 전
하는 효행설화는『한국구비문학대계』전체 효행설화 780여 편에서 45.5%
에 해당하는 305편의 설화가 전승되고 있을 정도로 많은 양을 차지하고 있
다. 호남지역은 여러 유형의 효행설화가 꾸준히 전승되고 있고 예로부터
효를 중시하고 가문과 가족의식이 강한 지역이라는 점, 그리고 효행설화와
관련된 실존인물과 행적이 많이 드러나는 점, 구연자의 연령층에서도 60대
이상의 노년층 구연자가 많은 지역이며, 농사와 관련된 농업문화가 발달된
지역이라는 점 등이 효행설화의 전반적인 의미를 파악할 수 있기에 효행설
화 지역연구에 용이하다.[81]

본 논문은 효행의 과정에 동반하는 고난의 문제에 주목하고, 최래옥[82]이
제시한 효행설화의 핵심요소인 효행의 주체와 효행의 내용, 효행의 객체를
분류 기준에 차용하고자 한다. 또한 여기에 V.propp[83]의 형태론적 분석방
법론을 원용하여 효행설화의 구조적 분석을 하고자 한다. 효행설화는 구조
에 있어서 <결여 - 고난 - 방법의 강구 - 고난의 제거 - 결여의 제거>라는
기본구조를 가지고 전승되어진다.

이렇게 선정된 효행설화에는 어떠한 고난의 문제가 있으며 설화의 주인
공들은 이 고난의 문제를 어떻게 극복해 나가고 있으며, 더 나아가 효행설
화의 사회적 의미를 밝히는 것이 이 연구의 핵심과제라 하겠다.

효행설화에는 효행의 주체(누가)인 자식이 효행의 객체(누구에게)인 부모

---

81)『한국구비문학대계』이외의 자료집이나 다른 지역의 설화들은 호남지역 효행설화
　　와 비슷한 내용과 구조를 가지고 있어 연구 자료에 포함하지 않았다. 다만 논의의
　　전개상 필요한 경우 기타 설화자료와 지역을 활용하였다. 자료의 표기는 **"6-6-217,**
　　어머니 시집보내고 효자된 아들"로 표기하는데, 이때 앞의 6-6은 책 번호이며 217
　　은 페이지(쪽수), '어머니 시집보내고 효자된 아들'은 설화의 제목을 나타낸다.
82) 최래옥, 「한국 효행설화의 성격연구」,『한국민속학』10, 민속학회, 1977. 82~83쪽.
83) V.Propp, 유영대 역,『민담형태론』, 새문사, 2000.

를 위해 효도하는 효행의 상황에는 반드시 '고난'이 동반한다. 효행설화의 고난에는 가난, 부모의 병, 불의의 사고, 결혼과 성, 가족구성원간의 갈등, 시묘와 제사의 문제 등으로 수렴된다. 효행설화에는 이러한 고난의 문제를 중심으로 이야기가 전개되고 있으며, 고난의 문제는 또 다른 고난과 갈등을 발생하는 등 복잡하고 다양하게 얽히면서 나타나고 있다. 이러한 고난의 양상과 그 극복의지를 비교 고찰하여 효행설화의 사회적 의미를 살펴보는 게 연구의 의의이기도 하다.

제2장

효행설화의 고난 양상

효행설화에서 효행이 이루어지는 세계는 심각한 결핍의 상황으로 도저히 효를 행할 수 없는 한계 상황인 경우가 많다. 효행설화의 묘체(妙諦)는 이러한 고난과 위기의 상황에서도 효를 행했고, 지극한 정성으로 효를 다했더니 상상하지 못한 일들이 일어났던 것이다.

부모를 봉양하고자 하는 간절한 마음은 현실의 조건을 극복하게 하고 심각한 결핍의 상황을 벗어나게 하여 효자가 성취해야 할 과업을 달성하게 한다. 헌신적인 효행의 결과로 얻게 되는 성취감과 행복의 보상물은 민중들이 원하는 삶의 방식이다. 어버이를 섬기는데 있어서 고난의 정도가 심각하면 심각할수록 효자의 행동은 더욱 값지고 빛을 발휘하며 그 성취감과 행복감 또한 상대적으로 커져만 간다. 이런 사고가 반영된 설화는 전승집단에 의해 널리 전파·전승되어 효관념을 더욱 강화시키는 기능을 해왔다고 할 수 있다.

효행설화에 나타난 '고난'의 문제를 파악하는 것은 효행설화를 전승하려는 집단의 문제를 파악하는 것이며, 고난을 극복하며 효를 행했던 민중들의 삶의 모습을 살피는 것은 효행설화의 특성을 밝히는 핵심적인 열쇠라 할 수 있다. 따라서 효행설화에 내재해 있는 고난에는 어떠한 것들이 있는지를 살피고, 그 고난을 극복하고 해결하려는 주인공들의 삶의 방식을 살피는 일이야말로 진정한 설화연구 과제라 하겠다.

효행설화의 주인공들은 효행이 이루어지는 현실이 효를 행하기에 어려운 고난의 상황이지만 부모를 섬기고자 하는 마음만 있다면 이러한 문제는 극복할 수 있는 단순한 일이라 믿었다. 지극한 정성과 굳은 의지로 어떠한 희생도 받아들이며 정성을 다한 그들만의 효행의 방식은 상식과 윤리를 뛰어넘은 방식인 경우가 많다. 비록 비상식적이며 무모한 행동으로 보일지라도 설화의 주인공들은 거리낌 없는 일이나 행동을 감행했다. 부모의 치병을 위해서는 자신의 하나뿐인 아이를 바치기로 결단하고 실행하는 그 과정에서는 적극적이고 주도적 역할을 한다는 점이 주목할 만하다. 그들의 현실인식 태도는 어렵고 힘든 현실을 도저히 바꿀 수 없는 '나의 숙명'이라 믿고 포기해 버리는 태도가 아니라 내가 노력만 하면 현실은 얼마든지 바꾸고 개척할 수 있다고 믿는 반운명적 현실 인식의 태도라 하겠다. 가난한 살림에 병든 노부모의 봉양도 어려운데 부모의 병을 고치기 위한 비방이 효자 스스로의 힘으로는 해결할 수 없는 난관이라면 대부분의 민중들이라면 도저히 어떻게 해 볼 수 없는 운명, 절대 바꿀 수 없는 현실이라 절망하며 단념하거나 무너질 것이다. 인간이 극한 상황에 직면하여 자기의 유한성과 허무성을 깨닫게 되면 현실은 바라볼 것이 없게 되어 모든 희망을 끊어 버리거나 포기해 버리는 게 당연지사(當然之事)일 텐데 설화의 효자 효녀들은 극한 고통과 비애만 있는 현실이라도 '하늘이 무너져도 솟아날 구멍이 있다.'고 믿는 운명의 개척자요 삶의 개척자인 것이다. 이처럼 효행설화의 주인공들은 운명의 꼭두각시가 아닌 자신의 운명을 스스로 개척하는 전승집단의 구미에 딱 맞는 인물이라 하겠다. 그래서 설화의 전승자들은 주어진 운명과 환경에 절망하고 받아들이는 정지되고 정체된 인물보다는 주어진 운명이나 환경도 맞서 싸워 이겨낼 수 있는 강인한 인물을 만들어 냈다. 설화의 향유 집단 또한 미래지향적이고 도전적인 설화의 주인공을 통해 비극적인 운명 앞에서도 좌절하지 않고 용기와 희망을 가진 인물들을 보면서 현실의 위안을 삼았다고 하겠다.

효행설화는 효행의 과정에서 발생하는 고난의 문제를 중심으로 이야기가 전개된다. 효행의 주체가 겪게 되는 고난의 양상을 살펴보면 먼저 가정의 경제적인 빈곤과 부모의 불치병으로 인한 심리적인 고통을 들 수 있다. 그리고 친족인 할아버지나 할머니에 의해 자식이 갑작스러운 죽음을 맞게 되었을 때의 부모의 충격과 전란이나 홍수 등의 천재지변으로 인해 부모가 갑자기 죽게 된다거나 호식 당할 고난의 상황이거나 불치의 병에 걸린 부모의 병에 자신의 친자식이 특효약이라는 말을 들었을 때 자식과 부모 중에 어느 하나를 선택해야만 하는 심리적 갈등, 가족 구성원간에 서로 헐뜯고 화합하지 못하는 데에서 오는 가정 내의 위기도 있다. 또한 홀로 되신 부모를 재혼을 시킬 것인지 아니면 부모의 야행(夜行)을 만류할 것인지를 고민하는 자식의 상황이나 친정집의 재가(再嫁)의 권유가 있었지만 이를 거부하고 남편의 가문을 위해 평생을 수절(守節)하고 시부모 또한 봉양하며 살아가는 며느리의 경우와 같이 결혼과 성(性)에 대한 문제 또한 고난의 양상으로 나타난다.

이러한 고난의 양상은 비단 설화 속에서만 있을 법한 가공의 상황이 아니라 지금 우리가 살고 있는 사회와 문화 속에서도 존재하는 인간이 겪게 되는 삶의 모습이며 발자취인 것이다. 인간이 살아가면서 겪게 되는 이러한 갈등과 고난은 인간을 비참하게 만드는 것이 아니라 인간을 인간답게 만드는 장치인 것이다. 성적욕망이라는 본능과 윤리 사이에서 고민하는 부모와 자식을 통해 인간의 본능을 수용하고 이해한 자식들의 효성은 가정의 화합을 만드는 설화라는 점, 유교 윤리강령보다는 평민의 삶의 원리가 반영된 설화라는 점에서 그 의의가 있다.

효행설화에는 고난의 문제를 중심으로 이야기가 전개되며, 그 특징들 또한 고난과 결부된 차원에서 의미를 지니는 경우가 많다. 이처럼 효행설화에 나타난 이 '고난'의 문제를 파악하는 것은 효행설화를 전승하려는 집단의 문제를 파악하는 것이며, 고난의 문제를 극복하며 효를 행하였던 민중들의 삶의 모습을 살피는 것은 효행설화의 특성을 밝히는 핵심적인 열쇠라 할 수 있다.[1] 따라서 본 논문에서는 효행설화에 공통적으로 동반하는 고난의 문제에 주목하고 유형 분류를 시도하고자 한다. 본 논문은 최래옥[2]이 제시한 효행설화의 핵심요소인 '효행의 주체'와 '효행의 내용', '효행의 객체'를 분류 기준에 차용(借用)하면서 효행설화에 내재해 있는 고난의 양상을 효과적으로 부각하는 유형분류안을 모색하고자 한다.

효행설화는 대부분 아래와 같은 기본 구조를 가지고 있으며, 이 구조도에 따라 효행설화의 유형을 분류할 수 있다.

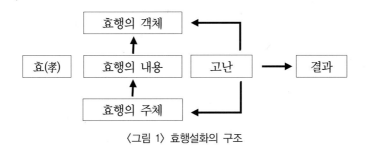

〈그림 1〉 효행설화의 구조

---

1) 박영주, 앞의 논문, 152~153쪽.
2) 최래옥, 앞의 책, 82~83쪽.

자료의 주텍스트로는 한국정신문화연구원의 『한국구비문학대계』이며, 그중 호남지역 효행설화를 중심으로 고난의 내용이 비교적 명확히 포함되어 있는 설화를 주요 분석 대상으로 삼았다.

효행설화에 나타난 고난의 형태를 나열해 보면 다음과 같다.

-부모의 봉양을 위해서는 자식을 죽여야 한다.
-부모의 회갑 비용을 마련할 수 없다.
-부모에게 드릴 양식이 없어 부모에게 지렁이를 드려야 한다.
-부모가 병이 났는데 치료를 할 수 없다.
-계절적인 한계에 의해 부모의 약을 구할 수 없다.
-인간적인 한계에 의해 부모의 약을 구할 수 없다.
-부모에게 쓰일 약이 있는 장소를 몰라 구할 수 없다.
-부모의 치병을 위해 자신의 허벅지나 살을 베어야 한다.
-부모의 치병을 위해 자신의 손가락을 잘라야 한다.
-부모의 치병을 위해 부모의 등창이나 부스럼을 입으로 빨아야 한다.
-시아버지의 치병을 위해 남성을 주물러야 한다.
-부모의 치병을 위해 이(蝨)를 옮겨야 한다.
-부모의 병을 상태를 알기 위해서는 부모의 대소변을 맛보아야 한다.
-부모의 치병을 위해서는 자식을 약으로 써야 한다.
-술에 취한 할아버지에 의해 손자가 죽게 된다.
-치매든 노모에 의해 손자가 죽게 된다.
-호식 당할 위기에 처한 시아버지를 대신하여 자식을 호랑이에게 주어야 한다.
-급류나 홍수로 죽게 된 부모를 구해야 한다.
-홀로 되신 부모를 재가(再嫁)시켜야 한다.
-정부(情夫)를 찾아가는 어머니를 위해 돌다리를 놓아 드려야 한다.
-친정집의 개가의 권유를 거절하고 누먼 시부모를 봉양해야 한다.
-부모를 때리는 것이 불효인지 모른다.
-시부모에게 불효한 며느리가 있다.
-며느리를 구박하는 시어머니가 있다.

　-장인의 도벽(盜癖)이 심하다.
　-시부모와 며느리의 불화가 심하다.
　-늙은 부모를 버리는 일이 있다.
　-부모를 모실 묘자리를 친정식구로 부터 빼앗는다.
　-부모 묘소에 삼 년 동안 시묘를 해야 한다.
　-시묘살이 중 금욕과 절제에 관련된 문제가 생긴다.
　-부모의 제사 비용을 마련할 수 없다.
　-제사의 형식과 격식 맞게 지낼 수 없다.

　위에 제시된 고난의 내용은 '가난', '부모의 병', '불의의 사고', '배우자의 부재', '가족 구성원간의 갈등', '제사와 시묘의 문제' 등으로 수렴할 수 있다. 이러한 고난의 양상은 설화 속에서 하나의 고난만이 나타나는 경우도 있지만, 두 가지 이상의 고난이 중첩되어 나타나는 경우도 있다. 이 경우에는 중심이 되는 고난의 문제를 주요한 고난의 문제로 보고자 한다.

　이러한 고난의 양상은 효의 실천 방법에 따라 세부적으로 분류할 수 있다. 이를 예시하면 다음과 같다.

　가난: 매아득보형(埋兒得寶型), 단발형(斷髮型), 보신개안형(補身開眼型)
　부모의 병: 살아치병형(殺兒治病型), 구약형(救藥型), 상신형(傷身型)
　불의의 사고: 묵인형(黙認型), 살신형(殺身型), 기자형(棄子型)
　배우자의 부재(不在): 재혼형(再婚型), 효교형(孝橋型), 수절형(守節型)
　가족구성원간의 갈등: 개심형(改心型), 기로형(棄老型), 명당형(明堂型)
　제사와 시묘의 문제: 시묘형(侍墓型), 제사형(祭祀型)

　위에 제시한 고난의 문제는 또 다른 고난과 갈등을 발생시키며, 효행설화에서 복잡하고 다양하게 얽혀서 나타나고 있다. 효행과 결부되어 있는 고난의 의미를 파악하고 그 극복의 의지를 구명(究明)하는 것은 효행설화의 특성을 파악하고 전승집단의 의식을 파악할 수 있는 중요한 일이다. 그 작업의 일환으로 호남지역 효행설화에 나타난 고난의 문제에 대해 알아보겠다.

1. 가난

효행설화의 주요 사건 대부분은 '가난'의 문제와 결부된 효행이 주를 이루고 있다. 가난에 따른 고난의 문제는 주로 부모를 물질적으로 봉양하는 설화에서 나타난다. 가난의 상황임에도 불구하고 효행의 주체들은 온갖 정성과 노력으로 효도를 다 한다는 것이 주된 내용을 이루고 있다. 설화의 주인공들은 가난한 가정환경으로 인해 품팔이를 한다거나 남의 집의 종살이도 마다하지 않으며, 구걸로 끼니를 연명하기도 한다. 부모를 봉양할 양식이 없을 때에는 개가 먹다 토한 보리쌀이나 시궁창 속의 지렁이라도 잡아 드린다거나, 심지어 자신의 피붙이까지도 희생하여 부모의 양식으로 사용하기도 한다. 가난의 문제가 고난의 주요인으로 작용하는 이 설화들의 결말부분에는 효행의 사실이 알려져 효행 당사자를 기리는 효자비가 세워지고 물질적인 보상도 받음으로써 가난의 문제가 해결되는 내용을 기본 구조로 하고 있다.

가난의 문제가 효행설화의 구체적인 고난으로 나타나는 설화는 효의 실천 방법에 따라 세분화할 수 있다. 부모의 음식을 빼앗아 먹는 자식을 땅에 묻으려하다 석종을 얻게 되고 그로 인해 자식도 살고 효의 완성을 이루는 '매아득보형(埋兒得寶型)'과 자신의 머리를 팔아 부모의 잔치 비용을 마련하는 '단발형(斷髮型)'이 있다. 그리고 먹을 양식이 부족한 고난의 상황에서 눈이 먼 시어머니를 봉양하기 위해 지렁이 국을 끓여 드린 며느리의 효행으로 인해 시어머니의 몸도 좋아지고 눈까지 뜨게 한 '보신개안형(補身開眼型)'으로 세분할 수 있다.

1) 매아득보형(埋兒得寶型)

매아득보형(埋兒得寶型) 효행설화는 가난한 부부가 부모를 봉양하기 위해 음식을 드려야 하는데 자식이 부모의 음식을 빼앗아 먹어 온전히 봉양할 수 없게 되자 자식을 땅에 묻기로 한다. 부부가 자식을 묻으려 한 곳에서는 석종이나 금 등이 나와서 자식을 땅에 묻지도 않아도 부모도 잘 봉양하게 된다는 내용의 설화로 다음의 9편이 여기에 해당한다.

〈표 1〉 매아득보형(埋兒得寶型) 효행설화(說話)

	누가	누구에게	시기	도움	보상	결말	유형	출전
1	양자 부부	아버지	생전	자력	돈	성공	埋兒得寶型	5-1-230
2	부부	老母	생전	자력	금	성공	埋兒得寶型	5-2-784
3	부부	老母	생전	자력	금덩어리	성공	埋兒得寶型	5-6-354
4	손순 부부	老母	생전	자력	석종, 쌀, 음식	성공	埋兒得寶型	6-4-475
5	부부	아버지	생전	자력	금덩어리	성공	埋兒得寶型	6-7-366
6	부부	어머니	생전	자력	금덩이	성공	埋兒得寶型	6-7-721
7	부부	아버지	생전	자력	금독아지	성공	埋兒得寶型	6-9-71
8	손순	어머니	생전	자력	석종	성공	埋兒得寶型	6-11-203
9	오씨	아버지	생전	자력	×	실패	埋兒得寶型	6-11-390

위 유형의 설화에 나타난 고난의 양상과 전승양상을 살펴보기 위해 설화의 내용을 구조에 따라 간추리면 다음과 같다.

    A. 가난한 부부가 늙은 부모를 모시고 살고 있었다. <결여>
    B. 자식이 부모의 음식을 빼앗아 먹게 되어 부모에게 봉양할 수 없다. <고난>
    C. 부부가 부모의 봉양을 위해 자식을 묻기로 한다. <방법의 획득>
    D. 자식을 묻으려는 곳에 석종(보물, 금덩어리) 등이 나와 자식을 묻

지 않고도 부모에게 봉양할 수 있게 된다. <고난의 제거>
　　E. 부부의 일이 알려져 상을 받고 잘 살았다. <결여의 제거>

위의 설화의 이야기의 구성요소를 분석해 보면 다음과 같다.

A에서 효행의 주체는 부부(5), 손순 부부(1), 손순(1), 오씨(1), 양자부부(1)
이다. 이들은 모두 부부로 묶을 수 있는데, 전통사회의 가장인 남자인 아들
보다는 부부가 효행의 주체로 많이 나타난다. 이것은 '자식과 부모'중 하나
를 선택해야 하는 선택적 갈등의 상황에 처하게 놓일 때 남편이나 아내 어
느 한 편만이 결정하는 문제가 아니라 부부 모두의 공동의 문제로 인식하
고 있다는 증거이다. 부부가 효행의 주체로 등장하는 것은 효행이 단순한
개인의 문제가 아닌 부부 공동의 문제로 인식해 온 것이다.

효행의 객체는 어머니(老母)(5), 아버지(4)로 모두 늙고 힘이 없는 노인들
이다. 이들은 경제적인 자립이 없어 자식들의 보호와 봉양으로 살아가는
인물이다.

B에서 가난한 부부는 부모를 봉양하려 하나 부모의 음식을 빼앗아 먹는
자식으로 인해 고민한다. 부부에게 자식은 가난의 문제를 확대시키는 대상
으로 부부의 효행을 방해하는 장애물로 설정되어 있다. 여기서 자식은 부
부의 사랑의 대상이 아닌 효행의 방해자이며 장애물이다.

C에서 부부는 가난의 문제를 해결하기 위해 자식을 묻기로 한다. 자식의
희생의 과정에는 부부의 진정한 합의가 이루어져야 한다. 여기서 자식을
묻는다는 것은 가난의 문제를 완벽하게 해결하는 효행의 방법이 아니다.
일시적인 미봉책으로 자식의 희생으로 일정량의 식량을 확보하는 정도의
효행의 방법이다. 그래서 이 유형의 설화에서는 가난의 문제와 손주의 부
재로 인한 2차와 3차의 고난의 문제가 발생하며 이 고난들을 완전하게 해
결하기 위해서는 경제적인 보상이 주어지는 득보(得寶)의 과정과 사회적 보

상이 주어져야 하고 가족구성원간의 화해가 이루어져야 한다.

D에서 자식을 묻으려 하는 곳에서는 석종, 금, 돈, 금독아지 등이 나와 땅에 묻으려던 자식도 살게 되고 부모의 봉양도 잘 할 수 있는 행복한 결말의 구조를 가진다. 땅에 묻는 과정에서 얻게 되는 보화로는 금이나 금덩어리, 돈 등이 석종보다 많은 것은 금이나 돈 등이 실제 경제와 밀접한 관련이 있는 물건이고 석종은 부(富)보다는 명예나 상징적인 부를 나타내거나 명예를 상징하는 매개체일 것이다.

그런데 자료 9번의 경우에는 자식을 땅에 묻는 행위만 나와 있고 석종이나 금독아지를 얻게 되는 물질적인 보상이 결여된 설화의 예이다. 이것은 부모에 대한 효행은 이루어졌으나 자식의 죽음과 손주의 부재로 인한 결여와 또 다른 고난의 문제가 발생하게 되는 설화의 예라 하겠다. 일반적으로 효행설화는 비극적인 결말의 내용보다는 행복하게 되는 내용의 결말 구조를 가진다. 이것은 효행설화에 있어서 효행만 중시하고 결과를 경시한다면 흥미 있는 효행설화가 될 수 없으며, 효도하고 복을 받는 효행설화는 효도하고도 비극적인 결말을 맺는 효행설화보다 강한 전승력과 생존력을 가진다고 하겠다.[3]

설화에서 부부가 당면한 문제는 가난이다. 가난으로 인해 부모에게 드릴 양식의 부족으로 부부는 자신의 부모를 제대로 봉양할 수 없었고, 결국 자신의 자식을 희생시켜야 이 상황으로부터 벗어날 수 있다 믿고 부모와 자식 둘 중 어느 하나를 반드시 선택해야만 하는 극한 상황에 처하게 된다. 효를 위해 자식을 희생해야 하는 이 처절한 현실을 감내하며 부부는 결심을 하고 실행에 옮기는데 자식을 묻으려고 판 땅속에서는 석종, 금, 돈, 금독아지가 나와서 죽어야 할 자식도 살 수 있었다. 효행설화의 구조와 결말

---

3) 최래옥, 앞의 책, 90쪽.

이 이렇게 진행이 되어야 자식 죽여 부모 살린 비정한 부모라는 고통에서 벗어날 수 있고, 손주 죽여 노구(老軀)를 이끌고 힘겹게 살아야 하는 조부모의 고통을 해방시킬 수 있을 것이다. 자신이 왜 죽어야 하는지 모르고 고통스럽게 죽어야 하는 손주에게도 이 설화의 결말은 의미가 있을 것이다.

이 유형의 대부분의 효행설화에는 '효를 행하면 복을 받는다'는 사실이 이야기의 전반에 흐르고 있다. 효성을 다하기 위해 지극한 노력과 정성이 필요하다. 때로는 자신의 가장 소중한 것까지도 희생을 감수할 마음이 있을 때 하늘도 이 효성에 감동하여 불가능한 일도 가능하게 된다는 사상이 설화의 밑바탕에 깔려 있다. 이러한 가치가 설화 속에 나타날 때 효행설화는 민중의 공감을 얻으며 강한 전승력을 가진다. 효의 가치와 효행설화의 완성은 가족의 관계망 속에서 완성된다. 부모의 일방적이고 비윤리적인 처사로 인해 땅에 묻혀 죽을 운명에 처하게 된 자식이 자기의사를 분명히 밝힐 수 없고 부모의 잘못된 선택을 간언(諫言)하지 못하고 죽는다면 남아있는 가족들은 죄책감과 후회로 가족의 관계망이 깨지는 결과를 초래하게 된다. 병든 부모도 땅에 묻힐 손주도 이 둘 중 하나를 선택해야하는 부부도 모두 가족 구성원이다. 부부의 시행착오와 자식의 희생에 대해 그 고통의 감각을 소외되는 사람이 없이 가족 모두가 표출함으로써 효행 설화는 완성되는 것이다. 진정한 효는 그것이 비록 갈등을 내포한다 할지라도 가족의 관계망 속에서 서로 반응하고 부대낄 때 효의 완성은 가능해지는 것이다.

설화에 등장하는 보상물들은 한국인이 생각하고 바라는 오복(五福)의 요소인 부(富), 귀(貴), 자손(子孫)이 동시에 이루어지는 보상물이기도 하다.4) 돈, 금, 금덩이, 금독아지의 출현으로 부모를 봉양할 재물을 얻게 되니 부(富)와 연관 지을 수 있고, 이 보상물을 얻음으로써 가난의 문제가 해결되고

---

4) 최래옥, 위의 책, 89~90쪽.

손주도 살릴 수 있게 되어 '자손(子孫)'도 다시 얻게 되고, 다시 살아난 집 안의 귀(貴)한 아들이요, 할아버지, 할머니의 귀(貴)한 손주가 되는 것이다.

자료 6번에서 '석종'의 출현은 부(富), 귀(貴), 자손(子孫) 세 가지가 동시에 이루어지는 보상물이다.

석종은 '효자의 명성(名聲)'을 알리는 매개체로 효자의 소문이 종소리처럼 널리 알려져 '귀(貴)'하게 되었고, 이 소문을 듣고 가난한 효자에게 쌀과 음식이 하사(下賜)되어 '부(富)'를 얻게 되었고, 파묻어서 죽이려는 자식도 석종의 출현으로 살게 되었으니 '자손(子孫)'을 다시 얻게 된 것이다.

E에서 부부의 일이 널리 알려져 상을 받거나 쌀이나 음식 등을 받고 잘 살게 되었다.

자료 7번의 예를 들어 구체적인 구조와 내용을 분석해 보기로 한다.

> 시아버지를 홀로 모시는디 어쩌나 가난하게 살던지 무엇을 갖다 줄런디, 줄 것이 없고, 뭣을 갖고서 가져와서 지그 시아버니를 줄라고 그러는디, 아들 하나가 있는디 요로고(이렇게)문구멍으로 내다본께, 시아버니하고 둘이서, 내다본께 시아버니 준 것을 자식들이 다 먹어. 그래서 인자 죽어 불란다고, "서방님 말여, 제 자식을 죽여 쥬소. 아버님을 우리가 무엇을 드릴 것도 없는디, 무엇을 가져와서 아버님을 드리면 새끼들이 다 뺏아 먹는디, 그런께 우리가 죽여 버립시다. 우리가 낳으면 자식이요." "않을라내." 그래도 막 업고, "내가 업을 것인께 연장하고 가져 오시던 가."가지고 산까지 가 버렸어. 애기는 죽일지도 모르고 딱 웃었 쌌네. 죽일지도 모르고. 자기 묻을라고 하는 구덩이를 보고서 업고 가서 섰는디, 즈거 남자는 파고 며느리는 업고 섰는디, 등에서 막 웃었쌌어. 파서 얼마 동안 팠는가. 그러고 애기를 판 곳에다 놔봐. "머리가 여가 요만큼 나온다. 더 파야 쓰겄다." 더 파야 스이지 더 판께 금독아지가 나와버려. 금독아지가 나오니께로, "인제 죽이지 맙시다. 우리 아버님 자실 것 다 자시고 호강도 다 하시것소." 그리고 새끼를 도로 업고 갔다. 잘 살았어, 잘 살아서 인자.5)

위의 설화에서 가난한 부부는 늙은 아버지를 봉양하기 위해 음식을 드리려 하나 할아버지의 음식을 자꾸 빼앗아 먹는 손주를 보게 된다. 아들 내외는 부족한 양식으로 인해 굶주리는 아버지를 봉양하기 위해서는 자식을 산 채로 땅에 묻는 방법밖에 없다고 생각한다. 부부는 고심 끝에 아들을 땅에 묻기로 결단을 내린다. 부부가 자식을 땅에 묻으려고 땅을 팠더니 그곳에서 금독아지가 나왔고, 이제는 자식을 묻지 않아도 아버지를 잘 봉양할 수 있게 되었다는 결말 구조를 지니고 있다. 이 유형의 설화에서 효행의 주체인 부부는 '자식'과 '부모'라는 가정 구성원 중의 어느 한 명을 선택해야만 하는 현실적 기로(岐路)에 놓여 있다. 부부가 선택의 갈등에 처하게 된 근본적인 이유는 물론 '가난'이다. '가난'으로 인한 먹을 양식의 부족, 생활의 어려움은 1차적인 고난인데 이를 차치(且置)하더라도 부부에게는 부모와 자식 중에 하나를 선택해야만 하는 심각한 문제에 직면해 있다. '가난'이라는 전제 조건은 '효행의 실패'를 예견하는 홍미소(興味素)이다. 여기에 더한 극한의 상황이 가미(加味)된다면 효행의 실패는 가속되고 가정의 붕괴는 불을 보듯 뻔한 일이 될 것이다.

설화 속에 등장하는 부모는 굶주려 있거나 병들어 거의 죽을 지경에 이른 상태로 등장한다. 집안은 어찌나 가난하게 살던지 무엇을 갖다 주고 싶은 데도 줄 것이 없고 먹을 수 있는 무엇인가를 얻어서 가지고 가면 반드시 손주가 할아버지, 할머니가 먹을 음식을 빼앗아 먹는다. 이처럼 자식은 정성을 다해 부모를 봉양하고 싶어도 어떻게 할 수 없는 극단적 상황에 놓여 있다.

"서방님 말여, 제 자식을 죽여 쥬소. 아버님을 우리가 무엇을 드릴 것
도 없는디, 무엇을 가져와서 아버님을 드리면 새끼들이 다 뺏아 먹는디,

---

5) 6-9-71, 자식 파묻어 금독아지 얻은 효부.

그런께 우리가 죽여 버립시다. 우리가 낳으면 자식이요."

시아버지에게 드린 음식이 없어 무엇을 드릴까 고민하는 며느리는 시아
버지가 먹을 음식을 자꾸 뺏어 먹는 자식을 죽이고 먹을 입을 하나 줄이려
는 선택을 하고자 한다. 부모라면 당연히 느껴야 하는 심적 갈등이나 고통
의 감각은 효행보다 더 큰 본능일 텐데도 어머니는 감정은 전혀 드러나 있
지 않은 채 "우리가 낳으면 자식이요."라며 자식 죽이는 일을 감행하고자
한다. "않을라내."면서 이렇지도 저렇지도 못하는 남편의 짧은 말은 어쩌면
감내하기 힘든 고통스러운 상황을 잘 표현한 처절한 몸부림일 것이다.

비정한 어미가 되더라도 "내가 업을 것인께 자식이요.", "내가 업을 것인
께 연장하고 가져 오시던 가."라며 결단을 내리는 모습은 자식 죽이는 어미
라는 사회적 지탄이나 비난, 죄책감, 고통의 감정을 억누르며 결단을 감행
하는 인물이 한 집안의 며느리고 한 아이의 어머니인 여성임을 내세우고
있다. 아무런 감정이 없이 자식을 묻어 죽이려는 비정한 행위는 며느리의
효심을 더 크게 드러내며, 지극한 효심을 나타내기 위한 설정이 된다. 자식
을 묻어 죽이고 부모에게 봉양하려는 행위의 비윤리성보다 며느리의 효행
에 더 큰 관심을 두는 효 우위의 의식의 표현에서 나오는 설정이라 하겠다.

자식이나 부모 중 어느 하나 반드시 선택해야 하고 선택된 대상의 부재
는 가정의 붕괴를 만들어 내는 또 다른 위기를 만들어 내는 흥미소이다. 이
러한 선택과 갈등의 상황에서 다시 구할 수 없는 절대적 존재인 '아버지'를
택하고 자신의 자식을 과감히 포기하는 결단을 감행한다. 결국 "우리가 낳
으면 자식이요"라는 자식의 희생을 정당화시키는 비정한 어머니의 자기변
명이며 합리화일 수 있다. 육친의 정에 얽매여 갈등하는 '남편'은 "않을라
내."는 짧은 말만 할 뿐 과감한 결단과 희생을 감당하지 않으려고 한다. 이
유형의 설화에서는 '며느리'를 내세워 이러한 일을 과감하게 시도하게 만

든다. 결혼이라는 제도로 새롭게 가족에 편입된 '며느리'를 통해 자신이 배 아파 목숨을 걸고 직접 낳은 자식을 이제는 자신의 손으로 죽게 만들고, 어 떠한 인간적인 갈등과 고뇌를 느끼지 않는 비정한 어머니로 만들고 만다. 이러한 극한 상황의 흐름은 가난의 전제 조건에서 순차적으로 발생하는 문 제들이다. 가난 때문에 부모를 제대로 봉양하지 못했고, 이런 가난으로 인 해 자식을 죽여야만 하는 극단적인 방법을 동원해야만 한다. 부모는 자식 을 죽이는데 있어 어떠한 인간적인 망설임도 없는 비정한 인물이 되었으 며, "가난 때문에 저런 일을 하겠느냐"는 비난을 받게 되는 처지가 되고 말 았다. 이렇게 볼 때 효라는 것이 숭고한 인간성의 발현이 아니라 인간성을 말살하는 두려운 것이라 느끼게 한다. 효행에 따르는 고난과 희생은 자식 을 죽음으로까지 몰고 가야 하는 극단적인 방법만이 있는 게 아니다. 과거 의 효행설화가 효행의 실천에 있었다면 현재의 효행설화는 효행의 상황에 발생하게 될 고난의 문제에 대한 관심과 해결에 있다. 이 고난을 어떻게 극 복해 나가야 할 것인가에 대한 해결 방식과 그 내재적 의미에 관심의 방향 을 돌려야 할 것이다. 가부장적 가족제도에서 부모에게 물질적으로 봉양하 기 위해 자식을 희생하는 것은 그럴 수도 있는 선택이지만, 한편으로는 가 족 구성원의 일원인 손주의 역할과 위치를 망각한 행동일 것이다. 효행의 대상인 할아버지도 가족의 중요한 구성원의 하나이겠지만 부모봉양의 희 생양이 되어버린 손주도 소중한 가족 구성원의 일원이다. 또한 '부모와 자 식'이라는 선택의 상황 속에서 갈등하며 극단적인 방법을 동원해야만 했던 부부 또한 가족의 구성원이다. 이러한 모든 상황이 고려되지 않고 자행되 는 자식의 희생은 '자식 죽여 이룩한 효의 완성'이라는 불명예를 얻게 될 것이다. 가족 구성원의 생명을 파괴하고 그 생명의 파괴로 인해 가정의 화 합이 깨지는 것이 진정한 효의 가치인지 재고해야 할 것이다.

효의 본질은 물질적 봉양만이 전부는 아니다. 값진 의복과 진수성찬으로 드리는 물질적 봉양만이 진정한 효는 아닐 것이다. 물질적인 봉양도 중요하겠지만, 정신적 봉양에 바탕을 두지 않은 물질적인 봉양은 오히려 효의 숭고한 정신을 망각하는 것이다. 효행의 주체인 부부는 부모의 봉양에 자식은 방해물이라 생각하고 자식을 기꺼이 희생하려 하는데, 노부모에게 있어서 손자는 사랑스런 피붙이로 손주를 묻으면 더할 수 없는 불효가 되고 만다. 자식을 묻고자 하는 부모의 마음 또한 생각해 보면 그리 편한 선택만은 아니었을 것이다. 부모를 살리고 난 후의 부부의 마음이 어떠했을지, 또한 손주의 부재로 인한 가정의 존재 여부도 생각해 보지 않을 수 없다.

이 유형의 설화가 부모를 봉양하기 위해 자식을 살해한 설화였다면 효행설화의 가치와 전승력을 잃고 사라져 버렸을 것이다. 그래서 전승자는 효행설화의 가치를 부여해 주기 위한 '구원의 장치'를 만들었고, 이 장치로 통해 전승 효행설화로서의 가치는 또 한 번 인정을 받게 된다.

설화의 내용을 살펴보면 부모가 자식을 묻기 위해 땅을 파 보니 금독아지, 석종, 돈 등이 출현하여 자식도 살리고 부모도 편안히 모실 수 있게 된다는 내용이 나온다. 또한 부부의 효행의 일들이 알려져 효자비, 표창, 사회적인 인정까지도 받게 된다. 설화의 결말부분에 나오는 이러한 일련의 보상물들은 이 유형의 설화가 효행설화로서의 가치를 인정하고 민중들의 공감도 얻으며 살아남을 수 있는 구원의 장치인 것이다.

한국인이 생각하는 행복은 기준을 '부(富), 귀(貴), 자손(子孫)'이라 한다면 여기에 나타난 효행의 결과말들은 한국인이 바라는 행복의 조건을 모두 가지고 있는 예라 할 것이다. 가난 때문에 부모를 봉양할 수 없었던 현실적인 문제는 금독아지나 석종 같은 물질적인 보상물을 통해 해결할 수 있게 되었고, 죽을 수밖에 없었던 자식은 다시 살게 되었고, 부부의 효행 사실이 알려져 명성이 높아지게 되는 이러한 보상은 효행설화를 향유하는 집단들이 진정으로 원하는 모습이라 하겠다. 이러한 구원의 장치가 없게 된다면 효행설화에는 삶의 비극성만이 강렬하게 표출되고 전승설화로서의 가치 또한 잃고 말 것이다.

매아득보형 설화는 일반적으로 매아(埋兒)와 득보(得寶)의 과정이 동시에 이루어지는데 반해 다음의 설화 자료 9의 경우 자식을 묻는 '매아(埋兒)'의 과정은 있지만 '득보(得寶)'의 과정은 없는 설화의 예이다.

> 그렇게 부모 돌아 가실 때 즈긔 아들을 낳는디, 말하자면 그 양반 아들을 하나, 효자 아들이 있어. 할아버지 상에서 뭣을 맨날 먹었쌓게, 아이고 참 괴롭지, 마음으로, 그러는디 그것을 어떻게 했냐 하면, 애 즈그 내외, 이를테면 그 양반들 내외가, "이 아이를 갖다 묻어버리자." 묻어버리고, 할아버지 상에서 늘 자실만한 걸 놓면 먹어쌓게. [조사자: 조그만 애기가요?][6]

이러한 설화의 변이가 이루어지는 이유로 먼저 구연자의 기억력과 관련하여 나타나는 설화 외적인 요인을 들 수 있다. 실제 이 설화는 전반부에는 시묘(侍墓)살이와 관련된 이야기가 나오고 후반부에는 자식을 묻는 매아(埋兒)의 설화가 삽입되어 있는 설화이다. 그런데 설화 구연의 상황에서 구연자는 현장의 흥미를 위해서 일부러 다른 설화의 내용을 끌어오거나 고령의 경우 기억력이 나빠 이야기를 중간에 끝내거나 중단하는 경우가 있다. 다른 한편으로는 설화의 변이가 실제로 일어난 예라고도 볼 수도 있다. 이 경우에 내재해 있는 의미를 추출해 보면 비극적인 결말을 통해 효행만 강조하고 결과를 경시하는 설화로 만들있다면 그 실화는 민중들의 공감을 얻기 힘들 것이고, 결국 생존력을 잃게 되는 설화가 되고 말았을 것이다. 매아득

---

6) 6-11-390, 오씨효자.

보형 설화에는 가난으로 부모에게 드릴 양식의 부족에서 오는 1차의 고난과 음식을 빼앗아 먹는 자식을 땅에 묻어야 하는 2차의 고난, 그리고 자식의 죽음 이후에 오는 가정 구성원간의 3차의 고난이 발생할 수 있다. 고난의 해결을 위해 택한 부부의 자식 희생의 방식은 할아버지의 생명을 잠시 연장시키는 정도의 임시방편의 해결책이다. 그러나 기력을 회복하게 된 할아버지는 자신의 먹을 음식을 충분히 마련하기 위해 조금 전까지 함께 뛰어 놀며 자신이 그토록 예뻐했던 손주가 없다는 사실을 알게 되었고, 손주를 묻은 당사자가 며느리이고 아들 또한 그 범죄의 가담자였다는 사실을 알게 되었을 때의 충격은 실로 대단할 것이다. 노인은 죄책감에 시달리고 손주를 거리낌 없이 묻어 죽이는 비정한 며느리와 그것을 막지 않고 방조한 아들과 같은 하늘 아래에 있고 싶지 않을 정도로 '불구대천지원수지간(不俱戴天之怨讐之間)'이 될 수도 있었을 것이다. 이처럼 생명윤리와 효 윤리의 대립적 양상을 보이는 매아득보형 효행설화에서는 고난의 완벽한 해결을 위해 석종이나 금덩어리를 얻게 되는 이적이 일어나게 된다. 이러한 득보의 과정은 자식을 살리는 계기가 되어 아들과 손주의 부재가 가져다 줄 가정 내의 고난의 상황도 역시 해결해 주는 역할도 하게 된다. 또한 이 유형의 설화가 자식을 땅에 묻고 죽이려는 부모의 살인 의도가 처음에는 충분히 있었으나 실제 자식의 살인이 벌어지지 않았다는 점은 시사하는 바가 크다.

2) 단발형(斷髮型)

단발형 효행설화는 효행의 주체인 며느리가 가난으로 인해 부모의 잔치 비용을 마련하지 못하는 고난의 상황에서 자신의 머리를 팔아서 그 비용을 마련한다는 내용의 설화이다. 이 유형의 설화는 모두 6편으로 다음과 같다.

〈표 2〉 단발형(斷髮型) 효행설화

	누가	누구에게	시기	도움	보상	결말	유형	출전
1	효부	노인	생전	자력	효자상 벼슬	성공	斷髮型	5-2-178
2	효부	시아버지	생전	자력		성공	斷髮型	5-5-115
3	효부	시아버지	생전	자력	효부상	성공	斷髮型	5-6-355
4	효부	시아버지	생전	자력		성공	斷髮型	6-3-78
5	효부	시아버지	생전	숙종대왕	과거급제	성공	斷髮型	6-4-225
6	효부	시아버지	생전	성종	과거급제	성공	斷髮型	6-5-428

이 유형의 설화의 내용을 구조에 따라 간추리면 다음과 같다.

A. 가난한 부부가 부모를 모시고 살고 있었다. <결여>
B. 부모의 생일 잔치를 할 수 없었다. <고난>
C. 며느리가 머리를 팔아서 부모의 잔치 비용을 마련했다. <방법 및
   고난의 제거>
D. 이 일이 알려져 상을 받고 잘 살았다. <결여의 제거>

A에서 효행의 주체는 모두 며느리(6)이다. 며느리는 자신의 머리를 팔아
효행의 객체인 시아버지(6)의 잔치 비용을 마련한다. 이 유형의 설화에서
남편은 경제적인 자립이 없는 무능한 인물로 그려져 있다.

B에서 고난은 가난으로 인해 시아버지의 잔치 비용을 마련할 수 없는 것
이다.

전통사회에서 가정의 생계를 책임지는 인물은 한 집안의 남편이며 아들
인 남자인데 이 유형에서의 설화에서 남편은 경제적인 자립심이 없는 무능
한 인물로 그려지고 있다. 한 집안의 며느리이며 아내인 여성이 시아버지
의 잔치 비용을 마련하기 위해 자신의 소중한 머리를 파는데 이 무능한 남

편이며 집안의 가장인 아들은 자신의 신세를 한탄하는 정도의 무능한 인물이다.

이처럼 효행설화에서는 여성인물을 그리는데 있어 현실을 직시하고 주어진 운명을 개척하고자 하는 적극적인 인물로 그려지고 있다. 반면 남성인물은 주어진 운명에 수긍하고 자신의 신세를 한탄하며 그대로 따르려는 소극적이고 무능한 인물로 그리고 있다.

C에서 며느리가 부모의 잔치 비용을 마련하기 위한 방법으로는 단발(斷髮)의 행위가 등장한다. 전통사회에서 '머리카락'은 금전과 관계가 있는 점도 있지만, 여성의 입장에서 보면 자신의 생명과도 같은 소중한 머리카락을 자르는 행위는 '여성성'을 버리는 과감한 희생의 행위이기도 하다. 자신을 희생하면서까지 부모에게 공양(供養)하려는 며느리와 신세 한탄만 하는 남편과의 대비를 통해 체면과 형식에 따지기 보다는 효의 실천적인 행위를 강조하는 효과가 있는 설화라 하겠다. 효는 머릿속의 생각만으로 이루는 게 아니라 실천을 통해 이루어지는 행위이다. 자신의 소중한 것까지도 희생하겠다는 각오야말로 전승집단이 원하는 효의 모습이 아닐까 한다.

D에서 며느리의 행동이 왕이나 주위 사람에게 알려져 보상을 받게 된다. 며느리의 행위를 통해 관념적이고 추상적인 효의 가치보다는 실천적 생활 윤리로서의 효의 가치를 보여 주었고 중시하였다는 것을 알 수 있다. 며느리의 이러한 행동은 당시의 거대 절대 권력이었던 임금에게까지 알려져 남편은 과거에 급제하고 벼슬을 하게 되어 사회적 지위가 상승하는 계기가 되었고, 며느리는 효부상을 받게 되는 명예를 얻게 되었다.

나라 상감님이 대통령이 시찰을 다녔거든. 전(前)세상에는, 밤에 살짝이 혼자 가동 그래 한군데를 가닌게 불이 빼-하더래. 그래서 문구녁으로 가만히 본개, 한 사람은 노인이 앉아서 후드럭후드럭 뭘 먹고, 여자

는 중이 되었어. 머리를 깎고, 머리를 깍고 춤을 추고, 또 남자 하나 앉
이서 홀쩍홀쩍 울고 그러더래. 아무리 생각해도 요상하더래.

"아이구,어째서 여자는 중 춤추고 노인은 뭘 후드럭후드럭 먹고,또 남
자는 울로 앉았고."아 그래서 아무리 해득(解得)을 할래도 해득할 수가
없어서 지침(기침)을 하고 문을 열고 들어 갔어."지내다가 날이 춰서 어
한(御寒)조깨(조금)할라고 들어왔다."고. 그래 딱 들어가서, "그, 어전 일
이 이런 일이 있냐?"고 물었어.

"어찌 여자중은 춤을 추고 남자는 울고 노인은 먹냐?"고 물은개, 그
노인이 한다는 소리가, "내가 오늘이 환갑날이여. 환갑날인디, 생일, 환
갑날인디 며느리가 아무것도 먹을 것도 없은개로 머리를 베어서, 머리
를 베어서 곡식을 구해다가 나를 해서 줘서 나는 이렇게 먹고, 요리 아
들은 우리 아들은 그냥 그걸 희귀한 것을 못보고,여자가 그렇게 여자가
머리를 깎아서 그렇게 곡식을 구해다 어머니 환갑잔치를 한개 서러서
운다."고 그러드래. 그래서 그 노인은 그 머리를 깎아서 팔아다 준개 먹
어야지.그런개 인제 먹고 그런다고 하더래.

그런개로 인제 그 상감님은 뭐라고 하는고 하면은, "아, 그러냐고. 소
자(孝子)고 소부(孝婦)라."고 함서, "아, 요새 소문을 들은개 과거가 있다
고 한 소문을 들었다고. 아무 날 아무 시에 있다고 하오. 뜻밖에 이런
과거가 있다고. 그런개 그때에 가서 과거를 보면 어떻겟냐?"고 그랬어.
그래서 인자, 뭔지 모르고 가서 그 사람의 이름이 성명을 적어가서, 인
제 그 사람이 과거를 올라가 갖고는 참 글씨를 내서 걸었단 말이여. 기
러닌개 인자 그 소자라는 이한테 큰 벼슬을 줬어. 그래 갖고는 부모를
잘 위하고 살았다.[7]

전통사회에서 회갑(回甲)은 한 사람의 단순한 생일이라 아니라 그 이상의
의미를 갖는다. 사람이 태어나 처음으로 맞는 생일을 '돌'이라 하고 부모는
아이의 건강과 장수를 바라는 마음에서 돌잔치를 베푼다. 이 바람이 60년
동안 이어질 수 있었던 것에 대한 축하와 더욱 장수하기를 바라는 자식들

7) 5-2-178, 상가승무노인탄(喪家僧舞老人歎).

이 부모에게 베푸는 잔치가 바로 환갑잔치이다.[8]

평균 수명이 그리 길지 않았던 전통사회에서 어떤 한 사람이 회갑을 맞는다는 것은 그만큼 오래 살았다는 의미이면서 집안의 큰 경사이자 가문의 자랑거리, 마을의 잔치였다. 또한 유교윤리인 효행사상을 보급하고 강화하기 위한 방편으로 이용되기도 하였다. 회갑은 인생의 60년을 되돌아보고 새로운 삶을 출발하기 위한 제2의 인생의 시작이라는 의미도 있다. 그래서 자식은 산해진미(山海珍味)를 갖추어 회갑상을 마련하고 주위 사람과 친지를 불러 부모의 장수를 축하하며, 부모의 위상을 높이는 이 일을 기쁨으로 해왔었다.

> "그때 왕의 나이가 61세였는데, 술자(術者)가 환갑(換甲)을 맞는 해에는 액운이 닥친다는 말을 했기에 왕은 은혜를 베풀고 죄인을 풀어주고 용서하였다.[9]

> "스물 살에 아들을 얻었으니 그 때가 병신년이요.
> 육십 년이 훌쩍 지났구나
> 나는 여든, 아들은 환갑을 넘었네
> 우리 두 부자 모두 장수하였네"[10]

> "어느 날 어머님의 수연 잔치 베풀었더니
> 집안에는 가득하니 봄꽃 기운 흘렀다네.
> 기쁘고 화락하니 즐거움이 끝이 없어
> 풍수는 고어의 정을 품지 아니했네."[11]

---

8) 최순권 외, 『수복·장수를 바라는 마음』, 국립민속박물관, 2007, 100쪽.
9) 『高麗史』卷28, 世家28 忠烈王 二十二年 春正月 壬申. "時, 王年六十一, 術者, 有換甲厄年之說, 故推恩肆宥."
10) 沈守慶, 『聽天堂詩集』, 『丙申元月』, "卄歲生兒是丙申. 年六十甲還辰. 踰八耋兒還甲. 子俱爲壽域人."
11) 金誠一, 『鶴峯逸稿』「孝梅」, …慈闈一夕展壽筵 滿堂萱景流春榮 怡怡和樂樂無窮 風樹不

"마침 회갑날이 되어 술자리를 베풀었다."[12]

"회갑을 맞아 축수의 자리 베풀었다."[13]

부수찬(副修撰) 목임일(睦林一)이 상소하여 진연(進宴)을 정지하는 것이 옳지 않음을 논하여 말하기를, "내년은 자의대비慈懿大妃의 회갑이 되는 해입니다. 민간의 미천한 백성도 부모의 회갑이 되면 술을 거르고 음식을 장만하여 친족을 모아 축하하니, 이는 곧 인정상 그만둘 수는 없는 것입니다. 풍족하게 장만하고 거창하게 준비하지 않는 잔치라면, 민생을 걱정하고 흉년을 근심하는 뜻에 또 무엇이 나쁘겠습니까? 내년에 또 흉년이 든다면 끝내 폐지하고 거행하지 않으시려 하십니까?"[14]

"우리나라에서는 61세 생일이 되면 회갑이라 하여 잔치를 열어 장수를 축하한다. 이날에는 친지와 친구들이 모두 모여 술잔을 올리며 하례를 한다. 자녀들은 비단옷을 입고 흥겹게 춤을 춘다. 부모는 비록 효도를 다하지 못한 채 자신의 어버이를 여읜 자식의 슬픔이 있긴 하지만, 자녀들의 정을 생각해서 혹은 억지로 받아들여서 자식들의 즐거움을 차마 빼앗지 못하는 것이다. … 부모님의 생신날에는 삼가 공경히 엄숙하여 술잔치와 음악을 행하지 말며 단지 낳아서 길러주신 수고로움에 대한 은혜만을 생각하는 것이 옳다."[15]

　　자식들은 부모의 장수(長壽)을 축하(祝賀)하는 수연(壽筵, 壽宴)을 베풀었는데 이 수연례(壽宴禮)는 노인을 공경하고 받드는 경로의식에서 비롯되었다.

抱皐魚情…

12) 鄭弘溟, 『畸翁漫筆』"適値初度設酌"
13) 丁若鏞, 『茶山詩文集』, "重回甲子設芳筵."
14) 『朝鮮王朝實錄』「肅宗實錄」13, 肅宗 8年 10月 9日 壬午 "副修撰睦林一上疏, 論停宴之不可曰:明年適當慈懿大妃回甲之年. 閭巷小民. 當父母回甲之歲. 猶且釃酒設饌, 聚族而慶之, 此乃人情之所不能已者. 旣非豐亨豫大之擧, 則亦何妨於憂民隱凶之意乎? 設令明年又不稔, 其將遂廢不行乎?"
15) 李圭景, 『五洲衍文長箋散稿』「壽筵」

국가 차원에서 베푸는 양로연(養老宴), 개인적 차원에서의 의례로 수연례가
있어서 일반서민에서 왕에 이르기까지 중요한 일생의례로 자리잡게 되었
다. 조선의 22대 왕이었던 정조대왕(正祖大王) 역시 화성행차(華城行次)의 가장
중요한 행사로 혜경궁 홍씨(惠慶宮洪氏)의 회갑잔치를 거행하였다. 8일간의
이 성대한 축제는 혜경궁 홍씨의 두 딸과 여자 친척 열세 명, 남자 친척 예
순 아홉 명이 참가하였다. 회갑잔치는 전통적인 왕실 예법에 따라 진행되
었고, 왕을 비롯한 여러 하객들이 순서에 따라 혜경궁 홍씨께 배례하면서
진행하였다.

수연(壽筵, 壽宴)에 대한 기록은 조선에 이르러 자주 등장하기 시작하며 효
행을 절대적으로 강조하는 유교 윤리와 규범을 강조하는 국가통치 이념으
로서의 역할을 하며 사용되어 진다.

특히 세종대왕에 이르면 백성들의 교육을 위한 윤리·도덕 교과서이며
생활실천서로『삼강행실도(三綱行實圖)』,『효행록(孝行錄)』등을 간행·보급하
였고, 이를 통해 가부장적 윤리를 확립하여 가족 내의 질서를 확고히 하고,
이를 바탕으로 군신의 윤리와 명분론적 사회 질서를 공고히 하고자 한 의
도였다. 유교 윤리를 확립하고 국가의 통치이념으로 체계화하여 양반 사대
부뿐만 아니라 일반 민중 모두에게 생활화된 효행의 삶을 가르치는 일, 이
를 실천하고자 노력하고자 한 대표적인 군주는 세종인데 실록에는 김보인
의 아내 왕씨가 시어머니에 대한 불손함을 의정부에 논의하게 한 '헌수(獻
壽)'에 관해 기사가 등장한다.

당초에 김보인(金寶仁)의 아내 왕씨(王氏)가 그 시모(媤母)의 회갑(回
甲) 날에 지아비의 기첩(妓妾)을 시샘하여, 그 분한(憤恨)으로 인하여 시
모에게 불순(不順)하였다. 의정부로 하여금 논의하게 하니, 우의정 신
개가 논의하기를,
"무릇 아내 된 도리는 시부모를 잘 섬겨서 그 뜻을 조금이라도 어길

수 없는 것입니다. 『곡례(曲禮)』에 이르기를, '자식으로서 그 아내를 매우 마땅하게 여기더라도 부모가 좋아하지 않으면 버려야 하며, 그 아내가 마땅치 못하더라도 부모가, 「이 사람은 나를 잘 섬긴다.」하면, 자식은 부부의 예(禮)를 행해서, 죽을 때까지 같이 살아야 한다.'고 하였습니다. 김보인의 아내가 부모에게 헌수(獻壽)하는 날을 당해서 족친(族親)의 존장(尊長)이 다 모였는데, 지아비의 기생 첩을 보고 질투하는 마음을 일으켜 안방으로 뛰어 들어가 마침내 헌수하는 예를 행하지 않았으니, 그 평일에 있어서 효도하고 공순하지 않았다는 것을 단정코 알 수 있습니다. 칠거지악(七去之惡)에 부모에게 불순(不順)하는 것을 으뜸으로 삼고 있으니, 비록 시아버지의 삼년상(三年喪)을 함께 치루었다고 하더라도 지금 살아 있는 모친에게 공순하지 않았으니, 어찌 버리지 않을 수 있겠으며, 버리지 않으면 효도가 아닙니다. 더군다나 나쁜 병이 있거나 간사한 계집도 버려야 한다는 것인즉, 부모에게 공순하지 않는 것은 이보다 더 무거운 듯하니, 이것을 징계하지 않는다면 시부모를 가볍게 여기고 그 지아비를 능멸(陵蔑)하여 강상(綱常)을 무너뜨리는 자가 잇달아 일어날 것입니다.…"16)

김보인의 아내 왕씨는 부모에게 헌수(獻壽)하는 회갑연의 자리에서 친족과 가족 어른들이 다 모여 있는데도 불손한 태도를 보인다. 남편의 기생 첩을 보고 질투하는 마음이 발동한 왕씨는 안방으로 뛰어 들어가 헌수하는 예를 행하지 않고 가족과 친족이 보는 앞에서 이런 사건을 일으켰으니 당시의 기준으로 보나 지금의 기준으로 보아서도 큰 사회문제였기에 이 문제를 어떻게 처리할 지 의정부에서 논의가 이루어졌다.

지금의 현행 민법에서 재판상 이혼의 네 번째 원인으로 들고 있는 것은

---

16) 『朝鮮王朝實錄』「世宗實錄」100卷, 世宗 25年 4月 29日 甲寅, "初, 金寶仁妻王氏於壽親日, 妬其夫妓妾, 因憤恨不順於其親, 令議政府議之. 右議政申槪議曰: "凡爲婦道, 當順事舅姑, 不可少違其旨. 『曲禮』曰: '子甚宜其妻, 父母不悅, 去. 子不宜其妻, 父母曰: 「是善事我.」, 則子行夫婦之禮, 沒身 [不] 衰.' 金寶妻當獻壽族親, 尊長皆會, 見夫妓妾, 肆其妬情, 突入閨房, 終不行獻壽之禮, 其平日不爲孝順, 斷可知矣.""

'자기의 직계존속이 배우자로부터 심히 부당한 대우를 받았을 때'인 이른바 '불손행위'에 의한 것이다. 지금의 관점에서도 시부모나 장인 장모에게 불손한 태도를 보인 불손행위(不遜行爲)는 이혼의 귀책사유에 해당한다.

'김보인의 헌수사건(獻壽事件)'이 벌어진 시기는 성리학이 조선에 수용되고 『주자가례(朱子家禮)』의 보급과 『소학(小學)』 교육이 장려되어 유교이념과 유교의례는 상류사회로부터 점차 민중생활 속에까지 깊이 뿌리를 내리면서 정치·경제·사회·사상에 공과(功過)의 양면에서 심대한 영향을 끼친 1443년이다. 세종이 효행을 생활 실천윤리, 유교적 질서체계와 국가 통치의 이념으로 만들기 위해 노력하여 설순 등에 명하여 『효행록(孝行錄)』을 중간(重刊)한 해는 1428년이다. 1428년은 진주(晉州)에 사는 김화(金禾)가 아버지를 살해하는 사건 '강상죄(綱常罪)'[17]가 일어나는 해이며 세종은 이 사건을 계기로 효의 의미를 무지한 백성들에게 전하기 위해 『삼강행실도(三綱行實圖)』을 편찬했으니 그 해가 바로 1434년이다. 그런데 10년도 지나지 않아 이 모든 노력과 유교윤리와 가치관, 국가 통치이념까지 송두리째 무너뜨릴 사달이 났으니 그 충격은 대단히 컸을 것이다.

당시의 기준이었던 '칠거지악(七去之惡)'에서도 부모에게 불순(不順)하는 것을 으뜸으로 삼고 있었고, 비록 왕씨가 시아버지의 삼년상(三年喪)을 남편과 함께 치렀다고 하더라도 지금 살아 있는 모친에게 공순하지 대하지 않았으니 그 삼년상도 거짓이었고 왕씨의 이 일을 징계하지 않고 그냥 넘어간다면 시부모를 가볍게 여기고 그 지아비를 능멸(陵蔑)하여 강상(綱常)을 무너뜨리는 자가 잇달아 일어날 것이며 종국(終局)에는 국가의 통치이념과 왕실의 기강까지도 무너질 것이라 경고하였다.

이처럼 수연례는 유교적 효행사상을 보급하고 확립하는 수단으로 사용

---

17) 사람이 지켜야 할 도리에 어긋난 죄.

되었으며, 효행사상의 전파와 생활의 실천 윤리로서 국가통치 이념의 실천으로서 그 궤를 같이 해왔음을 말해준다.[18)

백성들의 교육을 위한 발간되고 보급된 일련의 윤리·도덕 교과서는 문자를 알지 못하는 일반민중에게도 그림으로 전해지고 구비전승되어 사회전반에 걸친 정신적 기반으로 작용하였고, 알게 모르게 민중들의 삶에 지대한 영향을 주었을 것이다.

위에서 예로 든 효행설화에서 가난의 문제는 부모의 잔칫상을 마련하지 못하는 부부의 안타까운 마음만을 의미하지 않는다.

가난한 일반 민중들의 삶과 달리 항상 어의를 곁에 두고, 영양가 높은 음식들만 먹었던 조선의 왕의 평균 수명은 46세이었다. 83세까지 살았던 영조, 74세 태조, 고종은 68세, 광해군은 67세, 평소 격구를 즐긴 정종은 63세, 숙종은 60세로 60세를 넘긴 이는 6명뿐이었다. 게다가 조선의 왕 중 최단명한 단종 17세를 포함하여 40세도 넘기지 못한 왕(단종 17세, 예종 20세, 헌종 23세, 인종 31세, 연산군 31세, 철종 33세, 명종 34세, 현종 34세, 경종 37세, 성종 38세, 문종 39세)도 11명이나 된다.[19)

무병장수를 갈구하고 어의까지 대동했던 조선시대 임금들도 그만큼 환갑을 넘기기가 쉽지 않았다. 결국 환갑이란 사람의 노력 여하와 상관없이 하늘이 정해주는 것이란 인식이 강했다. 그래서 '타고난 수명'이란 의미로서 하늘이 내려준 목숨이란 의미로 '천수(天壽)'라 부른다. 지금이야 칠순, 팔순, 구순에 잔치를 한다고 하는데 불과 몇 세기전만 하더라도 대부분 환갑 이전에 상례(상례(喪禮))를 치르는 게 현실이었고 일상이었다.

왕후장상(王侯將相)도 얻기 어려운 '천수(天壽)'를 무지랭이 백성이 얻었으

---

18) 김동춘, 「유교와 한국의 가족주의」, 『경제와 사회』 55, 한국산업사회학회, 2002, 100쪽.
19) KBS1 『생로병사의 비밀』 「장수의 조건」, 2007.04.25.

니 얼마나 기쁜 일이고 자랑할 만한 영광이었는가. 그러므로 환갑잔치는 없는 형편이라도 해야 했고, 이웃에게 부조(扶助)를 받더라도 빚을 내서라도 내 소중한 머리를 팔아서라도 잔칫상을 차릴 만큼 경사스런 날이었다. 일생의례 중 관혼상제(冠婚喪祭)는 사람이면 누구나 치르는 의식[20]이지만 수연례는 하늘이 정해준 극히 일부의 복된 사람만이 누리는 '천은(天恩)'이었기에 이러한 천부성(天賦性)과 희소성(稀少性)으로 인해 어느 의례보다도 영광스럽게 여기고 행해 왔다.

가난의 문제는 부모에게 효행을 할 수 없다는 고난과 또 다른 고난의 상황을 만들어 낸다. 가난과 고난의 상황에서 펼쳐지는 부부의 마음가짐과 인식의 차이에서 또 다른 고난이 발생한다. 현실을 받아들이는 태도에 따라 고난의 문제는 달라 보일 수 있다. 주어진 현실을 어떻게 바라보느냐에 따라 극복의 유무가 결정되고, 이 문제를 해결해 나가는 방법이나 해답 또한 달라진다. 부부는 '효행'이라는 공동의 목표를 지니고 있었는데, 그런데 현실을 바라보는 인식의 차이와 태도로 인해 아내는 목표에 도달할 수 있었지만 남편은 공동의 목표에 도달하지 못하고 말았다. 부부에게 주어진 현실의 상황은 효를 행하기에는 어려운 고난의 상황이었다. 그런데 아내만은 현실을 그렇게 비참하지도 절망적이지도 않은, 노력하면 이 절망적인 상황을 변화시킬 수 있고 바꿀 수 있다는 신념으로 그 목표에 도달할 수 있었다. 현실을 견딜 수 없는 숙명 같은 것이라 믿었던 남편은 또 다시 무능한 가장이 되고 만다. 부모를 섬기는데 있어서 지극한 정성과 굳은 의지만 있다면 현실의 문제는 극복할 수 있는 단순한 일이라 믿었던 아내는 자신의 머리를 팔아 잔치 비용을 마련한다.

며느리의 단발(斷髮)의 행위는 현실을 직시하고 주어진 운명을 개척하고

---

20) 冠婚喪祭 중 혼인(婚姻)은 전통사회에서는 반드시 해야 하는 의례였지만 현대에 들어서는 필수가 아닌 선택으로 바뀐 일생의례이다.

자 하는 여성의 현명한 판단에서 나오는 과감한 희생의 행위이다. 부모의 잔치 비용을 마련하기 위해 '여성성'까지 버리고 과감한 희생을 선택한 여인의 마음이야 말로 진정한 '살신성효(殺身成孝)의 마음'이라 하겠다.

3) 보신개안형(補身開眼型)

가난의 문제는 굶주리는 부모를 위해 지렁이를 잡아 드려야 하는 고난의 양상도 드러나게 한다. 이 유형의 설화는 가난한 집에 시집온 며느리가 있었는데 먹을 양식조차 없는 고난의 상황에서 시어머니께 지렁이국을 끓여 드렸고 눈먼 시어머니는 눈까지 뜨게 된다는 내용의 설화이다. 이 유형의 설화는 8편이 전해진다.

〈표 3〉 보신개안형(斷髮型) 효행설화

	누가	누구	시기	도움	보상	결말	비고	유형	출전
1	며느리	시어머니	생전	자력	상	성공	군인	補身開眼型	5-1-52
2	며느리	시어머니	생전	자력	동네상	성공	행방불명	補身開眼型	5-1-279
3	며느리	시어머니	생전	자력		성공	군인	補身開眼型	5-1-454
4	며느리	시어머니	생전	자력		성공	벼슬 혹부리형	補身開眼型	5-2-383
5	며느리	시어머니	생전	자력		성공	벼슬,	補身開眼型	5-2-413
6	며느리	시어머니	생전	자력	효자문 전답, 집, 열녀문	성공	장사	補身開眼型	5-3-715
7	며느리	시어머니	생전	자력		성공	출타, 開眼	補身開眼型	6-5-334
8	며느리	시어머니	생전	자력		성공	징용	補身開眼型	6-8-402

이 유형의 설화의 내용을 구조에 따라 간추리면 다음과 같다.

A. 가난한 집의 며느리가 눈먼 시어머니를 모시고 살고 있었다. <결

여>
B. 며느리가 시어머니를 봉양하고자 하나 가난하여 봉양할 수 없다.
   <고난>
C. 지렁이를 잡아 시어머니에게 드리기로 한다. <방법의 획득>
D. 며느리의 봉양으로 시어머니의 건강도 좋아지고, 지렁이국인 것을
   안 시어머니는 깜짝 놀라 눈을 뜨게 되었다. <고난의 제거>
E. 며느리의 일이 알려져 상을 받고 잘 살았다.<결여의 제거>

A에서 효행의 주체는 모두 며느리(8)이다. 효행의 객체 역시 시어머니(8)
인데 눈이 먼 장님이다. 이 유형의 설화에서 남편은 군인(2), 벼슬(2), 징용
(1), 출타(1), 행방불명(1), 장사(1) 등의 이유로 부재(不在)중인 상태다. 전통
사회에서 가정의 경제적인 책임은 주로 남성이 맡았는데, 남성인 가장의
가정내의 부제(不在)로 인해 생계가 곤란한 상태이다. 전통사회에서 남성은
경제 활동을 담당하였다면, 여성이 가정 내에서 부모 봉양과 관계있는 실
제적 실질적인 효행의 담당자였음을 알 수 있다.

B에서 가난으로 인해 시어머니를 제대로 봉양할 수 없는 고난의 상황이
나타나 있다.

C에서 어머니께 드릴 양식조차 없었던 며느리는 결국 지렁이를 잡아 국
을 끓여 드리기로 결정한다. 며느리가 택한 지렁이는 현대의 의학적 관
점21)에서 보면 토룡탕이라 하여 건강식일 수도 있겠지만, 당시의 관점에서
는 가난한 가정환경에서 택한 며느리의 최선의 선택이었을 것이다.

D에서 며느리의 봉양으로 시어머니의 건강이 좋아지고 외지에서 돌아온
아들은 아내가 어머니에게 먹인 음식이 지렁이임을 알게 된다. 이 사실을

---

21) 한방에서는 7~8월에 갈색지렁이를 잡아 말린 것을 지룡이라 하며, 해열이나 천식,
   진경(鎭痙), 청간(淸肝), 해독, 소종(消腫) 등에 효능이 있고 경풍(驚風), 중풍, 고혈
   압, 두통, 소변 불리, 기관지 천식, 지방간, 간경화증, 황달, 림프선염, 인후염, 암종
   (癌腫) 등의 병에 처방하기도 한다.

듣게 된 시어머니는 깜짝 놀라 눈이 뜨이는 이적이 발생한다.

E에서 며느리의 효행사실이 알려져 효부상, 효자문, 전답, 집 등의 보상을 받게 된다.

이 유형에 속하는 설화의 예를 들어보면 다음과 같다.

> 남편이 베슬(벼슬)을 하러 갔든가 없잖아. 그런데 그 어머니가 앞을 못 보는데, 고기를 먹구 싶어해싸쿠(하는데)하는데 뭐 대접할 것이 없거든. 그러니까, 항상 시궁창 같은데를 파갖구, 그 지렝이 깨끗이 씻어서, 지가(제가)맛보구, 맛보구 봉사어머니를 드려.
> "너두 먹어라."
> 그러믄.
> "예, 어머니는 건데가를 잡수세요."
> 그러구 주구, 자기 메느리두 먹구 그러는데, 이 어머니가 맛이 있으닝게 아들오믄 줄라구 항상 몰래 건데기를 건져서 궤작에다, 옛날에는 자리 곁에 있었거든. 그 밑에다 넣군 넣군 했는데, 아들이 돌아와서, 베슬해갔구 온게 아니라, 가난해서 갔는데, 그래서 오니,
> "어머니, 그동안 어떻게 지내셨어요. 어떻게 지내서 얼굴이 이렇게 좋으시네요."
> 그러니까,
> "아이구 얘야, 너 간 뒤에, 메누리가 내게다 고기를 사다가, 고아 주던지, 내가 얼굴이 이렇게 좋아졌다. 그래서 하두 맛있구 좋아서 내가 너 오믄 줄라구 여기다 가만히 말려놨다."
> 그렇게 지렝이잖어.
> "어이구 웬 지렁이여!"
> 하닝게
> "어허!"
> 허구는 눈을 떠버렸어.[22]

---

22) 5-2-383, 장님 어머니와 지렁이국.

부모를 봉양함에 있어서 좋은 음식과 값진 옷으로 부모의 마음을 기쁘게 하는 것은 현실적 물질적 가치에 충실한 양구형(養口型) 효행의 방법이다. 자식이 남들이 보기에 좋고 값지고 기름지고 화려한 음식으로 부모를 봉양했다고 해서 나는 효도를 다했다고 말할 수 있는지 모르겠다. 이것은 공자가 제자 자유(子游)에게 말했던 '견마(犬馬)를 사육하는 일'23)과 어떤 구분이 있는지도 의문이다. 물질적인 화려함으로 드리는 이러한 봉양이 남이 보기에는 좋게 보일 수도 있고, 법도(法度)를 지키면서 부모에게 봉양하는 것이 부러움의 대상일 수도 있다.

오늘날 효라고 하는 것은 물질적인 봉양만을 말하는데 개와 말과 같은 동물들도 모두 사람이 길러주고 있다. 부모를 공경하지 않는 마음이 없이 행한다고 무엇으로 구별하겠는가? 물질을 중시하는 현대사회에서 모든 가치는 물질로 환산되고 있으며, 심지어 사랑조차도 돈으로 해결하려는 사람들이 많아지고 있다. 부모와 자식 사이의 사랑도 예외는 아닌 것 같다. 부모에게 매달 용돈을 드리고 물질적으로 봉양하는 것만을 효도라고 생각하는 사람들이 적지 않다. 공자의 말처럼 물질적 봉양만을 효도라고 한다면 지금 우리와 함께 살고 있는 개와 고양이를 보살펴주고 먹이를 주고 산책하는 것과 무엇이 다르단 말인가? 물질적 가치는 물질이 고갈되면 끝이 나지만 정신적 가치는 무궁하여 끝이 없다. 따라서 부모에 대한 자식의 도리는 마땅히 무궁한 정신적 가치를 중심에 두어야 할 것이다.

효도의 길이란 체면이나 남의 이목에 구애받지 않고 부모가 실제로 원하고 필요로 하는 것이 무엇인지 살피는 데 있다. 위의 예처럼 당장 먹을 것조차 없는 절박한 현실에서 며느리가 시궁창에서 잡아 드린 지렁이 국이야말로 며느리가 택한 최선의 선택이며 최고의 봉양일 것이다.

---

23) 『論語』, 「爲政」, "子游問孝. 子曰 今之孝者, 是謂能養. 至於犬馬, 皆能有養; 不敬, 何以別乎"

그런데 호남지역 효행설화에서는 가난의 문제로 인해 지렁이국이라도 시어머니에게 드려야만 하는 며느리의 안타까움이 드러나지만, 영남지방의 효행설화의 경우 가난의 문제보다는 며느리의 재물욕과 시어머니에 대한 믿음 때문에 시어머니에게 지렁이국을 드린다는 차이를 보인다.

A. 옛날에 어느 사람이 인자 인자 시어마니를 놔 두고, 자기 어머니는, 어미는 놔 두고 인자, 저게 서울 과게(과거)보거 가싰거든예. 가심서로 과게 보러 가심서로 돈을 많이 마누라 줌서 이것 갖고, 어머니가 봉사라예. 자기 어머니가 봉산데 어머니 우째든지 뭐로 봉신하라고 돈을 많이 마느래 주고 갔는데 마누라가 가만히 생각한께 돈이 그리 욕심이 나거든. 땅 밑에 파몬 거싱이(지렁이)안 있어예? 그걸로 파 갖고 인자 장장(항상)시어머니 해 드맀는기라예.[24]

B. 이 늙은이도 영감이 없고 나이를 많이 묵으마 그래 되기 쉽지만 봉사라 그래 아들 내외하고 봉사 어마이 시(세)식구가 사는데, 아들이 오래 먼 데 가기 됐어. 그래사 마누래 더러,
"앞 못 보는 어무이를 자네 한테다가 맽기놓고 가이께 내가 참 도리가 아이지 마는, 참 할 수 없는 사정이고 하이께, 우짜든지 나 돌아올 동안에 어무이 봉양을 잘 하라."
이카민서 돈을 참 마이 마누래한테 맽기고 갔어. 근데 며누리는 어무이 봉양은 안하고 지 씰(쓸)것만 씬다. 남편이 오마 시어마이 한테,
"고기 많이 해 줍디꺼?"
하고 물을꺼께, 저 늙어이(늙은이)를 밉어서,
"수채에 가서 꺼깨이(지렁이)나 잡아 낄이가(끓여서) 줘야 되겠다."
이래 요랑하고, 장(늘)수채에 가가 꺼깨이를 잡아다가 푹 고와가지고 시어마이를 주고 주고 했는데, 참 그게 맛이 있거든.[25]

---

24) 8-4-680, 지렁이 먹고 놀래서 눈 뜬 시어머니.
25) 7-4-182, 지렁이 봉양에 눈 뜬 시어머니.

A의 설화에서 남편은 서울로 과거를 보러 가면서 어머니 봉양에 쓸 많은 돈을 아내에게 주고 간다. 며느리는 돈에 대한 욕심으로 비싼 고기를 사 드리면 안 될 것 같아서 차라리 땅 밑의 지렁이를 고기라고 속이고 돈을 가로채려고 한다. 보호받아야 할 봉사인 시어머니에게 "장장(항상) 시어머니 해 드렸"는 일을 감행한다.

B 설화에서 남편은 먼 곳으로 떠나면서 자신이 돌아올 때까지 "앞 못 보는 어무이를 자네 한테다가 맽기놓고 가이께 내가 참 도리가 아이지 마는, 참 할 수 없는 사정이고 하이께, 우짜든지 나 돌아올 동안에 어무이 봉양을 잘 하라."면서 아내에게 많은 돈을 맡긴다. 남편은 아내에게 "도리가 아이지 마는…", "참 할 수 없는 사정이고…", "나 돌아올 동안에 어무이 봉양을…"면서 아내를 믿고 어머니 봉양을 부탁한다.

그런데 며느리는 시어머니에게 쓸 돈도 쓰지 않고 "지 씰(쓸)것만" 쓰는 불효불경(不孝不敬)의 누(累)를 범하게 된다. 출타에서 돌아온 남편은 자신이 집에 없어도 며느리가 효행을 잘 했다는 것을 알리고 칭찬할 의향으로 어머니에게 "고기 많이 해 줍디꺼?"며 긍정의 대답이 나올 것을 기대한다. 하지만 설화에서는 어머니의 대답은 소거(消去)된 채 욕심이 많고 불경스러운 아내는 말만 나온다. 며느리는 아무런 이유도 없이 자신이 한 행동은 "저 늙어이(늙은이)를 믿어서"한 일이고, 남편이 돌아왔는데도 어떠한 반성도 없이 "수채에 가서 꺼깨이(지렁이)나 잡아 낋이가(끓여서)" 시어머니에게 줘야 되겠다는 불효를 예고한다. 그것도 "장(늘) 수채에 가가 꺼깨이를 잡아다가 푹 고와가지고 시어마이를 주고 주고 했"는 일을 계속하겠다고 한다.

자신은 불효(不孝), 불경(不敬)하면서 남들에게 아내에게 효를 강조하는 것은 어불성설(語不成說)이다. 설화속의 남편은 앞 못 보는 어머니를 아내에게만 맡기고 떠나는 게 남편으로서 자식으로서 도리가 아니라고 말한다. 자신이 어머니를 봉양할 수 없는 상황이고 처지라 자신이 출타에서 돌아올 동안만이라도 아내에게 봉양을 부탁을 한다. 그리고 거기에 쓸 비용도 아 낌없이 주고 출타를 한다.

> "앞 못 보는 어무이를 자네 한테다가 맽기놓고 가이께 내가 참 도리 가 아이지 마는, 참 할 수 없는 사정이고 하이께, 우짜든지 나 돌아올 동안에 어무이 봉양을 잘 하라."이카민서 돈을 참 마이 마누래한테 맽 기고 갔어.26)

이런 설화의 내용으로 보아 남편은 평소 효에 솔선수범(率先垂範)했던 인 물로 보인다. 유교의 핵심 가치는 '인(仁)'이고 인을 실천하는 근본은 '효제 (孝悌)'에 있다. 효제는 부모자녀, 형제자매, 부부 간, '사랑과 공경'을 도리로 삼았다. 가정이 안정돼야 마을이 잘 되고 마음이 잘 되야 그 사회가 잘 되 고 더 나아가 나라가 잘 되는 것이다.

효에 솔선수범했던 대표적인 인물을 말하자면 세종이다. 세종의 삶, 세 종의 효치(孝治)의 전통은 아들 문종과 손자 단종에게까지 이어졌고 이들을 통해 효행의 일상이 이루어지는 도덕 사회의 면모를 갖출 수 있었다. 아들 문종은 부친 세종이 앵두를 좋아하자 궁궐에 앵두를 심었고 손수 그 앵두 를 따서 아버지 세종에게 봉양했다고 한다. 세종은 문종의 지극한 효성을 감동하고 무엇보다 앵두를 먼저 들었다고 한다.

> "시선(侍膳)27)하고 문안(問安)하기를 날로 더욱 신중히 하여, 세종(世 宗)께서 일찍이 몸이 편안하지 못하므로 임금이 친히 복어(鰒魚)를 베어 서 올리니 세종이 맛보게 되었으므로 임금이 기뻐하여 눈물을 흘리기 까지 하였다. 또 후원(後苑)에 손수 앵두[櫻桃]를 심어 매우 무성하였는

---

26) 7-4-182, 지렁이 봉양에 눈 뜬 시어머니.
27) 아침저녁으로 부모님의 진짓상을 돌보는 일. 시식(侍食).

데 익은 철을 기다려 올리니, 세종께서 반드시 이를 맛보고서 기뻐하시기를, "외간(外間)에서 올린 것이 어찌 세자(世子)의 손수 심은 것과 같을 수 있겠는가?" 기뻐하였다.28)

엄격한 의전(儀典)과 격식(格式)으로 가득 찬 궁궐 내에서 부자 사이의 따뜻한 사랑과 공경의 마음은 민간의 아름다운 효행 사례로 전해진다. 임금이 효를 먼저 실천하는 모범을 보이자 백성들이 그 일을 흠모하며 그대로 따랐던 것이다. 할아버지와 아버지를 모습을 보고 자란 단종 역시도 감동적인 효행을 선보였고 곧바로 백성들을 위한 정책으로 이어지게 되었다. 어린 단종은 대단한 효자로서 비록 나이는 어렸지만, 자신이 못다한 효행을 적극적인 효행자 포상정책으로 당대 효자들을 기리는 사업을 감행했다. 효행 사업에 얼마나 적극적이었던지 조부였던 세종시대 다음으로 규모 있게 많은 효행자 표창을 시행했음은 실록을 통해서 알 수 있다.29) 특히 4세, 8세, 10세 등 나이 어린 효자에 대한 표창은 다른 시대의 군주와도 비견되는 점이었다.

가난의 문제는 효행의 주체에게 고난의 상황을 만들며 부모를 섬기는데 있어서도 극단적인 효행의 방법을 동원하게 한다. 어버이를 봉양하기 위해 품팔이를 한다거나 남의 집 종살이도 마다하지 않으며, 자신의 소중한 머리를 잘라 시아버지의 회갑잔치 비용을 마련하기도 한다. 가난한 생활로 인해 굶주림이 심한 부모를 위해서는 시궁창의 지렁이를 드리거나 개가 먹다 토한 보리쌀을 씻어 드리는가 하면 자신의 허벅다리 살을 잘라 드리기

---

28) 『朝鮮王朝實錄』「文宗實錄」13卷, 文宗 2年 5月 14日 丙午, "侍膳問安, 日愼一日, 世宗嘗不豫, 上親割鯫魚以進, 世宗許嘗之, 上喜至垂涕. 又於後苑, 手栽櫻桃甚盛, 候節以進, 世宗必嘗之喜曰: 外間所進, 何似世子手種乎?"

29) 김덕균, 「실록에 나타난 단종시대 효행장려정책의 특징과 강원도 영월지역 효충문화 연구」, 『효학연구』 21, 한국효학회, 2015, 3~4쪽.

도 한다. 심지어 자신의 자식까지도 묻어 버리는 부부의 극단적인 효행을 통해 가난의 문제를 해결하려는 민중들의 눈물 나는 몸부림을 엿볼 수 있었다.

2. 부모의 병

'가난'과 함께 효행설화의 대표적 고난 양상으로 드러나는 것은 부모의 병이다. 옛말에 '아무리 지극한 효자도 부모 병치레 3년이면 효자 없다'는 말이 있다. 그만큼 병든 어버이를 위해 치병(治病)한다는 것은 고통과 어려움이 따르는 일이다. 그런데 그 병 또한 쉽게 치료되지 않는 불치병인 경우가 대부분이다. 가난과 함께 동반하는 부모의 병으로 인해 효행의 주체는 육체적으로 정신적으로 2중 3중의 고통에 빠진다. 그 시련과 고난은 부모의 병에 치료약이 없다는 데서 오는 고통, 설사 치료약이 있다고 해도 그 치료약이라는 게 도저히 구하기 어려운 것이거나 자식이 치료약이거나 자신의 몸이 치료약이라고 한다면, 거기에 따르는 심리적 고통 또한 고난으로 크게 작용한다. 하지만 효행설화의 주인공은 이러한 시련과 고난 속에서도 부모의 병을 고치겠다는 신념으로 망설임도 없이 자신의 손가락을 잘라 드리거나 허벅지 살을 베어 드리고, 자신의 소중한 자식까지도 삶아 드린다. 부모 치병에 도움이 되는 신이한 영약(靈藥)이 어딘가에 있다고 한다면 그 약을 찾기 위해 온갖 어려움과 고난을 마다하지 않는 수고를 감수해 냈다. 그 결과 효자의 지극한 정성에 하늘도 감동하였는지 치료약도 얻게되고 죽었다고 믿었던 자식도 다시 살아나는 이적도 일어난다.

부모의 병이 고난의 주된 요인으로 나타나는 효행설화는 다시 효의 실천 방법에 따라 효자가 부모의 병에 효험 있는 약을 직접 구해드리는 '구약형(救藥型)', 자신의 신체를 이용하여 부모의 병을 치료하는 '상신형(傷身型)', 그리고 자식의 희생을 통해 부모의 병을 치료하는 '살아치병형(殺兒治病型)'으로 세분화할 수 있다.

1) 구약형(救藥型)

부모의 병이 고난의 문제로 등장하는 효행설화 중 가장 많은 하위 유형을 차지하는 것은 '구약형(救藥型)' 효행설화이다. 구약형 효행설화는 병중의 부모의 위해 필요한 치료약이나 부모가 드시고 싶어 하는 음식을 얻기 위해 효자가 모든 고난을 감수하고 이겨내어 결국 부모의 병을 낫게 하는 약이나 부모가 드시고 싶은 음식을 찾는다는 내용의 설화이다. 이 유형의 설화는 무려 52편이며 자료는 다음의 표와 같다.

〈표 4〉 구약형(救藥型) 효행설화

	누가	누구에게	시기	도움	보상	결말	비고	유형	출전
1	아들	어머니	생전	지네여인		성공	산딸기(때알)	救藥型	5-1-151
2	아들	어머니	생전	중, 둔갑		실패	황개 100마리의 생간	救藥型	5-1-231
3	부부	어머니	생전	자력		성공	대추, 잉어	救藥型	5-1-232
4	며느리	시어머니	생전	개		성공	너구리	救藥型	5-1-278
5	아들	계모	생전	자력	벼슬	성공	물고기	救藥型	5-1-337
6	장효자	아버지	생전	자력		성공	노루	救藥型	5-1-395
7	아들	어머니	생전	호랑이		성공	홍시	救藥型	5-2-180
8	아들	어머니	생전	자력		성공	잉어	救藥型	5-2-276
9	며느리	시어머니	생전	자력		성공	잉어	救藥型	5-2-408
10	아들	어머니	생전	의원, 둔갑		실패	개 1000마리	救藥型	5-2-570
11	아들	어머니	생전	자력		성공	죽순, 홍시	救藥型	5-2-572
12	아들	어머니	생전	백호		성공	홍시	救藥型	5-3-147
13	정효자	계모	생전	호랑이		성공	두릅나무 나물	救藥型	5-4-38
14	아들	어머니	생전	형		성공	삼 년 묵은 암탉, 신선자 쓴 소금, 천년수	救藥型	5-5-510

15	왕성이	아버지	생전	자력		성공	잉어, 죽순	救藥型	5-7-17
16	맹종	아버지	생전	자력		성공	죽순, 오동나무	救藥型	5-7-719
17	아들	어머니	생전	여우		성공	천년수	救藥型	6-1-178
18	이복아들	어머니	생전	현몽으로		성공	약	救藥型	6-1-186
19	아들	어머니	생전	호랑이		성공	어머니의 눈병약	救藥型	6-2-709
20	아들	어머니	생전	자라		실패	물고기	救藥型	6-3-666
21	도효자	어머니	생전	호랑이		성공	시자(홍시)	救藥型	6-4-474
22	아들	계모	생전	호랑이		성공	죽순, 잉어, 시자	救藥型	6-4-711
23	아들	아버지	생전	자력	정문	성공	물천어(민물고기)	救藥型	6-5-243
24	아들	고조모	생전	자력		성공	꿩고기	救藥型	6-5-263
25	아들	부모	생전	의사가 알려줌		성공	고기, 돼지쓸개	救藥型	6-5-696
26	강효자	아버지	생전	자력		성공	숭어	救藥型	6-6-611
27	5형제	부모	생전	쥐		성공	천도복숭	救藥型	6-7-56
28	차순년	시어머니	생전	우연히		성공	능금, 물고기	救藥型	6-8-49
29	아들	어머니	생전	의원이 알려줌		성공	황새	救藥型	6-8-869
30	정효자	어머니	생전	자력	인정	성공	복숭아, 잉어	救藥型	6-9-186
31	정효자	어머니	생전	자력	인정	성공	천도복숭아, 잉어	救藥型	6-9-396
32	정창랑	부모	생전	어디에서 들어서	효자선판	성공	호랑이가 먹다 남긴 괴기	救藥型	6-9-400
33	정자근	아버지	생전	자력	인정	성공	잉어, 천도복숭	救藥型	6-9-403
34	정자근	어머니	생전	자력	효자비	실패	잉어, 복숭아	救藥型	6-9-413
35	효자	어머니	생전	자력		성공	죽순, 잉어	救藥型	6-9-617
36	정자금	어머니	생전	자력		성공	잉어, 복숭	救藥型	6-9-739
37	아들	어머니	생전	자력		성공	잉어	救藥型	6-10-190
38	아들	어머니	생전	자력		성공	죽순	救藥型	6-10-40
39	아들	아버지	사후	호랑이		성공	홍시	救藥型	6-10-202
40	민씨	시아버지	생전	자력	인정	성공	자라	救藥型	6-10-480
41	왕성이	어머니	생전	자력		성공	잉어	救藥型	6-10-539
42	정이하	어머니	생전	자력		성공	잉어	救藥型	6-10-639
43	정명우	어머니	생전	자력		성공	꿩, 자라	救藥型	6-10-640
44	도효자	어머니	생전	호랑이		성공	홍시	救藥型	6-11-200
45	아들	계모	생전	자력	비각	성공	자라	救藥型	6-11-264
46	김씨	아버지	생전	호랑이		성공	잉어	救藥型	6-11-369
47	아들	어머니	생전	자력	효자비	성공	잉어, 죽순	救藥型	6-11-503
48	정효자	어머니	생전	자력		성공	천도복숭, 잉어	救藥型	6-11-536

49	아들	어머니	생전	자력		성공	감	救藥型	6-11-600
50	정작은	어머니	생전	자력		성공	천도복숭아, 잉어	救藥型	6-11-604
51	아들	어머니	생전	호랑이		성공	홍시	救藥型	6-12-272
52	효녀	어머니	생전	주위에서 듣고		실패	풀잎	救藥型	6-12-603

위의 표에서 알 수 있듯이 구약형 설화는 전국적인 분포를 보이는 전승 효행설화이다. 이 유형의 설화를 구조에 따라 그 내용을 간추리면 다음과 같다.

> A. 효자가 부모를 모시고 가난하게 살고 있었다. <결여>
> B. 부모가 병이 나서 약이 먹고 싶다고 한다. <고난>
> C. 효자는 약을 구하려고 한다. <방법의 강구>
> D. 원조자가 나타나 효자를 도와 주었다. <원조자>
> E. 부모는 약을 먹고 병이 낫는다. <고난의 제거>
> F. 효자는 상을 받고 잘 살았다. <결여의 제거>

구약형 설화의 줄거리를 단락별로 자세히 살펴보면 다음과 같다.

A에서 효행의 주체를 살펴보면 효자(45), 효부(4), 효녀(1), 부부(1), 양자(1)인데 효자로 대별되는 남성이 주를 이루고 있다. 이것은 아들인 남성이 전통적 가족 제도하에서 가정의 중심인물이며 한 집안의 가장의 역할을 담당하고 있었음을 알 수 있다.

효행의 객체는 어머니(32), 아버지(7), 계모(5), 부모(4), 시어머니(2), 시아버지(1), 시부모(1)으로 여성이 대부분을 차지하고 있다. 여성이 대부분을 차지하는 것은 여성이라는 존재가 자식인 아들에게 전적으로 의존할 수밖에 없는 존재로 전통가족 제도하의 특성으로 보아야 할 것이다. 그리고 효행의 대상으로 계모(5)가 등장하는 것도 주목해야 한다. 이것은 '계모'를 전통적인 한국의 가족의 범위에 포함하고 있는 것으로 '계모' 또한 효자 효부의 '부모님'으로 효행의 대상으로 포함했었음을 보여주는 예이다.

B에서 부모가 요구하는 약 또는 드시고 싶은 음식을 정리하면 다음과 같다. 부모 치병의 대상의 약으로 나타나는 것으로는 잉어(15), 홍시(시자, 감)(8), 복숭아(천도복숭아)(7), 죽순(7), 물고기(5), 자라(3), 꿩(2), 약(2), 대추(1), 참외(1), 산딸기(1), 능금(1), 두릅나무 나물(1), 오동나무(1), 풀잎(1), 너구리(1), 황새(1), 돼지쓸개(1), 숭어(1), 붕어(1), 물천어(1), 노루(노루의 간)(1), 황개 100마리의 간(1), 개 1000마리(1), 천년수(1), 신선자 쓴 소금(1), 삼년 묵은 암탉(1), 호랭이가 먹다 남긴 괴기(1) 등이다.

효자가 구해야 하는 구약(救藥)의 재료들은 농촌지역이면 쉽게 구할 수 있는 지역 특산물인 경우가 많다. 그래서 대부분의 효행설화에서는 도시지역보다는 농촌지역을 효행의 공간적 장소로 설정하고 있고 부모의 병을 치료하는 약도 주위에서 흔히 볼 수 있는 물건인 경우가 대부분이다. 하지만 이러한 구약(救藥)의 재료들은 '농촌'에서 '평소에는' 쉽게 구할 수 있는 물건이지만 '가난'이라는 효행설화의 특징과 '겨울'이라는 특수한 계절적 상황 등으로 인해 '막상 구하려고 하면 구하기 어려운 물건'이라는 효행 상황 설정은 호남지역의 효행설화가 가지는 지역적 특수성을 잘 대변하는 요소이기도 하다.

부모가 원하는 사물로 잉어와 홍시, 복숭아, 죽순, 물고기 등이 있다. 의학지식이 발달한 지금의 관점에서 보면 잉어나 홍시 등은 건강과 치병에 도움이 되는 음식이라는 걸 쉽게 알 수 있고, 또 이것들은 평소에 주위에서 흔히 볼 수 있고 쉽게 구할 수 있는 음식이다. 하지만 생명이 자라기 어려운 겨울이라는 계절적 시련과 상황이라는 점에서 병든 부모가 가장 원하고 먹고 싶어 하는 물건을 구할 수 없다는 게 효자 효녀에게는 더 큰 안타까움과 절심함이 클 것이다. 도저히 구하지 못하는 물건을 구하는 것이라면 요구도 하지 않을 것이고 구하지도 않을 것이지만 그 물건들이 구할 수 있는데 구하기 어려운 것, 구할 수 있는데 구하지 못하는 물건이라면 효자는 애초에 구하기를 포기했거나 구할 수 없는 고통에 몸부림도 치지 않았을 것이다.

부모가 원하고 먹고 싶어 하는 잉어나 홍시를 구해 드리는 것이 부모를 진정으로 위하는 길이라 믿었던 효자는 그것을 구하고자 한다. 효자가 구하려는 복숭아, 죽순, 홍시, 잉어, 자라 등은 문명이 발달한 지금의 상황에서는 쉽게 구할 수 있는 사물들이다. 농촌지역이면 쉽게 발견되는 이러한 사물을 쉽게 구해 드리는 것은 효의 숭고한 가치를 높이는 데에 뭔가 부족한 느낌이 많다. 따라서 전승집단은 효의 숭고한 가치를 높이기 위해서는 부모가 원하는 사물들이 경제적인 조건에 의한 제약이나 계절적·시간적인 제약으로 인해 구하지 못하는 사물로 만들거나, 인간적인 한계에 의해 도저히 구할 수 없는 물건으로 만든다. 단순한 물질적인 치료약이 아니라 효자의 희생적인 결행이 동반했을 때에만 나타나는 정신적인 치료의 약이기도 하다. 이러한 약들을 찾기 위해 효자는 집을 나서며 갖은 고난을 이겨내며 마침내 구할 수 없을 것 같았던 약물(藥物)을 입수하게 되었다는 것은 숭고한 효의 가치를 높이는 일이기도 하다.

C에서 효자는 부모의 치병을 위해 인간적인 여러 가지 방법을 강구하나 부모의 병은 오히려 악화된다. 부모의 약을 구하기 위해 여러 곳을 찾아다니며 약을 구하는 경우가 있고, 약을 구하지 못하는 극한 상황 속에서도 효자는 부모의 병을 고치겠다는 신념으로 눈 속을 헤매기도 한다. 자기희생을 동반한 효자의 효행이 동반을 해야 불가능하게만 보였던 일들이 발생한다. 눈 속에서 몇 날 며칠을 찾았지만 보이지 않았던 죽순이 땅속에서 솟아나오고, 얼음 구멍에서는 잉어가 튀어 나온다. 호랑이가 나타나 홍시가 있

는 곳으로 효자를 안내하기도 하고 하늘에서 황새나 꿩이 갑자기 떨어지는 이적이 발생한다. 약물을 구함에 있어서 나타나는 불가사의(不可思議)한 이적들은 합리적이고 이성적인 사고로는 도저히 설명이 안 되는 효행이적(孝行異蹟)인 것이다.30)

이러한 효행이적은 '지성(至誠)이면 감천(感天)이요 감화만물(感化萬物)이다.'는 '효감만물사상(孝感萬物思想)'이 설화의 밑바탕에 깔려 있다고 볼 수 있다.

D에서 약을 획득하는 과정에서 효자의 효행을 도와주는 원조자가 등장한다. 원조자로 호랑이(10), 주위 사람(2), 의원(2), 개(1), 여우(1), 자라(1), 쥐(1), 중(1), 형(1), 지네여인(1), 기타(현몽)(1) 등장한다. 효행의 원조자로 가장 많이 등장하는 것은 사람이 아니라 호랑이(10)로 가장 많다. 호랑이는 예로부터 설화에 많이 등장하는 동물로 때론 수호신으로 지킴이로 등장하기도 하고, 악을 물리치는 징벌자로 불린다. 구약형 효행설화에 등장하는 호랑이는 효자의 효행을 돕는 원조자로 효자의 효에 감동하고 효행의 행위를 절대시해 주는 존재이다. 효는 인간이 만든 윤리 규범이지만 짐승인 호랑이도 효자를 도와서 효를 완성시킴으로 인간의 윤리 규범이 자연법칙의 속성을 지니게 하는 기능도 하고 있음 보여준다.31)

호남지역 효행설화에 등장하는 원조자로 인간뿐만 아니라 사람에게 친근한 동물인 개를 비롯하여 인간과 비교적 가깝게 살고 있는 지네, 자라, 쥐와 같은 동물이 많이 등장한다. 이것은 인간의 도움을 받은 동물이 인간을 도와서 효행을 완성하도록 한다.

E에서 대부분 부모는 효자가 구해 온 약을 먹고 병이 낫거나 목숨을 이어간다. 대부분의 효행설화에서 부모의 병이 치유되는 행복한 결말 구조를

---

30) 이상일, 「효행윤리의 변이 연구: 설화의 역사화과정을 중심으로」, 『人文科學』 3-1, 성균관대학교 인문과학연구소, 1973, 201쪽.
31) 최래옥, 앞의 책, 219~220쪽.

이루고 있으나 호남지역의 경우는 비극적인 결말 구조를 가지는 경우도 있다. 이러한 비극적인 결말 구조를 보이는 설화의 예로는 자료 2, 10, 20, 34, 52와 같은 경우이다. 이 설화들은 인간의 한계로 인해 약을 구하지 못했거나 약을 구하기는 했으나 약을 쓸 시간의 부족이라는 한계로 인해 부모가 죽게 되는 경우이다. 이런 비극적인 결말을 보여주는 것은 안타까움과 강한 연민을 느끼게 해 주는 설화의 특징이라고 할 수 있다.

F에서 효자효부의 효행이 알려져 효자효부로 인정을 받거나 사회적인 보상을 받게 된다. 사회적 보상으로는 효자효부라는 인정을 받게 되는 경우가 가장 많고 벼슬이나 정문, 효자 현판, 정문이 내려지게 된다. 부모에게 지극한 정성으로 효도를 하면 반드시 좋은 결과를 얻는다는 권선징악적 사고와 인간의 현실적인 고난과 불행은 극복할 수 있다는 현실극복의 의지가 반영되어 있는 설화라 할 수 있다.

다음은 아버지의 치병을 위해 잉어와 죽순을 구해 드린 설화의 예이다.

왕성이라는 것이 아 그 아버지가 칠십이 되았는디 밥을 못 자신단 말이여. 무엇이래야 밥을 먹는 고니, 물고기래야 밥을 먹어. 해물. 그런디 큰 잉어같은 것 그런 걸 좋아 허는 개벼. 그리서 인자 뭣을 참 그전은 시방은 재주가 좋은가 어찐가 장으 가서 물고기가 나지만은 그전이는 못 났대야. 못 잡엇대야. 춥고 근게. 아 그서 에 새 소반에다가 인자 찬물 떠가지고 그 냇갈가상으가 괴기 많은 방죽 거가서 인자 채려놓고 하루 이렇게 빌어. 축수를 혀.

"우리 아버니를 진지를 잡수게 허실란게 하늘님도 감동을 히가지고 괴기를 한 마리 내보내 주시오."

아 걍 왕성이가 그러고 빈게 얼음 위에 있던 자리 강이 떡 벌어지드레. 느닷없이 우당탕탕 허드니 갱이 덕 벌어져서 잉어 한 마리 이만헌 높이 걍 와서 거시기 얼음 우그가(위에서) 홀떡홀떡 뛰어. 그놈을 잡어다가 해 줬어. 그 아버지를. 그리서 효자라고 허고 그 양반이 그리서 눈 위에 죽순나. 눈우여 죽순 난다는 것은 인자 시한인디 죽순너물을 좋아

혀. 죽순너물을 좋아허는디 어느니 이 얼음통으 죽순이 어서 어디서 나
오냔 말여, 그서 역시 참 새 소반에 저 물 받쳐 놓고 인자 큰 대밭이 가
서 인자 빌었단 말여. 하루종일 빌었지. 아 그냥 조끔 있으닝게 누런 강
복 죽순이 올라와. 금방 올라와. 이렇게 하늘서 그서 그 죽순 비어다가
히드리서 효자 노릇 힛다고 그러도만.32)

한겨울에 아버지가 드시고 싶어 하는 잉어나 죽순을 구해드린 이 유형의
설화에서는 효자의 효성에 하늘도 감동하여 잉어가 스스로 얼음을 깨고 튀
어나오고, 죽순이 솟아오르는 이적이 일어난다. 잉어나 죽순은 설화의 구연
자가 "시방은 재주가 좋은가 어찐가 장으 가서 물고기가 나지만"이라고 한
것처럼 물질문명이 발달한 지금의 상황에서는 쉽게 구하는 물건이나 음식
이지만, 효 의식을 권장하기 위해서는 계절적인 제약의 조건을 설화에 첨
가하여 쉽게 구할 수 없는 물건으로 만들어 버린다. 잉어, 죽순, 홍시, 복숭
아 등은 주위에서 쉽게 구할 수 있는 평범한 물건이지만 효행설화에서는
지극한 효성이 없이는 나타나는 않는 신이한 영약으로 만든다. 효자의 지
극한 노력이나 고난의 과정이 없이는 나타나지 않은 영약이 바로 일상적인
물건이라 하겠다.
　부모의 약을 구하기 위해 호랑이로 둔갑하는 '효자호랑이의 이야기33)'에
는 효행의 과정에서 아내를 소외시킨 효자로 인해 실패하게 되는 예이다.
효자는 의원이나 중으로부터 호랑이로 둔갑하는 방법을 배워 부모의 약을
구하고자 한다. 그런데 효자는 부모의 약을 구할 동조자(同調者)로 아내를
참여시키지도 않고 혼자의 힘으로 해결하려고 한다. 결국 남편 혼자의 힘
으로는 효를 완성하지도 못하고 아내와의 사이도 멀어지게 되는 결과를 초
래하고 만다. 가정을 중심으로 일어나는 효행은 남편이나 아내 어느 한 사

32) 5-7-17, 얼음 깨어 잉어 잡은 효성.
33) 5-1-231, 효자호랑이. 5-2-570, 호랑이가 된 효자 남편.

람만의 일이 아니며, 누구 한 사람의 희생이나 힘으로 이루어지는 효행이
아니다. 가족 구성원이면 누구나 참여자가 될 수 있고 소외되는 가족구성
원이 없이 모두의 노력과 협조가 동반되었을 때 효행의 문제가 해결되고
가족의 유대감과 소속감도 확고해질 수 있을 것이다. 가족중심의 효행설화
에서 필요한 것은 바로 가족 구성원이면 누구나 자유롭게 가족의 문제에
참여하고 터놓고 대화할 수 있는 열린 공간을 만들어 놓는 것이다.

이밖에도 구약형 설화에는 계절적인 한계로 인해 부모의 약을 구하지 못
하는 고난뿐만 아니라 인간적인 한계로 인해 부모의 약을 구하지 못하는
설화이다. 설화의 예로 자료 52를 소개하고자 한다.

> 지그 엄니가 아펐어, 아펐는디, 만날 약이 없어, 약이 없는디, 머언 그
> 풀 이름은 모르것고만. 그 풀잎을 뜨더다가 지그 엄미를 데려 주면 낫
> 는다 그래. 그랑께로, 마안날(늘)그것이 돌아다니고 그 풀잎을 귀해도
> 없어. 그랑꼬 인자 그거이 인자 그거이 지그 엄니한테 그 풀잎을 귀해
> 러 댕긴지를 알었어. 알아갖고 아 하루 아침에는 아 그 애기가 나강 것
> 을 동네 사람들이 봤는디, 만날 해가 넘어가도 안 와. 그 애기가. 그래서
> 인자 이 애기가 틀림없이 옛날에는 범이 쌨드타네(많았다네). 산에가.
> 범이 쌨었는디, 이 애기가 틀림없이 범에 잡혀먹었 능갑다고. 그랑께 이
> 렇게 해가 넘어가도 안 온다고. 그러고 동네 사람 딱 나서갖고 막 이러
> 고 매구를 치고 갔어 강게로 맨날 애기가 없어. 없는디 애기가 인자 그
> 이튿날사 나흘만에나 그 애기가 들어왔어. 들어와서 인자 그 애기 허는
> 말이, 그 풀잎을 구헐래도 없응게로 우리 엄니는 죽었다고 울어 쌌는디,
> 그란디를 마안날(늘)동네 사람들이 싹 알아 봤어, 아니 알았어. 알았는
> 디 그러한 사나흘만에나 댕께로 그 애기가 도 어디로 가불고 없드라만.
> 그래서 동네 사람들이 그런지를 알고 인자 일동이 딱 나서서 매구를 치
> 고 이리 타아막 갔는디, 그 가이네가 어디 가서 인자 이렇게 그 풀잎이
> 저어그 바우 우게가 그 풀잎이 그래서 이래 잡으러 올라간디, 인자 바
> 우를 이캐 잡으러 올라간디. 그 풀잎을 막 잡은께로 잡아서 딱 뜯어갖
> 고 봉께 그 풀잎이 아녀. 그렇게 그 애기가 그 바위에서 내리쳐서 죽어

갖고, 말하자면 마을 사람들이 그 애기가 죽었다고 인자 애기를 데리다
가 저 거시기 멧(묘)를 써주고 저러고 했는디, 그 이튿날 아침에 차악
안개가 찌드라네. 마을 앞에서 그라드만은 그 애기가 하늘로 효녀가 되
아서 올라갔다. 지성이면 감천이라고 그런다고 합니다.[34]

이 유형의 설화에서 주인공은 '그 애기'라 지칭되는 여성이다. 보통 효행
설화의 주인공은 이야기의 도입부에 효자, 효녀로 지칭되어 나온다. 그러니
까 효자 효녀로 이미 지칭되고 있었다는 말은 평소에 부모를 잘 봉양하고
있었다는 말이다. 당연히 그 시대는 '효도는 모든 자식이 행해야 하는 당연
한 도리'로 인식되어 왔기에 신분의 고하(高下)에 상관없이 웬만한 집의 아
들딸이라면 어느 정도의 효도는 하고 살았다는 말이다. 설화에서 이 소녀
가 이 여성이 효녀인지 그냥 평범한 보통의 여성는 알 수 없다. 설화 제목
이 "효녀 이야기"라고 되어 있어서 이 여성이 '효녀'라는 것을 알 수 있지
만 주위로부터 '효자·효녀'라는 말은 듣지 않은 것으로 보아 보통의 아이
처럼 부모 말씀 잘 듣고 어느 정도의 효도는 하고 살았을 평범한 소녀라
추측된다. 결말 부분의 "그 이튿날 아침에 차악 안개가 찌드라네. 마을 앞
에서 그라드만은 그 애기가 하늘로 효녀가 되아서 올라갔다."는 말을 통해
비로소 효녀의 칭호를 얻게 되었던 것으로 추측된다. 이처럼 효자 효녀를
들으려면 보통이 효행이 아닌 사람들이 깜짝 놀랄만한 신이한 효행 이적(孝
行異蹟)이 동반되어야 하는 것으로 추측된다.

그런데 이 설화에서는 '그 애기가', '아 그 애기가', '그 가이네가', '이 애
기가'라고 지칭되어 나오는데, 이 표현들로 보아 이 소녀는 구연자나 구연
을 듣는 사람 모두 알고 있는 사람으로 '누구인지는 알고 있지만 구체적이
실명(實名)이 잘 생각이 나지 않을 때' 지칭하는 말로 전라도에서 많이 쓰이

---

34) 6-12-603, 효녀 이야기.

는 '거시기'와 같은 표현일 것으로 추측된다. 이름은 구체적으로 생각나지 않지만 누구인지 알 수 있는 '그 애기'는 지극한 정성으로 효행을 다하다 죽었지만 하늘로 올라가게 되는 신비한 이적을 보였고, 마을의 많은 사람들이 효행의 사실을 알게 되어 결국 효녀의 칭호를 얻게 되었다.

아무튼 이 효녀의 효행의 상황을 보면 "엄니가 아펐어, 아펐는디, 만날 약이 없어, 약이 없는디, 머언 그 풀 이름은 모르것고만. 그 풀잎을 뜨더다가 지그 엄미를 데려 주면 낫는다 그래. 그랑께로, 마안날(늘)그것이 돌아다니고 그 풀잎을 귀해도 없어."라는 표현으로 보아 효행의 대상인 어머니가 병이 들었는데 약이 없는 효행 상황이다. 약에 쓸 풀이 있다고는 하나 이름도 모르는 풀을 구하는 것이 고난의 상황이다. 그것을 찾으러 돌아다녀도 찾을 수 없는 구하기 힘든 물건, 뭔지도 알 수 없는 풀잎을 찾으러 다니는 게 효녀에게는 고난이라 하겠다.

여기에 효녀의 고난의 상황은 추가된다. "옛날에는 범이 쌨드타네(많았다네). 산에가. 범이 쌨었는디" 약을 구해야 할 산에는 범(호랑이)가 있어서 이 또한 효행의 고난이다. 죽음을 무릅쓰고 사나흘 동안 밤낮으로 호랑이가 있는 산에서 약을 찾았으나 약으로 쓰일 이름 모를 풀잎을 찾을 수 없었다. 사나흘 만에 집에 돌아온 효녀는 약에 쓰일 풀잎이 없으면 어머니가 죽게 생겼으니 다시 한번 이름 모를 풀잎을 찾으러 집을 나간다. 동네 사람들은 매구를 치며 효녀를 지키려고 메구를 치며 호랑이의 접근을 막으려고 했다. 우여곡절 끝에 효녀는 바위 위에서 풀잎을 발견하지만 안타깝게도 약에 쓰일 풀잎이 아니었고, 효녀도 바위에서 떨어져 죽게 되었다.

주인공 효녀는 아픈 어머니를 위해 약을 구하려고 하지만 백약이 무효이고 병을 치료할 약이 없고, 풀잎이 좋다고 하지만 무슨 풀잎인지 이름도 알지 못하고, 이름도 알지 못하는 풀잎을 구하려고 해도 구할 수 없고, 뭐라도 찾으려면 산에 가서 찾아야 하는데 산에는 사람을 잡아먹는 호랑이가 지키고 있다. 온갖 위험을 무릅쓰고 약을 찾았지만 약도 구하지 못하고 효녀의 안타까운 죽음을 맞게 된다. 이 설화는 비극적인 결말을 가지고 있다. 설화의 여러 곳에서 이 효녀가 비극적인 결말을 가고 있음을 보여 주고 있다. 이 설화는 어려움의 연속이요, 비극의 결말로 치다르는 구성을 보여주다가 결말에 가서는 "차악 안개가 찌드라네. 마을 앞에서 그라드만은 그 애기가 하늘로 효녀가 되어서 올라갔다. 지성이면 감천이라고 그런다고 합니다"로 마무리하고 있다. 아마 이것은 지극한 효성을 다했지만 안타까운 죽음을 맞이하고 어머니도 구하지 못한 소녀의 죽음을 이대로 끝내버리면 전승력도 잃게 되고 효행설화에 대한 반감도 생길 것 같은 우려에 의해 설화 구연자의 연민과 안타까움, 동정이 담긴 '효녀의 승천(昇天)'이라는 화소(話素)를 끼워 넣은 것으로 보인다.

2) 상신형(傷身型)

자신의 신체를 이용하여 부모의 병을 치료하는 효행설화에서도 부모의 병이 고난의 양상으로 나타난다. 이 유형에서는 병든 부모를 위해 자신의 손가락을 잘라 드리는 '단지(斷指)'의 행위가 있고, 자신의 손에 불을 지르는 '분지(焚指)', 자신의 허벅지 살을 베어 부모에게 드린다는 '할고(割股)', 부모의 건강 상태를 확인하기 위해 부모의 배설물을 직접 맛을 보는 '상분(嘗糞)', 병든 부모의 등창이나 상처 부위의 고름을 직접 핥아 치료한다는 '유종(乳腫)', 그리고 부모의 머리의 이(蝨)를 자신의 머리에 옮기는 '고역(苦役)' 등이 있다.

이 상신형(傷身型) 효행설화의 수는 15편으로 다음과 같다.

〈표 5〉 상신형(傷身型) 효행설화

	누가	누구에게	시기	도움	보상	결말	비고	유형	출전
1	황효자	어머니	생전	자력		성공	斷指	傷身型	5-1-290
2	아들	아버지	생전	자력		성공	嘗糞	傷身型	5-1-337
3	아들	아버지	생전	자력		성공	斷指	傷身型	5-2-583
4	유석진	아버지	생전	자력		성공	斷指	傷身型	5-2-598
5	아들	어머니	생전	자력		성공	焚指	傷身型	5-2-705
6	아들	죽은 아버지	사후	자력		성공	焚指	傷身型	6-5-393
7	아들	부모	생전	자력		성공	嘗糞	傷身型	6-6-806
8	세 살 난 아들	어머니	생전	자력		성공	斷指	傷身型	6-7-45
9	아들	아버지	생전	자력	표창장	성공	割股, 開眼	傷身型	6-7-244
10	아들	어머니	생전	자력		성공	割股 開眼	傷身型	6-7-263
11	아들	어머니	생전	자력		성공	嘗糞 割股	傷身型	6-7-796
12	아들	어머니	생전	자력		성공	斷指	傷身型	6-8-673
13	정이하	아버지	생전	자력		성공	斷指	傷身型	6-10-639
14	정석철	어머니	생전	자력		성공	斷指	傷身型	6-10-642
15	아들	계모	생전	자력		성공	救藥, 盒 乳腫	傷身型	6-11-2654

효행설화의 구조에 따라 그 내용을 간추리면 다음과 같다.

    A. 효자가 부모를 모시고 가난하게 살고 있었다. <결여>
    B. 부모가 병이 났으나 치병의 방법을 모른다. <고난>
    C. 효자가 우연하게 치병의 방법을 알게 되었다. <방법의 획득>
    D. 그 방법으로 부모의 병이 낫는다. <고난의 제거>
    E. 효자는 상을 받고 잘 살았다. <결여의 제거>

이 유형의 구성요소를 분석해 보면 다음과 같다.

A에서 효행의 주체는 효자(15)로 전통적 가정 중심인물인 남성인 아들이 효행을 주체를 담당하고 있다. 자료 9번에서는 세 살 난 아들이 부모의 치병을 위해 단지(斷指)를 하는 행위가 나오는데 현실적으로 생각해 볼 때 세

살 난 아이가 단지(斷指)의 행위를 한다는 것은 불가능한 일, 하기 어려운 힘든 일로 효관념을 위해 설정한 것으로 보아야 타당할 것이다.

다음으로 효행의 객체를 살펴보면 어머니(7), 아버지(5), 죽은 아버지(1), 계모(1), 부모(1)이다. 효도의 대상인 이 인물을 살펴보면 '세 명의 계모'도 효도의 대상에 포함시키고 있으며 '계모' 또한 전통적인 한국의 가족관계를 벗어나지 않는 인물로 설정하고 있는 점이 주목할 만하다.

B에서 효자는 부모의 치병을 위해 노력하나 그 방법을 알지 못한다. 이 계열의 효행설화에서 효행이 일어나는 시기는 일반적으로 부모가 살아계신 '생전(生前)'의 경우가 대부분이다. 다만 자료 6번의 예처럼 죽은 아버지를 살리기 위해 자신의 손에 불을 질리는 분지형(焚指型)형 효행설화의 경우만 효행의 시기가 생전이 아닌 '사후(死後)'에 해당한다.

C에서 효자가 알아낸 부모의 치료방법으로 제시되는 것은 단지(斷指)(7), 상분(嘗糞)(3), 할고(割股)(3), 분지(焚指)(2), 유종(乳腫)(1), 이 옮기기(1) 등으로 자신의 손가락을 자르는 '단지(斷指)'의 행위가 가장 많다. 위의 치병의 방법들은 모두 자신의 신체를 훼손하거나 고통을 주는 행위로 자기 희생이 필요한 방법들이다.

자료의 5번과 6번처럼 호남지역 효행설화에는 <단지형(斷指型)>의 변이형인 <분지형(焚指型)>이 2편이 나타난다. 분지형은 단지형과 같은 구조를 가지고 있으나 단지(斷指) 대신 손가락에 불을 붙이는 정도의 차이를 나타낸다. 자료 15번은 세 명의 계모 어머니를 위해 자라를 구해 드리는 내용, 참기름을 발라 계모의 머리에 있는 '이(蝨)'를 자신에게 옮기는 내용, 계모의 유종(乳腫)을 직접 빨아 낫게 한 내용의 설화가 복합적으로 드러난 설화이다. 3가지 내용의 설화가 등장하는 것은 효행의 대상인 세 명의 계모 어머니가 등장하니 이야기의 내용도 세 가지가 등장해야 하는 게 당연한 것이라 하겠다. 현실적으로 볼 때 나를 낳아주신 친어머니에게도 상신(傷身)의 방법으로 효도를 한다는 것은 힘든 일이다. 그런데 세 명이나 되는 계모를 친어머니로 동등하게 받아들이고 어느 한쪽으로 치우침이 없이 공평하게 정성을 다해 효도를 다한 행위는 효 관념을 고취하기 위한 의도적인 설정이라 하겠다. 더구나 자라를 구하는 것, 머리에 있는 이(蝨)를 자신에게 옮기는 효행은 하려면 할 수 있는 효행이지만 계모의 유종(乳腫)을 직접 빨아 낫게 하는 효행은 친부모라도 할 수 없는 효행의 방법이다.

더구나 『예기(禮記)』 「내칙(內則)」편에도 "일곱 살이 되면 남녀가 자리를 함께 하지 않으며, 함께 먹지 않는다.(七年 男女不同席 不共食)"는 말처럼 남녀의 분리는 남녀의 일상을 지배하는 시기였고, '남녀칠세부동석(男女七世不同席)'이라는 말과 함께 조선 여성의 몸을 지배하던 대표적인 유교 관념인 생활을 지배하는 시대에 계모는 어머니에 앞서 다른 한편으로는 나와 혈연으로 이어져 있지 않은 여인이다. 계모(繼母)가 '이을 계(繼)'와 '어미 모(母)'로 '어미와 끊긴 관계를 이어주는 또다른 어머니'라는 뜻이라지만 병을 치료할 목적으로 부득이하게 신체적 접촉을 해도 될 만한 사람은 아니다. 치료 부위를 의원에게 보이면 될 것을 그것도 여성성을 상징하는 부위에 의붓자식이 입술을 대는 것을 누가 허락하고 설사 허락한다고 실행한다는 게 윤리적 딜레마에 빠지게 한다.

D에서 효자의 자기희생으로 부모는 병을 낫거나 죽었다가 다시 살아 돌아오는 행복한 결말 구조를 가진다.

E에서 효자의 효행의 사실이 알려져 효자비나 표창장을 받게 된다.

이 유형에 해당하는 효행설화의 예를 들어 보면 다음과 같다.

아버지가 병이 들어서 세상을 뜨게 되었는데 날마다 단을 모으고 단 앞에 외서,

"우리 아버지 병을 낫게 유명한 의원을 좀 보내 주십사."

그래 한 달을 두고 빌었대. 결과 어떤 의원 하나가 왔는디 말하기를,

"너희 아버지는 아무 약도 필요가 없고, 사람의 뼈와 살을 갈아서 그것을 먹어야 낫지, 그렇잖으면 안 낫는다."

그 그려. 당신의 손가락을 짤라서 갈아가지고 드렸대. 그것을 잡숫고는 씻은듯이 나았대.[35]

위의 설화는 병든 아버지의 병을 고치기 위해서는 '사람의 뼈와 살을 갈아서 먹으면 낫는다'는 의원의 말을 듣고 자신의 손가락을 잘라 아버지의 병을 낫게 한 단지형(斷指型) 효행설화의 예이다. 『孝經』에 '부모에게 물려받은 몸을 머리카락 하나라도 상하지 않고 보존하는 것이 효도의 시작이다.'[36]라 하였다. 이렇게 볼 때 자식이 손가락을 자르거나 허벅지를 베는 행위는 불효로 볼 수 있다. 하지만 다른 관점에서 보자면 자신의 몸을 존재하게 한 부모를 위해 자신의 몸을 부모에게 다시 돌려 드린다는 점에서는 이 행위가 불효가 아니라 효라 할 수 있다.

효행주체인 자식이 처한 상황을 살펴보자. 부모는 병으로 고통받고 있고, 자식은 부모의 병을 치료할 수 없다는 고난의 상황에 직면에 있다. 백약(百藥)이 소용이 없고 부모를 살리는 방법은 오로지 '단지(斷指)'를 하는 방법뿐이다. 또한 자식이 할 수 있는 방법이 이 방법밖에 없다고 가정해 보자. 내가 효자 효부는 없다면 어떻게 했을 것인가? 어떤 선택을 할 것인가?

자식이 자신의 몸을 훼손하면서까지 택한 단지(斷指)의 행위는 자신이 처한 상황에서 택한 최선의 효도였을 것이다. '세 살에 단지한 황효자 이야기'[37]는 효행주체인 세 살 먹은 아이가 문틈에 자신의 손가락을 끼우고 깨

---

35) 5-2-488, 기계유씨 효자.
36) 『孝經』, "身體髮膚, 受之父母, 不敢毀傷, 孝之始也."
37) 5-1-290, 세 살에 단지한 황효자 이야기.

트려 어머니를 살렸다는 이야기이다. 현실적으로는 있을 수 없는, 있다고 해도 과장이 심한 이야기, 다소 무리한 설정이지만 효 사상을 고취하기 위해서는 이러한 설정이 가능하다. 효를 행함에 있어서는 나이가 문제되지 않는다. 인간으로 태어났다면 자연발생적으로 생기는 부모에 대한 이 마음이 생기며, 인간으로서 마땅히 효를 행해야 한다는 뜻으로 이해되어야 할 것이다.

3) 살아치병형(殺兒治病型)

살아치병형(殺兒治病型) 효행설화는 '효행의 주체인 부부가 부모의 약이 자식이라는 말을 듣고 자식을 죽이고 부모에게 드렸더니 부모의 병도 나았을 뿐만 아니라, 나중에는 죽었다고 믿었던 자식도 살게 된다.'는 내용의 설화이다.

이러한 살아치병형(殺兒治病型) 효행설화에는 부모의 병을 치료하기 위해 자식을 죽이는 자식 희생의 유형으로 자식보다 부모를 우선시하는 대표적인 유형이다. 부모의 병을 치유하기 위해서는 자식의 생명까지도 희생할 수 있다는 효지상주의적(孝至上主義的) 사고를 엿볼 수 있다.

이 유형에 속하는 자료는 모두 13편인데 다음과 같다.

〈표 6〉 살아치병형(殺兒治病型) 효행설화

	누가	누구에게	시기	도움	보상	결말	비고	유형	출전
1	부부	어머니	생전	도승		성공	童參, 蕩兒	殺兒治病型	5-2-787
2	부부	어머니	생전	중		성공	童參, 蕩兒	殺兒治病型	5-4-1012
3	부부	아버지	생전	자력		성공	상여, 비가 안내림	殺兒治病型	5-7-11
4	부부	아버지	생전	자력		성공		殺兒治病型	5-7-745

5	부부	부모	생전	자력		성공		殺兒治病型	6-3-96
6	며느리	부모	생전	자력	표창문	성공		殺兒治病型	6-3-500
7	부부	어머니	생전	자력		성공	자식의 간, 개	殺兒治病型	6-4-265
8	부부	아버지	생전	자력		성공	비정한 父	殺兒治病型	6-9-237
9	부부	어머니	생전	자력		성공		殺兒治病型	6-11-140
10	며느리	시아버지	생전	중		성공		殺兒治病型	6-11-598
11	아들	아버지	생전	도사		성공		殺兒治病型	6-12630
12	부부	아버지	생전	백노인		성공		殺兒治病型	6-12-633
13	부부	아버지	생전	자력		성공		殺兒治病型	6-12-900

살아치병형(殺兒治病型) 효행설화의 내용을 구조에 따라 간추리면 다음과 같다.

    A. 효자가 부모를 모시고 가난하게 살고 있었다. <결여 1>
    B. 부모가 병이 났는데 부모의 병에 자식이 약이라는 말을 듣게 된다.
       <고난>
    C. 효자가 부모의 치병을 위해 자식을 탕속에 넣는다. <방법의 획득>
    D. 자식을 삶은 물을 부모에게 드렸더니 부모의 병이 낫는다. <고난
       의 제거와 또 다른 결여 2>
    E. 죽었다고 믿었던 자식이 살아 돌아오고 효자는 상을 받고 잘 살았
       다. <결여의 제거>

이 유형의 구성요소를 분석해 보면 다음과 같다.

A에서 효행의 주체는 부부(10), 며느리(2), 효자(1)이다. 효행의 주체로 부부가 상대적으로 많은데 이것은 효행의 과정에 '자식을 죽여야만 하는' 극단적인 행위가 동반하는 문제로 가정의 가장인 남자의 일방적인 결정이나 아내의 독단으로 끝내 버리는 것이 아니라 이 문제는 부부가 공통으로 인식하고 해결해야 하는 문제로 인식하였기에 부부가 효행의 주체로 많이 등장한다.

효행의 객체는 아버지(6), 어머니(4), 부모(2), 시아버지(1) 등으로 여기에서도 효행의 대상은 전통적인 한국의 가족상을 벗어나지 않는 인물들이다.

B에서 부부는 부모의 병에 자신의 '자식이 약'이라는 말을 듣는다. 부모의 병을 고치기 위해서는 자식을 삶아 드리거나 자식의 간(肝) 등을 드려야 하는 인간으로서 감당하기 어려운 극한상황이라 할 수 있겠다. 부모의 병을 치료하기 위해서 자신의 분신인 자식을 죽여야 하는 부부는 '부모-아들'이라는 양자택일(兩者擇一)의 선택적 갈등상황에 놓여있다. 현실적으로는 상상하기도 힘든 '자식의 희생'이 설화에 제시되는데 이것은 효의 가치를 극대화하기 위한 극한 상황의 설정이라 하겠다.

C에서 부부는 불가피한 선택의 상황에서 자식을 기꺼이 희생한다. 이때 자식의 희생 과정에서 부부의 진지한 합의가 나타난다. 효행은 부부 모두의 일이며 어느 한 편만의 일방적인 노력만으로 이루어지지 않는다. 호랑이로 둔갑한 효자가 부모의 약을 구하려는 설화에서 알 수 있듯이 부부간의 진지한 합의가 이루어지지 않고 부부 어느 한 편에 의해 이루어지는 일방적인 효행은 비극적인 결말로 끝을 맺고 만다.

대부분의 설화의 경우 자식을 끓는 솥에 넣는 패륜적인 일은 어머니이며 며느리인 여성이 담당한다. 자식을 희생시키는 데 있어서 아무런 거리낌도 없는 인물로 어머니를 내세우는 것은 여성인 어머니라는 인물이 결혼이라는 제도로 한 가정에 편입되어 혈연관계로 맺어진 아버지 보다는 인정이 없는 인물로 비쳐질 수 있겠다. 하지만 그 이면에는 자식을 낳아준 어머니의 비정하고 비인간적인 행위를 통해 효의 가치를 높이려는 효 의식이 숨어있다고 하겠다. '자식보다도 부모가 먼저'라는 효의식을 강조하기 위해 비정한 어머니를 내세우고 "자식은 또 낳으면 되지만 부모는 한번 가시면 영원히 다시 올 수 없는 존재"라는 말로 자식의 희생을 정당화하고 있다.

자식을 죽이는데 앞장 선 비정한 어머니를 내세워 효의식의 숭고함을 강조
하려는 의도도 있지만 여성이라는 존재를 정확히 파악한 설정이라 할 수
있겠다. 전통사회의 여성은 혼인을 통해 새로운 가족에 편입되어 시집살이
의 모진 고통을 인내와 한숨으로 견뎌 온 인물이다. 새로운 환경에서 눈물
로 인내하며 이겨내는 여성의 내유외강(內柔外剛)의 삶은 자식의 죽음이라는
충격까지도 견뎌 내기에 충분하다 하겠다. 소중한 자식의 죽음을 슬퍼하지
않을 어머니가 어디 있겠으며, 자식을 죽여야 하는 상황에서도 눈 하나 깜
짝하지 않고 그 일을 감행하는 어머니가 세상 어디에 있겠는가? 설화의 내
용에는 나와 있지 않지만 전통사회의 어머니의 삶을 유추해 보면 자식을
솥에 넣고 불을 지피는 어머니의 자식을 죽여야만 하는 슬픔을 매운 연기
속에 흘렸을 인물이 바로 어머니일 것이다.

　D에서 부부는 자식을 삶은 물을 부모에게 드려 부모는 병을 낫게 된다.
이 부분은 자식의 희생을 통해 부모의 병이 낫게 되는 <위기의 제거>가 이
루어지지만 그것과 함께 '자식과 손주의 부재(不在)'라는 <또 다른 결여>가
동반된다. 이러한 <또 다른 결여>의 해결이 없이는 효행설화가 너무나 극
단적인 희생만을 강요하는 비인간적인 색채를 띠게 되어 민중들의 공감을
얻기 어려울 것이다. 따라서 그러한 해결책으로 설화의 결말부분에는 E처
럼 죽었다고 믿었던 자식은 사실은 동삼(童參)이 자식으로 변한 것이었거나
죽은 자식이 살아 돌아오는 이적이 일어난다.

　이 유형의 구체적 효행설화의 예로 자료 8번을 들면 다음과 같다.

　　옛날에 어느 가족이 살았었는데, 그때는 지금만니로 학교가 없고 서
　당이여. 서당, 한문만 배우는 서당. 근디 자기 아들이 한 열다섯살이나
　여섯살 먹었을 때여. 그 아들이 서당에를 다니는디, 말하자면 그 학생이
　다 그러재. 그 학생 할아버지가 나병이 걸렸어. 나병이라 하면 요즘의 -,
　〔조사자: 문둥병이요?〕응! 문둥병. 그병이 걸렸는디 별스런 약을 헤드려

도 안 낫거든. 그러니까, 어디서 말을 들으니까 사람을 죽여서 삶아 먹
으면 낫는다 해. 그런 말을 들었어. 그러니까, 자기 부부가 하루 저녁에
는 앉아서 타협을 했다 그 말이여. 상의를 했어. "아버지는 한번 돌아가
시면 영원히 그만이고 못 볼 아버지시고 자식은 우리가 또 나면 자식이
있지 않냐?" 그래가지고 부부간에 타협을 해서, 서당에 아들을 잡아가
지고 삶아서 아버지를 해 드리기로 그렇게 부부가 상의를 했어. (중략)
그래가고 오기만 오면, 서당에 갔다오면 아무도 안 본 데서, 사람들 안
본데서 잡아가지고 넣고 삶아서 그 물을 할아버지 갖다 드리려고 내외
가 불을 떼고 있으니까 서당에를 갔다가 절레절레 오거든. 담박질해 오
면서, "아빠! 엄마!"그리 부름서 오거든. 오더니, "원 불을 그렇게 때
냐?"고 아빠한테 물었다 그 말이여. 그러니 지 아빠가 하는 말이, "니가
아다시피 할아버지가 그렇게 병이 들어서잉! 몇 년간을 못 낫으시고 저
러고 계신디 사람 괴기를 먹으면 낫는다고 그래서 너를 잡아서 할아버
지를 줄라고 불을 땐다." 그런께, "그래요."하고는 이 아이가 옷을 할딱
할딱 벗더니 솥 속으로 들어가버려, 자기가. 지가 들어가버렸어. 그런게
솥 뚜껑을 얼른 꽉 덮고는 지그 내외 팍팍 울면서 불을 땐다 그 말이여.
팍팍 울면서 땠어. 오직이나 하것어? 안 볼라고, 속에 들어가서 뜨거운
물에 들어가서 야단할 것 아니여? 그것을 안 볼라고 솥뚜껑을 꽉 누르
고는 막 울었어. 그러니 조용하거든 한창되어, 한창 불을 떼가꼬는 볼라
고 익었는가 볼라고 딱 여니까 사람은 없고, 애기는 없고 말이여, 동삼,
동삼이라 하면은 산삼이여. 말하자면 산삼이, 큰 삼삼이 둥둥 솥 안에
떠다꼬는 펄펄 끓고 있거든.[38]

위의 예는 부모의 병을 치료하기 위해 효행의 주체인 아들 내외가 부친
의 약으로 자신의 아들을 삶아 드린다는 이야기이다. 효자의 온갖 정성과
노력에도 불구하고 부친의 병은 좀처럼 낫지 않는 심각한 병이다. 그런데
그 병의 치료법은 "사람을 죽여 삶아 드리면 낫는다"는 괴상한 병이다. 더
구나 치료에 쓸 사람이 다름 아닌 바로 '자신의 낳은 자식'이라는 말을 들

---

38) 6-9-237, 산삼동자.

었을 때 부부는 앞에서 예를 든 매아득보형(埋兒得寶型) 설화처럼 '자식'과 '부모'중 누군가를 반드시 선택해야만 하는 고난에 처하게 된다. 그러나 부부 내외는 "아버지는 한번 돌아가시면 영원히 그만이고 못 볼 아버지지만 자식은 우리가 또 낳으면 자식이 아니겠느냐?"며 합의하에 자식의 희생을 결정한다.

이러한 '부모의 병에 자식이 약'이라는 상황의 설정은 '부모'와 '자식'중 하나를 선택해야만 하는 고난에 처하게 한다. 누군가를 살리고 누군가는 죽여야 하는 이 유형의 설화에서 부부는 부모를 살리고 자식은 죽여야 하는 선택을 해야 한다. 부모의 약으로 쓰기 위해 자식을 솥에 넣었던 부부는 불을 때면서 자식을 잃은 슬픔을 내려 했을 것이다.

이 유형의 설화에서 특이한 것은 '비인간적이며 냉정한 부부'와 '죽을 운명에 놓여 있지만 죽음을 두려워하지 않는 아이'의 대비를 통해 효의식을 고취하고 있다. 서당에서 한문을 배우는 열다섯 살에서 열여섯의 '중이병(中二病) 사춘기' 소년은 자신에게 내맡겨진 운명에 순응하며 기꺼이 할아버지의 치료약이 되고자 한다. 어떠한 두려움과 망설임이 없이 뜨거운 탕 속에 들어가는 아이의 모습은 현실에서의 아이의 진정한 모습이 아니다. 이것은 효를 권장하기 위해 임의적으로 설정한 것으로 할아버지의 치병의 대상체로서 아이인 것이다. 할아버지의 치병에 손주가 죽어야 할아버지가 살고, 자신이 죽어야 할아버지의 죽게 만든 부모의 고통이 없앨 수 있을 것이오. 자식이 스스로 죽어야 자식 죽인 부모라는 죄책감도 미안함도 줄일 수 있을 것이라 아이는 생각했을 것이다. '할아버지의 약'이라는 나약한 존재, 부모의 일방적인 결정으로 희생될 수밖에 없는 아이는 이제 가족 구성원으로서의 자기결정을 할 수 있는 자기주도적이고 주체적이고 독립된 자아가 될 수 있었다.

자식이 어버이를 위해 희생하는 것을 그 당시의 관점에서 보면 최상의 효이며 당연한 선택이라고 받아 들여야 할 것이다. 이것은 당시의 사회 가치의식이었다. 죽음과도 직결되는 극단적 행동인 '자식희생'은 결코 자기를 희생하는 것보다 쉬운 결단이 아니었을 것이다. '부모의 중병(重病)에 자식이 특효약(特效藥)'이라는 이 말을 듣고 부모와 자식 중 어느 한 쪽을 선택할 수밖에 없는 극한 상황에서 자식을 기꺼이 희생시키는 것은 윤리의식을 저버리는 인간성의 포기가 아니라 효를 인륜의 대본(大本)이며, 가장 소중한 삶의 가치로 이해한 당 시대 사람들의 가치 체계인 것이다. 특히 이러한 자식희생은 부모의 사후(死後)에 이루어지는 효보다 부모의 생전(生前)의 효를 더 강조하는 효 의식이기도 하다. 즉 부모가 돌아가시면 효는 끝나는 상황이 되므로 효행의 주체인 부부는 부모의 생명을 최대한 지속시키고 연장시키기 위해 자식마저도 기꺼이 희생한다.

그러나 효를 실천하기 위해 자식을 죽음으로 모는 것은 민중들의 공감을 얻을 수 없을 것이다. 앞에서 언급했던 것처럼 현실의 극한 위기의 상황에서 이러한 극단적인 상황의 설정만이 존재하고 구원의 장치나 희망의 빛이 없다면 효행설화의 가치는 사라지고 말 것이다. 그래서 전승집단은 효행의 가치를 높이고, 효행설화로서의 민중의 공감도 얻을 수 있고 후세에게도 전할 수 있는 전승력을 가질 수 있는 길을 제시하고 있다.

'아이'를 죽음으로 몰게 한 것은 '효자 부부-병든 부모'의 입장에서 보면 효행이라 할 수도 있겠지만 '효자 부부-자식인 아이'의 입장에서 보면 자식이 부모보다 먼저 죽는 것으로 불효에 해당하는 것이다. 효를 행하기 위해 불효를 행한다는 것은 효의 진정한 가치를 상실하는 것으로 '손주'를 죽음으로 이끌어 낸다는 것은 효행의 실패로 보는 것이 타당하다. 자식이 부모보다 먼저 죽는 불효의 오명(汚名)을 벗어나기 위해 손주의 죽음을 되살아

남으로 바꾸어야 할 필요가 있다. 또한 손주를 죽여서 만든 약으로 목숨을 연명한 할아버지는 손주의 부재와 자신이 먹었던 약이 손주였다는 사실을 알고 난 후 정신적 충격에서 삶의 의미를 잃어버릴 수도 있었을 것이다. 그래서 죽었다고 믿었던 자식이 살아 돌아오고 솥에 넣고 삶은 자식은 동삼이 변해서 된 것이라는 상상할 수 없는 일들이 나타난다.

이렇게 설화의 전승자들은 현실이 비록 암담하고 절망적이라 할지라도 설화의 세계는 밝고 희망적인 세상이라는 것을 보여주고자 한다. 인간으로서 견디기 어려운 극한 상황 속에서도 '지성(至誠)로 효도를 다하면 나중에는 반드시 좋은 결과가 따른다'는 사고와 '현실적인 고난과 불행은 극복할 수 있고, 행복 또한 얻을 수 있다'는 반운명론적 세계관을 그려내야 효행설화로서의 공감대가 형성되고 전승력 또한 잃지 않을 것이다.

인간이 세상을 살아가는데 있어서 이와 비슷한 상황은 흔히 발생하는 문제이다. 어느 쪽을 택해야 하고 어느 쪽을 버려야 할지 쉽사리 결정을 내리지 못하고 고민될 때가 허다하다. 효자가 '부모와 자식'사이에서 부모를 택하지도 못하고 그렇다고 자식을 희생시킬 수도 없는 진퇴양난(進退兩難) 속에서 결국 부모가 택한 '자식을 죽여 부모를 살리는 것'은 지금의 관점으로 볼 때 현명한 선택이라고 말할 수 없지만 당시의 관점과 가치관에 의하면 효자의 행동은 효를 위해 희생을 감내해 낸 '살신성효(殺身成孝)'의 가치관을 실현한 최선의 선택이었다. 부모와 자식 중 누가 소중한지 가치 정도를 판단하는 것은 무리이다. 다만 효행을 권장하고 효 관념을 확고히 하고자 하는 목적이라는 점에서 효자의 행동은 정당하다고 말할 수 있다. 희생이 동반하지 않는 효행과 희생을 감수하면서까지 실현한 효행이 있을 때 전승집단의 구미에 맞는 효행설화는 당연히 희생을 감수하면서까지 실현한 효행의 이야기가 더 매력적일 것이다.

3. 불의의 사고

효행설화에서 부모가 갑자기 호식을 당하게 되거나 전란이나 홍수 등의 불의의 사고로 말미암아 생명이 위급하게 될 때 효행의 주체는 그 고난과 고통의 상황을 자신의 생명이나 자식의 생명을 버림으로써 효행위를 드러냈다.

인간이 살아가면서 겪게 되는 또 다른 불의의 사고는 우리에게 극심한 고통과 고난을 주는 요소이다. 특히 눈에 넣어도 아플 것 같지 않은 자식이 죽음을 맞는다면 그 죽음으로 인한 충격과 상실감은 실로 엄청나다 하겠다. 더구나 자식의 죽음과 사고가 가족 구성원 중의 한사람인 친할아버지와 친할머니와 밀접한 관련이 있다면 부모의 마음은 얼마나 절망적이고 안타까울 것인가. 자식이 가까운 친족으로부터의 죽임을 당했다면 그 충격의 깊이는 이루 말할 수 없으며 정신적 공황상태에 빠질 것이다. 치매(癡呆)가 든 노모(老母)가 손주를 닭으로 알고 솥에 넣고 삶아 죽이는 이야기, 자신의 세 딸이 노모를 굶어 죽게 하거나 그것이 두려워 웅덩이에 빠져 자살을 해버린 노모의 이야기, 술에 취한 할아버지가 자신의 손주를 깔아 죽게 하는 가족 구성원에 의한 죽음과 사고는 효행설화의 주인공에게 극심한 좌절감과 깊은 절망감을 던져주는 고난의 요소이다.

이 유형의 하위 분류도 효의 실천 방법에 따라 묵인형(默認型), 살신형(殺身型), 기자형(棄子型)으로 세분화할 수 있다.

1) 묵인형(默認型)

'살인'이라는 극단적인 행위가 등장하는 묵인형 효행설화는 조부모에 의한 자식의 갑작스런 죽음을 묵인하는 내용의 설화이다. 치매든 노모가 자신의 손주를 잉어나 닭으로 오해하고 삶아 죽이는 '치모부손형(癡母焚孫型)'과 술에 취한 할아버지가 손주를 깔고 누워 압사(壓死)시키는 '취부압손형(醉父壓孫型)'의 설화로 세분할 수 있다.

이 유형에 해당하는 자료는 모두 14편인데 다음과 같다.

〈표 7〉 묵인형(黙認型) 효행설화

	누가	누구에게	시기	도움	보상	결말	비고	유형	출전
1	양자내외	養父	생전	자력	돈	복합	醉父壓孫	黙認型	5-1-230
2	양자내외	養父	생전	자력		복합	醉父壓孫	黙認型	5-1-511
3	부부	아버지	생전	자력	금덩어리 논문서	복합	醉父壓孫	黙認型	5-2-556
4	당질부부	당숙	생전	자력	논문서	복합	醉父壓孫 딸↔당질	黙認型	5-3-457
5	부부	어머니	생전	자력	돈항아리 活兒	성공	癡母焚孫	黙認型	5-4-842
6	며느리	시어머니	생전	자력		복합	癡母焚孫	黙認型	5-5-259
7	조카	큰아버지	생전	자력	돈궤	복합	醉父壓孫	黙認型	5-5-470
8	며느리	시어머니	생전	자력		성공	癡母焚孫 子죽음없음	黙認型	5-6-343
9	부부	어머니	생전	자력	인정	복합	癡母焚孫	黙認型	5-7-546
10	양자 내외	養父	생전	자력		성공	醉父壓孫 친자↔양자	黙認型	5-7-625
11	양자내외	養父	생전	자력		복합	醉父壓孫 세 딸↔양자	黙認型	6-8-173
12	며느리	시어머니	생전	자력		복합	癡母焚孫	黙認型	6-9-170
13	며느리	시어머니	생전	자력	비석	복합	癡母焚孫	黙認型	6-11-144
14	양자 내외	養父	생전	자력	活兒	성공	醉父壓孫 세 딸↔양자	黙認型	6-12-1020

이 유형의 설화의 내용을 구조에 따라 간추리면 다음과 같다.

A. 술에 취한 조부나 치매든 노모에 의해 손자가 죽는다. <결여>
B. 부부 내외가 이 사실을 알고 놀라 했다. <고난>
C. 부부는 부모에게 자식의 죽음을 알리지 않고 아이를 묻기로 한다.
   <방법의 강구>
D. 아이를 묻으려 한 곳에 돈궤 등이 나왔고 부부의 효행 사실이 알
   려지게 되었다. <위기의 제거와 또 다른 결여>

이 유형의 구성요소를 분석해 보면 다음과 같다.

A에서 효행의 주체는 양자 내외(5), 며느리(4), 부부(3), 당질 내외(2) 등이다. 효행의 주체로 가장 많이 등장하는 양자 내외는 임의적으로 형성된 부자의 관계이지만 어떤 의미로 보면 생면부지의 남과 같은 인물이다. 묵인형 효행설화에서 자기 핏줄이 아닌 양자(養子)나 당질(堂姪)을 효행의 주체로 내세우고 양부(養父)나 당숙(堂叔)에 의해 자신의 친아들이 죽게 되는 커다란 사건을 발생하게 한다.

효행의 객체는 양부(5), 시어머니(4), 어머니(2), 아버지(1), 당숙(1), 큰아버지(1) 등이다. 효행의 객체의 설정에 있어서도 전승집단은 효의식의 권장이라는 효의 가치를 전달하기 위해 양부와 당숙, 큰아버지 등을 내세우는 전국적인 차이를 보여주고 있다.

B에서 자식의 죽음의 소식을 접한 부부는 자식의 죽음이 친족에 의한 죽음이라는 것을 알게 된다. 그 죽음 또한 술에 취해 아이를 압사(壓死)시키는 경우가 8편, 노모의 치매로 인해 자식이 삶겨 죽게 되는 경우가 4편이다.

C에서 부부는 가까운 친족에 의한 자식의 죽음에 충격을 받지만 이 사실을 묵인하고 함구(緘口)한다.

D는 효행의 결과에 대한 보상이 나타나는 단락이다. 희생을 동반하는 유형의 설화에는 일반적으로 보상이 나타나는데 그 보상으로는 돈, 금덩어리, 돈 궤, 돈항아리 등을 얻게 되는 위로부터의 보상과 양부(養父)에게로부터

재산이나 논문서를 물려받게 되는 양부의 보상, 그리고 비석이나 사회적 인정을 받게 되는 사회적 보상이 주어진다. 자료의 5, 14번의 경우 죽었던 자식이 다시 살아나는 이적으로 인해 자식의 부재(不在)로 인한 또 다른 결여가 해소되는 경우이고 나머지 설화들의 경우는 자식의 부재(不在)가 아직도 남아 있어서 결여가 완전히 제거가 되지 않은 상태이다.39)

　다음의 두 편의 효행설화을 통해 이 유형의 설화에 나타난 고난의 구체적인 양상과 그 극복의 의지를 살펴보기로 한다.

　　<A> 아들은 일을 가구 시아버니는 방에 있었다든가, 사랑방에가 있었다든가 시아버니 혼자 됐구먼, 시어머니 죽구, 시아버니 혼자 됐는디.
　　쬐깐한(조그만한, 작은)젖 먹는 아(아이)가 있던 개벼. 빨래 갈라구 어린애 젖을 먹었다. 할아버지는 술을 잔뜩 먹구 와서 자는디, 어린애를 젖을 멕여서 할아버지 있는디다 누였드랴. 다리를 들었어서 죽였는개비더랴. 술김에 술을 먹구 잤은개.
　　빨래를 해갖구 오닌개 어린애가 울틴디 소리가 읎어, 들어가 젖을 먹일라구 보닌개 빳빳하드래. 다리를 들었어서.
　　며느리가 얼마나 원통햐. 그제야 술 깼은개 알테지, 죽은디 얼마나 낙담을 하는가 볼라구 있는개 가만히 두 다리를 들어다 놓구서는 어린애를 안구 나가더래. 안구 나갔는디 갔다가 남궁딩이에다가(나무아래에) 놓어버렸는디, 저녁 밤 되기만 기다리는디, 저녁이 되닌개 들오드랴. 남편이.
　　그래서 곁으로 오닌개 저기 저 뒷동산 꼭대기에서 금이 놓은개,아래는 깊이 파고 올라가면서는 얕이 파라고 그러더랴. (중략)깊이 판 디는 치매에다 어린애를 끌어다 묻어버리구, 그 산 위로 올라가닌개 중간에 만치 가닌개, 금 한덩어리가 있더래. 금 한덩어리가 있어서 가지구 냐려오면서, 어서 내려오라구. 여기 금 있다구 며느라거 차매에다 금을 싸

---

39) 다만 자료 8의 경우는 며느리가 치매든 노모가 자식을 삶아 죽이려는 것을 보고 닭을 삶아 드림으로써 자식의 죽음을 미리 예방한 경우로 자식의 죽음이 동반하지 않은 설화이다.

가지구 내려오더래.40)

<B> 옛날 사람이 인자 늙디 늙은, 나보다 더 늙은 시어머니가 있어. 그란디 빡빡 기어다니는 그런 애기가 있드라고. 그래 모를 숭구는디,

"어머니, 오늘 애기 쪼금 봐 주소. 모 숭글라니까 내가 나가야 쓰것소."

"그래 가 모 숭그라."

근데 나갔다 낮에 밥 할려고 들어옹께,즈그 애기를 삶아서 숭숭 썰어, 도마에다.그렇께, "어머니 뭣 하시오?"

"닭이 먹고 싶어서 닭 삶아서 썬다."

아무 말도 안 하고,딱 싸다가 뒤안에다 감춰 놓고, 동네로 돌아 다녀서 알 낳는 암탉을 잡아서 우둘우둘 두드려서, 푹 삶아서 움박지에 퍼서, 지그 어머니 앞에 놔 드리고 밥을 헝께 늦을꺼 아니여? 그래 즈 서방님이 들어 와.

"왜 밥을 지금까지 안 해갖고 오냐?"고,

"아무 말도 말라고. 상황이 이러허니 낳으면 자식 아니냐?"고 근깨,

"어머니가 얼매나 괴기가 잡수고 잡아서, 그래 내가 아무 말도 안하고 싹 싸서, 뒤안에 두고, 동네 가서 암탉을 하나 사다가 고아 들이고, 그런깨 이리 늦었소." 그렇께, 아이고 그냥 서방님이 참말 경계를, 퍼뜩 퍼뜩 밤낮 서서, 마누라한테 절을 하고 그래싸. 그렇께 면 사람이 가다가 봉께, 밤낮 남자가 그렇게, "어째 그래 절을 해 쌌냐?"허니께, 그 사정을 얘기를 했어. 그러니까,

"아 그러냐고, 시상에 어떤 여자가 그런 여자가 있겠냐?"고, 서울로 다 올라 가가지고는 상금을 탔지라우. 그래갖고는 잘 살았어.41)

<A>의 설화는 술에 취한 시아버지가 손주를 깔아 죽이는 내용의 효행설화이다.

<B>의 설화는 치매가 든 시어머니가 손자를 닭으로 착각하고 삶아 죽이

---

40) 5-2-556, 효성이 지극한 며느리.
41) 6-9-170, 자식잡은 어머니에게 효도한 효부.

는 '치매부손(癡母焦孫)' 설화이다. <A>와 <B> 두 설화 모두 갑작스러운 자식의 죽음을 듣게 되는 고난의 상황이 발생한다. 고난의 심각성을 부여하기 위해 이 죽음이 할아버지나 할머니 등 친족에 의한 죽임으로 설정하고 있다. 할아버지와 할머니는 손주 손녀들과 끈끈한 혈육의 정이 넘치는 보기만 해도 좋은 사이, 함께 있기만 해도 좋은 사이이다. 그런 손주 손녀들이 자신을 낳아준 부모보다 더 많은 시간을 보내는 할아버지, 할머니에 의해 죽임을 당하는 끔찍한 가정내의 비극이다.

더구나 설화의 주인공이 양자나 당질의 경우, 양부나 당숙에 의해 양자(당질)의 친아들이 죽게 되는 커다란 사건이 발생한다. 자기 핏줄도 아닌 양자나 당질을 효행의 주체로 설정되고 그들의 친아들이 죽게 만드는 극단적인 상황 설정은 가혹하기만 한 설정이다. 이러한 갑작스러운 사고와 죽음으로 자식의 죽음을 접한 부모는 심한 정신적 충격과 공황상태에 빠지게 한다.

친자식도 친족에 의해 허무한 죽임을 당하면 부모로서 감당하기 어려운 일인데 남의 자식인 양자나 당질의 자식을 양부나 당숙에 의해 안타까운 죽임을 당한다는 설정은 효 의식을 권장하려는 전승자의 의도라 하겠다. 남의 자식도 이러한 고난 속에서 효행을 다하는데 피를 나눈 친자식은 당연히 그래야 하지 않겠느냐는 전승집단의 의도가 숨어 있다고 하겠다. 효행설화에는 효 의식 권장이라는 목적을 이루기 위해 때론 극단적인 상황설정이 필요하였다. 이 유형의 설화속의 주인공들은 이러한 상황에서도 어떠한 저항이나 거부감 없이 양부의 실수를 인정하고 오히려 극진히 섬겼던 인물이었다. 부모의 섬김에 있어서 자기의 형편이나 상황이 좋을 때만 섬기는 것이 아니라 어떠한 경우라도 마음 편히 모셔야 한다는 효의 가치를 반영하려는 전승자의 의도가 삽입된 것이라 하겠다.

<B>의 설화에서 주목해야 할 점이 있는데 그것은 치매 노인에 대한 문

제이다. 자식의 죽음을 접한 며느리는 자식을 죽인 사람이 자신의 시어머니라는 사실을 알게 된다.

시어머니가 자신의 자식을 닭인 줄 알고 삶아 버린 사건을 며느리는 간과(看過)하지 않고 있다. 며느리는 시어머니가 일으킨 일을 희대의 패륜범죄로 판단하지 않았다. 시어머니의 현재 상태를 면밀히 파악한 며느리는 시어머니의 상태가 실수나 고의에 의한 사고가 아니라 치매의 상태에서 발생한 어쩔 수 없는 일이라 감지한다. 그래서 며느리는 자식을 잃은 슬픔을 뒤로한 채 앞으로 다가올 더 큰 고난을 생각하여 시어머니의 치매의 사실을 남편에게 알린다. 이것은 치매노인에 대한 올바른 인식에서 나오는 며느리의 현명한 처사(處事)라 하겠다.

<B> 설화에서 우리는 친족인 시어머니에 의한 살인에만 주목할 것이 아니라 가정 내의 치매 노인에 대한 문제와 그에 따르는 고난의 문제가 여전히 존재하고 심각하게 진행될 것이라는 데도 주목해야 할 것이다.

현대는 의학의 발달과 생활수준의 향상으로 노인의 인구가 증가하고 있다. 노인인구의 증가와 더불어 인간의 수명 증가로 인해 두드러지게 발생하는 문제로 치매의 문제를 들 수 있다. 치매를 나이가 들면 일어나는 자연스러운 노화과정으로 당연하게 받아들이지 말고 치매에 대한 인식의 폭을 넓혀야 한다. 치매는 가족 구성원에게 부담과 고통을 주며많은 사회적 문제를 야기하고 있다. 신체적인 부담감은 말할 것도 없이 경제적·신체적·심리적·사회적 부담감을 준다. 심할 경우 치매노인을 유기(遺棄)하거나 어디엔가 방치(放置)하기도 하고, 가족 간의 갈등과 반목(反目)을 일으켜 가족의 해체에까지도 이르게 한다. 위 설화의 며느리의 태도처럼 시어머니의 치매에 대한 사실을 가족 구성원(남편) 모두에게 알리고 지속적인 관심과 적절한 역할 분담을 통해 치매노인문제에 대응해 나가야 할 것이다.

2) 살신형(殺身型)

홍수나 급류 등의 불의의 사고로 인해 부모의 생명이 위급할 때 자신이나 자식 그리고 남편의 희생을 통해 효의 실천이 이루어지는 경우이다. 이유형에 해당하는 설화는 다음과 같다.

〈표 8〉 살신형(殺身型) 효행설화

	누가	누구에게	시기	도움	보상	결말	비고	유형	출전
1	며느리	시아버지	생전	자력		복합	자식 희생	殺身型	5-1-559
2	효부	시아버지	생전	자력		복합	남편 희생	殺身型	5-3-134
3	어린아들	아버지	생전	자력	효자비	실패	水中俱死	殺身型	6-4-430
4	효부	시아버지	생전	자력		복합	남편 희생	殺身型	6-8-356

이 유형의 설화는 특별한 구조가 없어 설화에 나타난 고난의 문제를 나열하여 분석하고자 한다. 위의 표에 나타난 고난의 양상은 홍수나 급류에 의해 자식이나 남편 그리고 부모가 죽게 되는 상황이나 효행의 주체는 '부모 - 자식' 또는 '부모 - 남편'이 선택의 상황 속에서 자식이나 남편을 희생시키고 부모를 택하는 결단을 내린다.

설화에 등장하는 효행의 주체는 며느리(7), 과부(1), 어린 아들(1)이다. 효행의 주체는 며느리가 가장 많은 빈도수를 보이는데 며느리는 부모나 남편, 그리고 자식이 급류에 빠진 고난의 상황에서 남편이나 자식을 희생시키고 부모를 구한 뒤 남편을 따라 죽는다. 이것은 전통사회의 가정이 부모 중심이요, 남편 중심의 사회였음을 반영한 것으로 효행의 주체인 며느리는 부모에게 효를 행함과 동시에 남편에게 '열(烈)'까지 행하게 된 단적이 예임을 보여준다.42) 자료 3번의 경우 나이 어린 아들이 효행의 주체로 등장해

---

42) 강은혜, 앞의 논문, 27쪽.

물에 빠져 죽은 아버지를 따라 자신도 물에 빠져 죽는다는 내용의 설화이다. 이 설화에서도 '죽음을 두려워하지 않는 아이'가 등장하는 데 이 아이를 통해 극단적인 희생의 방법이 진정한 효행인지 의구심을 던져주는 효행설화의 예이다. 자신의 목숨을 버림으로써 아버지에 대한 효행은 비록 완성했지만 남아 있는 어머니에게는 불효라 할 수 있겠다.

효행의 객체로는 시아버지(8)와 아버지(1)이다. 특이한 사항으로는 며느리가 시아버지에게 효행을 행하는 과정에 있어서 남편이 머슴살이를 하러 나가 있거나 부재(不在)의 상태에서 일어나는 경우가 대부분이다.

다음의 설화를 통해 불의의 사고에 의한 고난의 양상을 구체적으로 살펴보기로 한다.

> <A> 큰 물을 건너는디, 시아버지를 건너고 자슥(자식)을 건너야 허는디 말이여. 자식은 낳으면 자슥이고 인자 그것도 저 미느리(며느리)자식인디, 물을 시아버이허고 자식허고 건너 가는디, 물이 지(자기의)세목심(목숨)을 막상 죽게 생겼거든. 그런개 지 자식은 떠내야어 죽으라고 내놔 뻐리고, 시아버지를 건내 주었단 말이여. 그래갖고 그리 그런디. 그래도. "어째서 그러냐?" "우리는 젊으니깨 자슥을 낳으면, 다시 낳으면 자슥인디, 시아버지는 한번 가버리면 영영, 잉, 수명을 자기 명대로 못 살고 돌아 가신 것이 원통해서, 시아버지를 건너 주었오." 그래서 애국자허고 충신이라고 다 효도상을 받고 잘사는 일이 있어. 그런디 그런 것, 야참, 옛날 말인개.43)

> <B> "다른 것이 아니라 미느리가, 미느리하고 서방님하고 시어머니하고 서이 이렇게 쭉허니 가다가, 가다가 미느리는 용케 나뭇가랭이 가서 다리 걸려갖고 내려오덜 안허는디. 즉 말하자면 시어머님하고는 서방님하고 바로 자빠져서 갖고 꽉 잡았는디, 아으 누구를 놓던지 놔 버려야 하나라도 살려버리지 둘은 살리 수가 없단 말이야. 힘이 모자래서

---

43) 5-1-559, 자식보다 부모가 중하다.

(모자라서). 그런게 누구를 먼저 살려야겠소. 서방님을 살려야겠소? 시
어머님을 먼저 살려야 것소?"

그걸 물어 본단 말이여? 그려 그런다 치면, 그렇게 허면, 인자 그속에
가서 열녀도 나오고 효부도 나온다 이것여. 그속에 가서 생각해 봐요.
[조사자: 그런게 인자, 인자 시어머니 다시는 못 한번 태어나시지요. 뭣
히지만 자기 남편은 더 얻을 수 있으니까. 시어머니를 얻게 다 이런 식
으로 얘기 헌다 봐요.] 아니여. 그런 것이 아니여. [일동: 웃음]효부를 되
야헌디 효부를. [조사자: 그런게 효부 며느리가.] 그런게 며느리가 서방
님허고 시어머니를 이렇게 붙들고 있다 그말이여. 그런개 서방님을 놔
버리냐. 시어머니를 놔버리냐 이것이여. 놔버리면 죽은게, 그런게 누구
를 먼저 살려야 이 효부가 되고 열녀가 되것냐 이것여. [조사자: 시어머
니는 먼저.] 그러지잉. 그런게 어떻게 했냐면 제일 처음 가만히 생각해
봉게 효부가 되기 위해서 서방님을 놔버렸단 그말이여. 그렇게 죽을 것
아니여? 그러면 두손으로 해서 시어머니를 살려놨은게 효부를 안되었
소 잉? 그러자 동시에 자기가 떨어져서 재차 죽은게 열녀가 됐다 이거
야 [조사자: 그렇게 효부도 되고 열녀도 되고 둘다 다 되고.] 그렇게 며
느리한 사람이 열녀도 되고 효부도 됐다 이것여.44)

<A>의 설화에서 며느리는 큰 물을 건너려다 시아버지와 자식이 물에 빠
져 죽게 되는 고난의 상황에 처하게 된다. 며느리는 부모와 자식이라는 선
택의 상황에서 고민하다 자식의 희생하기로 결정한다. 여기에서도 며느리
는 "낳으면 자식이고 부모는 한번 가버리면 영영 돌아올 수 없"는 존재라
며 자식의 희생을 정당화하고 있다. 며느리의 이러한 행동은 효행설화의
일반적인 자기합리화의 방식의 표현이다.

그런데 며느리는 시아버지를 버리고 자식을 구해주면 "수명을 자기 명
대로 못 살고 돌이기신 것이 원통"할 것 같아서 시아버지를 살려주었다고
말을 한다.

---

44) 6-8-356, 어머니 살리고 남편 따라 죽은 효부 열녀.

며느리의 이 말은 전통사회의 효행이 부모 중심의 효행이며 효를 위해서
는 자식을 버리는 희생도 감수할 수 있다는 것을 보여주는 예라 하겠다. 이
렇게 보면 부모에 대한 효행을 완성하기 위해 어쩔 수 희생되어야 하는 자
식의 죽음 정당화시키는 가치이며 사상의 표현이었음을 알 수 있다. 그러
나 그 이면에는 천수(天壽)를 누리게 되는 시아버지의 삶과 부모로 인해 조
부의 생명연장의 희생매개체가 되어버린 자식의 비극적이고 원통한 삶에
대한 대비를 통해 극단적인 희생만을 추구하는 효 의식에 대한 경계의 목
소리도 엿볼 수 있다.

<B>의 경우는 남편과 부모라는 선택의 상황이 고난의 양상으로 나타난
다. 효행의 주체인 며느리는 남편에 대한 열(烈) 행위와 부모에 대한 효행의
사이에서 고민하나 결국 부부의 정보다는 부모의 정에 의해 남편의 희생을
통해 효관념을 확고히 하려고 한다. 무사히 시아버지를 구한 며느리는 자
신의 죽음으로서 남편에 대한 열(烈)까지도 행하게 된다. 이를 통해 전통사
회의 가정은 철저한 부모 중심의 사회였음을 증명해 준다.

3) 기자형(棄子型)

기자형 효행설화는 효행의 주체인 며느리가 호식(虎食)당할 위기에 처할
시아버지를 대신하여 자식을 호랑이에게 던져 주고 시아버지를 구한 내용
의 설화이다. 이 유형의 설화는 5편이다.

〈표 9〉 기자형(棄子型) 효행설화

	누가	누구에게	시기	도움	보상	결말	비고	유형	출전
1	며느리	시아버지	생전	자력		성공	投兒虎食	棄子型	5-1-400
2	며느리	시아버지	생전	자력		성공	投兒虎食	棄子型	5-2-571
3	며느리	시아버지	생전	자력		성공	投兒虎食	棄子型	5-5-128

| 4 | 며느리 | 시아버지 | 생전 | 자력 | | 성공 | 投兒虎食 | 棄子型 | 6-3-464 |
| 5 | 며느리 | 시아버지 | 생전 | 자력 | 표창 | 성공 | 投兒虎食 | 棄子型 | 6-3-513 |

이 유형의 설화의 내용을 구조에 따라 간추리면 다음과 같다.

A. 술에 취해 길가에 자고 있는 시아버지가 호식을 당하려 한다. <고난>
B. 며느리는 업고 있던 자식을 호랑이에게 던져 준다. <방법의 강구>
C. 며느리의 효심에 감동한 호랑이는 아이를 죽이지 않는다. <고난의 제거>
D. 이 사실이 알려져 표창 등을 받는다. <결여의 제거>

이 유형에서는 모두 며느리가 효행의 주체로 등장하고 효행의 대상도 시아버지이다. 전통사회에서 남편은 가정의 경제를 책임지는 인물로 효행의 주체인 경우로 등장하는 게 일반적인데 이 유형에서는 효행의 과정에 남편은 등장하지만 부모의 효행에는 관심이 전혀 없는 인물로 나타난다. 오히려 부모의 안전이나 목숨의 위태로움을 걱정하기보다는 자식의 부재(不在)에 대해 관심을 가지는 부정적인 인물로 설정되어 있다. 부모를 봉양하는 실제적인 일은 남편이 아닌 며느리가 전담하였으며, 남편은 아내의 효행을 방해하는 인물로 설정되어 있는 게 이 유형의 특이한 사항이다. 구체적인 설화의 예를 들어보면 다음과 같다.

저녁밥을 차려놓고 자기도 먹도 않고 그 유아 어린아 그 놈을 하나 업고, 멀리 흔들흔들 가. 그 시아바이 간 길로 나온단 말여. 암만 나왔어도 없고, 산삐탱이(산비탈)휙 돌아 집에 길을 가니깨, 그 시아바이가 길가 가운데 두러누워 잠을 자는디 세상을 몰라. 통 술이 취해서 잠이 들었단 말여. 아 그러니 옆에 가만히 본개, 그 옆에 호랭이란 놈이 꽁지에다 물을 묻혀 가지고 와서, 낯에다 물을 떨고 떨고 그 짓을 한단 말이

여, 호랭이가. 가만히 즈며누리가 생각해 봤단 말이여. 즈시아버지를 업
고 가면 아를 거기다 놓고 가게 생겼고, 애기를 업으면 즈시아버지를
못 딜고 가게 생겼고. 그러니깨, "에라 아서라. 남편 자식인데 부모는
한번 돌아가시면 못 돌아오는데, 자식은 또 나면 자식 아니냐?" 그러면
서 그 머슴아를 길 가운데다 눕혀 놓으면서 호랭이한테 정성을 했어.
그런개 호랭이가 그 아기를 삼킬라면 삼키고, 당해서 하하고. 나는 시아
버지를 업고 갈랑개 안 되겠다고. 인제 그러고 즈시아버지를 업고 집엘
왔어. (중략) 호랭이 발자국이 있든가 발자국을 찾아 가서 산으로 올라
가 본개, 거기 얼마나 올라 갔던가 올라간개 큰 바우가 있는디 바우 밑
에다. 아를 딱 눕혀놓고, 호랭이는 그안에 있고 아는 잠을 자느라고 삭
악삭악 잠을 자, 그 어린것이. 아 그래 호랭이한테 정성을 하고 이렇게
어린것을 호랭이가 보호를 해 주니감사하다고 정성을 하고 아를 찾아
갖고, 그 효도상도 받고, 나중에 그 머슴아가 커 갖고, 참 볏집이나 받
고 잘 살드랴.45)

위의 설화에는 호랑이가 시아버지를 잡아먹으려는 위기의 상황에서 호
랑이에게 자식을 던져 주는 며느리의 효행이 나타나 있다. 그런데 술에 취
해 아무데서나 자고 있는 시아버지의 모습은 효도할 마음을 사라지게 한
다. 그래서 술주정뱅이 시아버지는 호환을 당해도 마땅한 것처럼 보인다.
그러한 며느리는 시아버지를 살리기 위해 자신의 귀한 자식을 호랑이에게
던지고 있다. 호랑이에게 자식을 던져주는 행위는 자식을 위험으로부터 보
호하려는 어머니의 일반적인 모성 본능의 속성에서 벗어나는 행위이다. 어
린 아이의 어머니이면서 한 집안의 며느리인 주인공은 혈연으로 맺어진 자
식의 관계보다는 혼인으로 맺어진 시아버지와 며느리의 관계를 더 중요시
하려는 사고의 발로(發露)에서 이러한 행위를 과감없이 드러내고 있다. 이
설화는 부모는 죽으면 다시 얻을 수 없지만 자식은 다시 낳으면 되니 부모

45) 5-1-400, 호랑이에게 자식을 준 효부(孝婦).

에 효행이 먼저라는 효사상이 침투된 설화이다. 또한 며느리도 아들 이상으로 시부모를 잘 섬겨야 함이 강조하는 설화이다. 자식은 부모가 어떠한 사람이든지 잘 섬기고 봉양해야 함을 가르치고 있다. 며느리의 이런 행동은 그래서 귀감이 되는 행동이다. 한마디로 자식은 부모가 어떠한 사람이든지 잘 섬기고 봉양해야 함을 가르치는 설화이다.

며느리는 무사히 시아버지를 구하고 아들의 희생의 과정을 남편에게 알리는 종속적 사고를 반영하고 있다. 또한 며느리는 자식을 호랑이에게 주기 위해 자식을 '남편의 자식'으로 설정하여 어머니와 자식의 정을 과감히 끊으려는 비정한 모습을 보이며 자식의 죽음을 남의 일인 것처럼 여기고 있다.

이러한 비정한 어머니의 설정과 어머니의 행위를 통해 확고한 효 의식을 표현이라는 점도 있지만 극단적인 희생만을 보여주는 효행설화에 대한 거부감과 우려의 목소리를 이 설화를 통해 알 수 있게 된다. 효행의 과정에서 등장하는 호랑이는 술에 취해 인사불성이 된 시아버지를 잡아먹으려는 효행의 방해자, 불의의 사고를 만들어 가정의 위기를 발생시키는 존재로 등장한다. 한편 이 설화에서 호랑이는 며느리의 효행에 감동하여 효행을 완성시키는 인격화된 호랑이로 그려내고 있다.

호랑이가 무섭고 위엄이 있다는 것은 그 무엇도 거부할 수 없게 만드는 효과가 있다. 어떤 말로도 달랠 수 없는 갓난아이의 울음을 그치게 만드는 것은 '너 자꾸 울면 호랑이가 잡아간다.'라는 말로 울음을 그치게 할 수 있다. 이것은 바로 호랑이라는 존재가 무서움에서 비롯된 것이기 때문에 가능하다. "나를 낳아주시고 사랑과 정성으로 길러 주신 부모님의 은혜에 보답하는 것은 자식의 도리이며 가장 사람다운 일이다.'라고 이성적으로 수백번 말하는 것보다 '부모에게 효도하면 호랑이가 도와주고, 불효하면 호랑이가 잡아먹는다'는 말이 더 효과적일 수 있다.[46]정의성을 가진 호랑이가 술주정뱅이 시아버지를 심판하는 것은 당연하다. 하지만 며느리의 지극한 효심에 감동한 호랑이는 시아버지를 용서하고 이러한 사실을 안 시아버지도 자신의 잘못된 술버릇을 고쳤다고 한다.

이처럼 인륜 도덕의 최고 덕목인 효 교육을 전파하려는 목적으로 하는 설화를 전승하는데 있어 무섭고 위엄 있고 정의감 있는 호랑이를 등장시키는 것은 더없이 좋은 효과가 있다고 하겠다.

4. 배우자의 부재(不在)

배우자의 부재에 대한 문제 또한 효행설화의 고난의 내용으로 나타난다.

효자나 며느리가 홀로 되신 부모님의 외로움을 덜어드리기 위해 부모님을 재혼시킨다거나 물 건너 마을에 정부(情夫)를 둔 어머니가 안전하고 편안하게 연애를 할 수 있도록 돌다리를 놓아주는 효자의 이야기나 기력이 떨어진 부모의 양기를 회복시키기 위해 닭이나 소를 잡아 봉양해드리는 내용의 설화들을 보면 배우자의 부재에 대한 문제가 효행의 상황에서 고난으로 등장한다. 또한 남편을 잃은 며느리가 친정집의 재가(再嫁)의 계략을 거부하고 시부모를 평생 동안 봉양하는 내용의 설화도 이러한 고난의 문제가 나타나 있다.

배우자의 부재에 대한 문제로 인한 고난도 효행 주체의 효의 실천에 따라 '재혼형(再婚型)', '효교형(孝橋型)', '수절형(守節型)'으로 세분화할 수 있다.

---

46) 이동철, 「호랑이가 등장하는 효행설화의 교육적 효과」, 『한민족문화연구』 21, 한민족문화학회, 2007, 274~275쪽.

1) 재혼형(再婚型)

재혼형 효행설화는 배우자와 사별(死別)한 부모의 외롭고 고독한 생활을 염려한 효자가 부모의 배우자를 구해드리는 유형이다.

이 유형의 설화는 14편으로 다음과 같다.

〈표 10〉 재혼형(再婚型) 효행설화

	누가	누구에게	시기	도움	보상	결말	비고	유형	출전
1	아들	어머니	생전	자력		성공	체장수	再婚型	5-1-45
2	아들	어머니	생전	자력		성공	영감	再婚型	5-1-47
3	며느리	시아버지	생전	자력		성공	시가의 代	再婚型	5-3-76
4	며느리	시어머니	생전	자력		성공	시어머니의 외로움	再婚型	5-5-468
5	아들	어머니	생전	자력		성공	어머니의 외로움	再婚型	5-6-327
6	며느리	시아버지	생전	자력		성공	여종	再婚型	5-6-672
7	아들	어머니	생전	자력		성공	머슴	再婚型	5-6-748
8	며느리	시아버지	생전	자력		성공	시가의 代	再婚型	6-2-603
9	며느리	시아버지	생전	자력		성공	시가의 代	再婚型	6-6-81
10	아들	어머니	생전	자력		성공	훈장	再婚型	6-6-217
11	며느리	시아버지	생전	자력		성공	시아버지의 외로움	再婚型	6-8-735
12	과부	시아버지	생전	자력		성공	새어머니	再婚型	6-10-233
13	아들	아버지	생전	자력		성공	부자, 과부	再婚型	6-11-378
14	아들	어머니	생전	자력	금독아지	실패	스님	再婚型	6-11-499

이 유형의 설화에도 특별한 구조는 없고 배우자의 부재가 고난으로 나타나 있다.

설화의 구성요소를 보면 효행의 주체는 아들(7), 며느리(과부)(7)이다. 아들이 효행의 주체로 나타나는 설화의 경우에는 주로 부모의 외로움을 걱정하는 자식의 배려의 차원에서 재혼시키는 경우가 대부분이지만 며느리의 경우에는 남편 가문의 존속과 안정을 위해 시아버지를 재혼시키려고 한다. 비록 며느리 자신은 수절(守節)하지만 부계혈통을 잇기 위해서는 시아버지에게 새어머니를 얻어 드리는 경우가 일반적이다. 간혹 자료 4번처럼 시어머니의 외로움을 걱정하여 시어머니를 재혼시키는 경우도 있지만 시가의 대를 잇고자 하는 시가본위의 사고가 지배적이어서 효행의 대상에 있어서도 시아버지가 주 대상으로 등장한다.

효행의 객체를 보면 어머니(6), 시아버지(6), 아버지(1), 시어머니(1)로 나타난다. 어머니의 경우에는 평생을 수절하며 보내는 어머니의 외로움을 걱정하는 자식의 효행이 대부분이며 효행의 대상이 시아버지의 경우에는 시가의 대를 잇게 하기 위한 일환으로 등장한다.

부모의 재혼의 대상으로는 체장사, 영감, 여종, 머슴, 훈장, 부자 과부, 스님 등이다.

이 인물들은 성별이나 나이, 신분에 상관없는 인물로 부모의 외로움과 고독함을 어루만져 줄 수 있는 대상이었을 것이다.

재혼형 설화의 결말 구조는 자식이 부모를 위해 배우자를 구해드림으로써 가정의 행복이 이루어지는 구조를 지닌다. 그러나 자료 14번의 경우는 어머니의 연애 대상인 스님과의 재회의 꿈을 이루지 못하고 어머니가 죽게 되는 비극적인 결말을 보이는 유일한 경우이다.

다음 효행설화의 예를 통해서 배우자의 부재로 인한 고난의 문제를 어떻게 인식하고 해결하는지에 대해 살펴보도록 하겠다.

> (A) 원이 묻기를,
> "부모게다 어떻게 효도를 허느냐?"
> 한 사람이 대답허기를 뭐라고 허는고니,
> "저는 장날이면 가서 좋은 생선을 사다가 아버님께 봉양을 해 드립니다."
> "그래."
> 그래 한 사람에게 인자 부모게다 효도를 헌 사람을 인자 데다 놓고.

"너는 부모게다 어트게 효도를 헌고?"

"저는 저를 낳은 뒤에 어머니가 세상을 떠났읍니다.그러면 수년간을 아버지가 고독헌 생활을 허기 때문에 그 아버지의 고독헌 생활을 모면 허기 위해서 제가 어머니를 하나 구해서 아버니허고 같이 동거토록 했읍니다."

이런 말이 있어요.그렇게 그 원이 뭐라고 허는고니 생선을 사다가 부모 봉양을 헌다고 허는 놈은 곧장 설흔대를 때려서 내 보내고, 자기 아버니의 고독을 면키 위해서 '어머니를 구해 가지고 아버지의 고독을 면케 했읍니다.' 놈은 상을 줬다는 과거에 이런 얘기가 있읍니다.[47]

(B) 응. 춥다고 헌게 잉, 즈그 미느리가 효부든가, 미느리가 효부든가, 불을 뜨근뜨근허니 때줘.

"엊지녁이 아부니 방 어쨌소, 차시요?"헌게,

"당최 춰서 잠을 못 잤다." [일동: 웃음](중략)

"아버니 엊저녁이 방이 어쩝디요?"헌게,

"당췌 추워서 밤이 잠 한숨도 못 잤다."

방이 뜨거도록 불을 때준게 못 자고서 시렁가 위에 앉고서, [조사자: 저기 저 선반 위에 가 잤으면서요.(웃음)]에 그래 인자 허다 허다 못한 게 인자 즈그 서방님보고, 이래서 못 스겟다고 어머니를 하나 구하자고, 어머니를 한나, 어머니를 하나 구했어. 인자, 구해서는 인자 그날 저녁 이 불을 안 땠어. [조사자: 안 땠어요?]

"아버지 엊저녁 차서 어떻게 주모셨어요?"

"따숴서 잘 잤다."(중략)

그러고 인자 암만한 곯아진 국 한 그릇에, 곯아진 장 한 그릇, 곯아진 된장 한 그릇 얻어다가 인자 지급을 내놨어. [조사자: 살림을 따로 내놨다고요? 곯은 그 장 하나 내놓고요.]응.

"아부니 요새 반찬 땀시 어떻기 잡수시요?"근께,

"반찬이 맛있응께 잘 묵는다.(하략)[48]

---

47) 5-6-327, 새어머니 얻어 드린 효자.
48) 6-10-233, 모시기 어려운 홀 시아버지.

(A)의 '새어머니 얻어 드린 효자'에서는 효자는 물질적인 봉양보다는 부모의 마음을 헤아려 정신적으로 안락하게 해 드리는 것이 더 극진한 효임을 보여준다. 상처(喪妻)한 아버지의 고독함과 무료함이 물질적인 편안함보다 우선이라는 것을 인지(認知)한 효자의 행동에서 진정한 효도의 길이 무엇인지를 알려준다. 상처한 아버지의 고독함과 상실감이 부모님의 실제적인 문제이며 자식으로서 신경을 쓰지 않으면 안 되는 부분이다. 아버지의 입장에서 현실의 가장 큰 문제점은 '아내의 부재'로 인한 고독함과 상실감이다. 아내의 부재에서 오는 고독함과 불안함은 물질적인 빈곤함보다 절실히 해소되어야 할 문제이다.

매 끼니마다 좋은 음식을 드리는 것도 칭찬 받을 만한 일이지만 아버지의 현실적 어려움과 고민을 알고 새어머니를 모신 효자의 선택은 진정한 효의 길이 무엇인지 알려준다.

물질적 봉양을 우선으로 한 효자에게는 곤장을 치게 하고 새어머니를 모셔 드린 효자에게는 상을 내린 원님의 효자 판결에서 진정한 참된 효도의 길이 무엇인지 잘 알 수 있을 것이다.

(B)에서 며느리는 혼자된 시아버지를 위해 시아버지의 방을 따뜻하게 해 주고 좋은 음식으로 대접을 한다. 그러나 배우자의 상실로 인한 슬픔과 고립감은 시아버지의 마음까지도 차갑게 만들고 만다. 고심한 며느리는 시아버지를 위해 새어머니를 얻어 주었더니 시아버지의 마음도 따뜻해졌고, 좋지 않은 음식을 대접받았는데도 기뻐한다. 남편이나 아내는 배우자와 사별하고 난 후 2~3년 사이에 홀로 남게 되는 충격과 괴로움으로 사망률이 가장 높다고 한다. 이 황혼의 시기에 노인을 재혼시키는 것은 새로운 상대와의 유대 관계를 형성할 수 있고 노년생활을 잘 적응할 수 있는 방법이기도 하다. 다시 말해 노인의 재혼은 성(性)적인 이유 외에도 건강상의 이유, 경

제적인 독립, 자녀에게 전적으로 의존해 살지 않아도 되는 자립의 이유, 누군가와 남은 생을 함께할 수 있다는 동반의식 등의 이유 때문에 큰 의미가 있다고 할 수 있다.

2) 효교형(孝橋型)

효교형(孝橋型) 효행설화는 자식이 물 건너 마을에 살고 있는 어머니의 정부(情夫)가 안전하고 편안하게 강을 건너 어머니를 찾아 갈 수 있도록 다리를 놓아 드린다는 내용의 설화이다. 이 유형에 해당하는 자료는 9편으로 다음과 같다.

〈표 11〉 효교형(孝橋型) 효행설화

	누가	누구에게	시기	도움	보상	결말	비고	유형	출전
1	아들	어머니	생전	자력		성공	중	孝橋型	5-1-149
2	아들	어머니	생전	자력		성공		孝橋型	5-2-804
3	아들	어머니	생전	자력		성공	홀아비	孝橋型	5-5-227
4	부부	아버지의 情婦	생전	자력		성공	과부	孝橋型	5-6-699
5	세 아들	어머니	생전	자력		성공		孝橋型	6-4-831
6	형제	어머니	생전	자력		성공		孝橋型	6-5-253
7	방효자	어머니	생전	자력	효자문	성공	중	孝橋型	6-5-518
8	아들	어머니	생전	자력	효자문	성공	총각	孝橋型	6-11-338
9	형제	어머니	생전	자력	비석	성공		孝橋型	6-12-146

이 유형의 설화의 내용을 구조에 따라 간추리면 다음과 같다.

　A. 과부가 아들을 데리고 살고 있었다. <결여>

    B. 아들은 어머니가 저녁마다 강 건너 마을의 情夫를 만나러 간다는
      사실을 알게 되었다. <고난>
    C. 아들은 어머니가 안전하고 편안하게 강을 건널 수 있도록 돌다리
      를 놓아 주기로 했다. <방법의 강구>
    D. 자식이 놓아 준 다리로 어머니는 편안하게 연애를 할 수 있게 되
      었다. <고난의 제거>

이 유형의 구성요소를 분석해 보면 다음과 같다.

A에서 효행의 주체는 아들(형제, 세 아들)(8), 부부(1)이다. 이 유형의 설화에서 효행의 주체는 아들(형제, 세 아들)이 가장 많은데 자료 4번의 경우처럼 아들을 포함한 아들 내외가 효행의 주체로 등장시도 한다. 효행의 객체는 어머니(8), 아버지의 情婦(1)이다. 이 효교형 설화에서 효행의 대상은 어머니로 나타나는 게 보편적이다. 그런데 자료 4번의 경우 효행의 대상이 친어머니가 아닌 아버지의 정부(情婦)이다. 전통사회에서 어머니라는 인물이 유교적 전통 윤리 속에서 평생을 수절해야 하는 단절되고 폐쇄적인 인물의 전형이라면 아버지의 정부(情婦)는 친어머니보다는 윤리 의식이나 정절 관념에 있어 비교적 자유롭고 개방적인 인물이라 하겠다. 친어머니나 정부(情婦)를 설화의 주인공으로 내세움으로써 제도나 규범에 얽매이지 않고 부모가 원하는 일이 무엇인가를 헤아려 그 일을 하는 것이 진정한 효행이라는 것을 보여주는 예이기도 하다. 효행의 대상이 자신의 친어머니이거나 친어머니가 아니더라도 돌다리를 놓아 안전하게 물을 건너며 행복해하는 어머니와 아버지의 모습을 통해 진정한 효의 모습은 바로 휴머니티에 바탕을 둔 설화라는 것을 깨닫게 한다.

B에서 아들은 어머니가 밤마다 물을 건너고 강을 건너는 목적이 정부(情夫)를 만나기 위한 것임을 안다. 어머니의 고독함과 무료함이 얼마나 심각한지를 안 효자는 어머니의 입장에서 현실의 가장 큰 문제점이 무엇인지를

인지하게 된다.

　부모의 연애의 대상으로 중, 과부, 총각, 홀아비 등이 등장하는데 부모에게 지금 당장 필요한 대상은 성별이나 신분, 나이와 상관없는 인물로 부모의 외로움과 상처를 어루만져줄 수 있는 사람이면 누구든지 가능한 인물이었다.

　C에서 자식은 '배우자의 부재(不在)'에서 오는 어머니의 고독함과 상실감을 이해하고, 자식으로서 신경을 쓰지 않으면 안 되는 일이라 생각하여 돌다리를 놓아 준다. 자식이 돌다리를 놓는다는 것은 관습이나 제도에 얽매이지 않고 부모를 생각하는 순수한 마음에서 우러나오는 자식의 일이며 진정한 효자의 모습이다.

　어머니가 살고 있는 세계는 유교 윤리와 관습에 가로 막혀 '수절'을 강요하는 폐쇄적인 억압의 세계라면 강 건너 '정부(情夫)'가 있는 세계는 여성으로서 권리와 특권을 보장받는 자유롭고 진보적인 세계이다. 여성으로서의 또 다른 삶을 살아가기 위해서는 과거의 낡은 전통적 윤리의 강물을 건너야 한다. 그래서 아들은 어머니의 '여성으로서의 삶의 중요성'을 인식하고 당대의 사회질서와 제도와 억압에서 벗어날 수 있도록 희망의 다리, 해방의 다리를 놓아 준 것이다.

　D에서 자식이 놓아 준 다리를 건너며 편안하게 연애를 할 수 있는 어머니는 마음까지도 따뜻해진다. 효자의 일이 알려져 효자문, 비석 등이 내려지는 보상이 이루어지는데 이것은 전승집단 또한 자식의 이러한 행동이 전통적 윤리관에 비추어 볼 때 위배되는 행동이 아니라 자식으로서 마땅히 지니고 행해야 하는 일임을 알려 주는 것이다.

　효교형 설화의 예로 자료 8번을 소개하면 다음과 같다.

　　참 재미 있는 애기여, 들어봐! 아 즈그 서방이 죽어버리고 그란디, 한

십여년 살림을 그대로 모자(母子)가 해나간다. 해나갔는디 즈그 어매가
밤이면 어디로 가버려.밤에 늙은 어매가 어쩐 일인고. 그러고 즈그 어매
를 지켰어. 아 즈그 어매가 물을 징검징검 걸어가, 추운디. 아 그래 저기
저 가니 막집이 있어. 그 막집을, 총각놈이 올다갈디 없는 빌어 먹는 총
각놈이 가만히 본께는 이 홀엄씨가 총각집에 가서는, 즈그 아들이 뒤를
쫓아 와서 본께는, 왔다! 총각하고 보듬고 세상천지에 그런 일이 없어
버려. 허허! 이거 참말로 이러콤 우리 어매가 즐거우신 줄은 몰랐다. 몰
랐다고 그러면은 다리노들 둑을, 물을 건너게 놨다 그것이여. 아, 그 밤
중에 추위로 물로 가며는 총각을 만나니 노들 둑을 놔서, 즈그 어매가
그 서방질을 하러대닝께 나쁘다고 할 것이지마는, "어머니 어째 즐거웠
소?" 그러고 나중에 그걸 보고 알아. 이것이 철천지 효자다. 부모 서방
질하면 뭐라 그럴 것인디 부모 서방질하게 뜻을 맞춰서, "가서 총각하
고 잘 주무시쇼." 요래서, 그 사람이 효자 말 듣고 효자문까지 세웠어.
그렇께 부모 뜻이라고 하는 것은 잘 받아주야 돼.[49)

위의 '바람난 어머니와 효자'의 이야기처럼 자식이 어머니를 위해 돌다
리를 놓아 준다는 효다리형 설화는 일반적으로 효(孝) 관념의 이율배반적(二
律背反的) 상황을 모티프로 하는 전통사회의 윤리적 갈등을 주제로 한 '효불
효형'설화로 보고 있다. 그러나 본 연구에서는 이 효교형 효행설화를 효불
효의 설화로 보기보다는 '노인의 성문제에 대한 새로운 인식을 보여주는
효행설화'로 보려고 한다. 부모를 위해 돌다리를 놓아드린 자식의 효행은
홀로된 어머니가 안전하고 편안하게 연애를 할 수 있도록 배려한 자식의
따뜻한 마음이다. 돌다리를 놓아 주는 행위는 어머니의 마음을 헤아리는
양지(良志)의 효라 하겠다. 배우자를 잃고 지내온 지난 수년간의 외로움을
달래주고 인생을 보다 즐겁고 가치 있게 누릴 수 있는 기회를 제공한 자식
의 현실적인 효가 아닐까 한다.

---

49) 6-11-338, 바람난 어머니와 효자.

효교형 효행설화의 효행대상은 일반적으로 여성인 친어머니와 그의 정부(情夫)이다. 그런데 자료 4번의 경우는 아버지와 아버지의 정부(情婦)인 과부를 위해 아들 부부가 돌다리를 놓아 주는 내용의 설화도 있다.

지금부터 한 백 오십년 전에 이애깁니다. 전라북도 순창 가점이란 데가 있는디 말여. 가점. 근디 성은 심씬디 한 삼십 되아서 상처를 허고 아들 하나 있어서 나 마냥으로 참 아들 하나 여워 가지고 사는 도중인디 그리 저리 한 오십 먹어서 짚신장사를 했어. 옛날 짚, 고무신 나오기 전에. 짚신 장사를 허는 도중에 그 건네마을인디 산 산골은 내가 짚이 내가 냇갈이 있는디 사는 도중에, 그 건네마을서 사는 과부가 있어. 또 그 과부는 오십이 못 되고 한 사십배끼 안 되았는디 그 과부가 가만히 밤에 달밤에 든지 보면은 어둔 밤이야 모르지만 문소리가 나서 인자 오고 가는걸 중그리고 있다 보면은 그 내 건네 사는 과부가 그 한 오십 먹은 아버지한티 왔다가고 가고 헌단 말여. 그러니 그러니 뭐 참 퍽 고마웁거든. [조사자: 그렇죠.] 그렇게 좋을 수가 없단 말여. 그리서 인자 내외 헌단 말이 메누리허고 아들이 헌단 말이, "저 어머니 하나 왔다 갔다." 그런디 냇물은 동지섣달에 차고 짐싸고 내려 가도 허벅지 우그까장 물은 우그까장 올라 오는디 초매(치마)를 걷어 추면서 동지섣달이 강은 끄고, 강이 안 얼지. 냇물은 언지든지 주야(晝夜)로 내려가넌게. 그 찬 냇물이 초매 걷어 추어가면서 왔다가 자기 아버지한티 왔다가 잠깐 놀다가도 가고 고 헌단 말여, 그 과부가. 근게 그 내외 인자 하는 말이 뭐락 헌고니, "저 어머니를 공경을 히야 겄는디 아조 알게코롬 가서 대접을 허자."고 인자 섣달 대목이 되았든가 어쨌든가 잘 장만히갖고 정월리 인가 시(세)배를 갔어. 그 과부라고 건네마을 젊은 인자 한 사십 먹은 과부한티. 시배를 가가지고 인자 잘 장만히갖고 옷 한벌허고 시배를 가서 음식을 장만히갖고 가서 인자 내외 가서 인자. "어머니 뵈입시다." 허고 그렇게 인사를 헌 다음에 그러자 그러기 전에 다리 먼야 놓아 주었어. 인자 그 후에는 알고는 인자 다리를 놓아 준게 인자 잘 댕긴단 말여.[50]

---

50) 5-6-699, 효자교.

아버지의 정부(情婦)인 과부는 어두운 밤마다 허벅지 위까지 차오르는 냇물을 직접 건너는 수고를 마다하지 않는다. 강물도 얼지 않는 동지섣달에도 치마를 걷어 올리며 차가운 냇물을 건너며 과부는 오십 먹은 아버지를 찾아온다. 전통사회의 윤리인식에서 살펴보면 건넛마을의 과부가 남몰래 아버지를 찾아와 연애를 한다는 것은 환영받을 만한 일은 아니다. 아들부부는 주위의 비난이나 따가운 눈초리보다는 상처(喪妻)한 아버지의 외로움과 성문제에 주목하고 있다. 이 일을 친어머니에 대한 배신감이나 윤리 의식의 문제로 보지 않고 부모의 성문제와 연애의 일에 인식의 폭을 넓힌 자식의 효행이라 하겠다. 아들 부부는 매일 밤 찾아오는 아버지의 정부(情婦)를 행실이 나쁜 여자라고 손가락질하지 않고 나이 많은 아버지를 찾아 오는 여자를 오히려 고마워하고 있다.

아들 부부는 아버지의 애인을 '어머니'라 부르며 공경하고 잘 대접을 하자고 결정한다. 섣달 대목을 맞아 음식과 옷을 준비하여 새어머니에게 인사 겸 접대를 위해 이웃마을 정월리로 아들 부부는 세배를 간다. 부부는 사십 먹은 젊은 과부에게 "어머니를 뵙니다."며 세배를 하고 편안하게 자신의 아버지를 만날 수 있도록 다리까지 놓아준다.

수많은 효교형 효행설화가 지금까지도 전승력을 잃지 않고 전해지는 이유를 보면 이러한 행동이 윤리의식의 부재에서 바람난 노인네들의 행동이 아니라는 말이다. 설화의 내용에 있어서도 어머니나 아버지의 행동에 손가락질을 한다거나 비방하는 내용은 없었으며, 자식이 부모를 위해 돌다리를 놓아준 행동은 오히려 사회나 국가에서는 효자상을 내리며 권장하는 것으로 보아서 이 유형의 설화가 주위의 의식이나 제도에 구애받지 않고 부모가 진정으로 원하는 것을 해드리는 것이 효라는 것을 말해 준다고 하겠다.

3) 수절형(守節型)

재혼형 효행설화나 효교형 효행설화의 예처럼 효행의 객체인 부모에게 배우자의 부재(不在)로 인한 문제가 효행설화의 고난으로 나타나는 경우도 있지만 효행의 주체인 며느리의 재혼과 수절의 문제 역시 효행설화의 고난의 양상으로 나타나기도 한다. 남편을 잃은 며느리는 친정부모로부터 개가(改嫁)의 권유를 받게 되지만 그 권유를 물리치고 평생을 수절하며 시부모를 봉양하는 수절형 효행설화는 13편으로 다음과 같다.

〈표 12〉 수절형(守節型) 효행설화

	누가	누구에게	시기	도움	보상	결말	비고	유형	출전
1	며느리	눈먼 시어머니	생전	호랑이	부자	성공	꿩, 짐승고기	守節型	5-2-546
2	며느리	시아버지	생전	호랑이	쌀, 돈	성공	개똥보리	守節型	5-2-812
3	며느리	시어머미	생전	호랑이		성공		守節型	5-4-495
4	며느리	시아버지	생전	호랑이		성공		守節型	5-4-600
5	며느리	시아버지	생전	호랑이	비석	성공		守節型	6-1-170
6	며느리	시아버지	생전	호랑이		성공		守節型	6-3-315
7	며느리	눈먼 시아버지	생전	호랑이	정문	성공		守節型	6-3-522
8	며느리	눈먼 시아버지	생전	호랑이	비석	성공		守節型	6-5-199
9	며느리	眼盲한 시아버지	생전	호랑이		성공		守節型	6-5-267
10	며느리	眼盲한 시아버지	생전	호랑이		성공		守節型	6-9-150
11	며느리	眼盲한 시아버지	생전	호랑이	비단, 금	성공	며느리의 장례 참석한 호랑이	守節型	6-10-589
12	며느리	시아버지	사후	호랑이		성공		守節型	6-10-641
13	며느리	眼盲한 시아버지	생전	호랑이		성공		守節型	6-12-547

이 유형의 설화의 내용을 구조에 따라 간추리면 다음과 같다.

A. 남편과 일찍 사별(死別)한 과부가 눈먼 시부모를 모시고 살았다. <결여>
B. 친정 아버지가 개가(改嫁)를 하라고 권유한다. <고난>
C. 친정 아버지의 권유를 물리치고 호랑이의 도움을 받는다. <고난의 제거>
D. 개가(改嫁)를 하지 않고 시부모를 봉양하며 평생을 함께 한다. <결여의 제거>

A에서 효행의 주체는 모두 며느리(13)이며, 효행의 객체는 시아버지(11)와 시어머니(2)이다.

효행이 이루어지는 가정환경과 경제 상황을 살펴보면 가장인 남편이 일찍 죽어 과부가 된 며느리는 슬하에 자식이 없다. 병든 시부모를 모시고 생계와 부양, 그리고 시부모의 치병까지 담당해야 하는 형편이다.

설화의 내용처럼 조선시대 여성들의 가사노동을 살펴보면 가정경제의 범위를 넘어서 상업 등 경제활동으로 이어지고, 양잠(養蠶)이나 방적(紡績) 등 국가경제와도 관련이 많은 생산노동에도 종사하였다. 방적 노동을 하는 주체는 주로 양인(良人)이나 여종들도 있었지만, 양반여성들도 생계유지나 축적을 위해 방적 노동에 적극적이었다.[51] 여성들의 가내노동은 국가적인 차원에서, 가정의 차원에서 권장되었으며, 국가경제나 가정경제의 필수적인 부분이었다. 그럼에도 여성들이 생산해서 획득한 재화를 주로 시집이나 친정을 위해 쓰고 있는 것은 주목할 사항이다. 즉 여성들은 가문의 강화를 위해 자신의 벌어들인 돈을 쓰고 있었다.[52]

노동력이 경제의 중요한 자산인 전통사회에서 며느리는 눈까지 먼 시부

---

51) 김경미, 「조선후기 여성의 노동과 경제활동: 18~19세기 양반여성을 중심으로」, 『한국여성학』 28-4, 한국여성학회, 2012, 95쪽.
52) 김경미, 「조선후기 여성의 노동과 경제활동: 18~19세기 양반여성을 중심으로」, 『한국여성학』 28-4, 한국여성학회, 2012, 113쪽.

모를 부양하고 치병까지 해야 하는 절박한 상황에 있었다. 부양의 대상에 있어서도 부자연스러운 대상이다. 부양의 대상으로 시아버지가 주로 나타나는데 이들이 '시아버지와 며느리'의 관계처럼 보이지만 '시아버지=남자'라는 오해의 소지도 다분히 존재한다. 젊은 나이에 남편을 잃은 며느리가 시아버지를 온전히 봉양할 수 있겠느냐는 의문을 던져주는 전승집단의 설정이 아닐까 한다. 부양의 대상이 시아버지가 아닌 시어머니였다면 며느리는 조금은 자연스럽게 시어머니를 봉양할 수 있었을 것이다.

B에서 친정아버지는 딸의 장래를 걱정하여 개가(改嫁)를 하라고 권유한다. 여기서 개가(결혼)의 문제는 이 유형의 효행설화에서 내재해 있는 가장 중요한 고난의 문제이다.

설화에 내재한 고난의 양상으로는 '가난', '눈먼 시아버지에 대한 봉양', '친정집의 개가의 권유' 등이 있다. 여기서 가난이나 봉양의 문제는 며느리가 개가의 권유를 거부하고 시부모를 봉양했을 때에 비로소 발생되는 고난의 문제이다. 며느리에게 있어서 개가의 문제는 가장 중대한 고난이라 하겠다. 만약 며느리가 친정아버지의 말대로 개가(改嫁)를 선택했다면 설화에 내재한 고난의 양상은 모조리 해소된다. 다만 늙고 병든 시아버지를 남겨두고 떠났다는 사회적인 비난은 감수해야만 할 것이다.

이러한 극한 상황의 설정은 며느리의 효행의 가치를 높이기 위한 설정으로 극한 효행의 상황 속에서도 효행을 행한 며느리도 있으니 부모를 잘 섬기지 않겠느냐는 전승집단의 의도를 잘 대변해 준다고 하겠다.

C에서 효행설화의 중대한 고난인 친정집의 개가의 권유를 며느리는 거부한다. 며느리가 친정 부모의 개가를 거부함으로써 가난과 봉양이라는 고난의 문제가 부각되는데 그러한 문제는 호랑이나 사회적인 보상으로 인해 해결된다. 자료 1의 경우 호랑이가 등장해 꿩과 짐승고기를 잡아 며느리가

편안하게 시아버지를 봉양할 수 있도록 도와준다. 설화에 등장하는 호랑이는 며느리의 효행 관념을 확고히 하기 위해 등장하는 원조자이다.

D에서 며느리는 슬하에 자식이 없는데도 시가로 돌아와 시부모를 극진하게 봉양한다. 자료 11의 경우 호랑이가 며느리의 장례까지 참여한 보기 드문 예로 며느리의 효성에 감동한 인격화된 호랑이의 모습을 보여 준다. 이 유형의 설화의 예로 자료 10번의 예를 들어 본다.

저 해남 사람이,뭐시기 남편은 죽고,애기 하나도 안 낳고.남편은 죽고, 응,봉사 시부를 모시고 살았어. 봉사 시부를 모시고 사니게, 친정서 데려다 다른 데다 시집을 보낼려고 '오라'고 했어. 오라고 하니께, 인자 바다를 건너서 가. 물이 딱 떳을 때 바다를 건너서 갔는디, 가서 본께 수군수군 시집을 보낼려고 하거든. 그런께 안 되았어. 시아버지 생각을 하니께 안 되았어.

그냥 몰래 와가지고, 즈그 집으로 와가지고는 올라고 하니께, 인자 바닷가에 물이 훙건하게 늘어부렀어. 그러니께는 바닷가에서 막 울어.아주머니가 운께는, 즈그 집에서 키우는 개가 나와 가지고 막 그냥 펄쩍 와서 아줌마를 자꾸 싸고 돌아.그런께 개가 여기까지 와서 탁 업고 바다를 건너. 바다를 건너니까, 즈그 집으로 가니까, 즈그 개가 있어. 즈그 개가 있어.

"내으(나의)개야."하고 발로 차니께, 호랑이가 데려다 줬지. 호랑이가 데려다 주고는, 개를 데리고 산으로 갔어. 그래 먹고는 인자 한 며칠 후서 잠을 자느랗께, 막 호랑이가 함정에 빠졌어. 응. "아줌마, 나줌 살려주라."고 막 그래싸그매. 그래서 뱅글 반 바퀴 돌아가니께, 잡을려고 함정을 팠는데 함정에 빠져부렀어. 사람들은 여기서 막 창대질하고, 이 전에는 이렇게 조그마한 대로 창대질을 해. 그래서 막 악을 스고 여자가 쫓아 가며, 미친 사람맨치로,

"내 호랑이 거기 놔두라."고 소리 지른께, "저 여자 미친 사람인가?" 하고 그랑께,

"아니 그럼 가만히 두고 굿이나 보자."고.여자가 탁 함정엘 들어 가더

니, "배 고프면 나한테 오지, 왜 이런 데들 들어 갔냐?"고 쓰다듬으니 가
만히 있거든. 그래 데리고 나와가지고 뭐를 주고는, "어서 가라."고 하
니께, 산으로 올라 가고 저는 집으로 돌아와서 시아버지, 봉사 시아버니
돌아가신거 보고 잘 살았더래요.53)

　부모를 재혼시키는 설화의 경우에는 효행의 대상인 부모의 배우자 부재
가 고난의 문제로 나타나는데 비해 이 경우에는 여성인 며느리의 배우자인
남편의 부재가 고난의 원인이다.

　남편과 일찍 사별(死別)한 과부는 눈먼 시부모를 모시고 살다가 친정집으
로부터 개가의 권유를 받게 된다. 전통사회에서 여성은 결혼을 통해 여성
의 삶보다는 며느리로서, 어머니로서 삶을 요구받았다. 그리고 전통사회에
서는 정절(貞節)이나 재혼(再婚)의 금지 등을 통해 여성의 성(性)관계를 철저
히 통제받았고 더 나아가서는 남편이나 시가(媤家)를 위해 평생 수절하거나
죽는 것을 당연한 것으로 여겨왔고 강요받아 왔다. 여성의 성(性)은 남편 가
문의 혈통을 잇는 수단으로 생각해 왔고, 혼자된 여성이 수절하고 부모를
봉양하는 것은 당연한 의무로 생각해 왔다. 그래서 며느리는 친정 부모의
개가 권유를 거듭 강요받으나 그 권유를 물리치고 시집으로 다시 돌아온
다. 이때 등장하는 며느리의 효의 실천과 죽은 남편의 열(烈) 행위를 지키는
수호자, 며느리의 효행을 돕는 구원자이며 원조자로 호랑이가 이 유형의
설화 속에 많이 등장한다. 자료 1번을 예로 들면 다음과 같다.

　　그러더니 산짐승이라는 산 짐승은 다 잡아다 줘, 그러면 그놈 팔아서
양식도 팔아 먹고 꿩도 잡아다 놓구, 산짐승을 그렇게 잡아다 줘싸. 그
놈 팔아갖구 차-차 차 -차 부자가 돼. 그 눈먼 시어머니를 공경을 해거
부자가 돼, 천신(天神)이 내려다 봐서. 그래가지구 부자가 돼서 시어머

니하고 잘 살더래.54)

호랑이는 며느리의 효성에 감동하여 며느리가 편안하게 시어머니를 봉양할 수 있도록 산짐승을 잡아줌으로써 남편의 부재로 발생하는 가정의 경제적인 고난을 해결해 준다. 효부의 정성과 노력에 하늘이나 짐승인 호랑이가 감동하여 이러한 이적을 이루는 경우도 있지만, 인간이 먼저 호랑이를 도와 주고 은혜를 입은 호랑이가 며느리를 도와주는 경우도 있다. 자료 11번의 경우가 그 예이다.

재를 넘어 가든가벼. 가니께는 고갯마루에 호랑이가 딱 앉아 있어.
"나는 우리 부모를 봉양하기 위해서 가는데,니가 날 잡아 먹으려냐."
고 하니까, 호랑이가 고개를 살레살레 흔들어. 그래서, "잡아 먹으려거든 빨랑 잡아 먹어라."하닝께, 호랑이가 다시 고개를 살레살레 흔들어. 그래서, "그러면 왜 여기 앉아 있느냐."고 하니까, 목구멍을 딱 벌려. 그래서 가서 들여다 보닝께는,목구멍에 비녀가 걸려 있어. [조사자: 비녀요?] 응. 사람을 잡아 먹었응께 비녀가 걸려 있는겨. 그래서 그것을 잡아 빼줬어. 싹 빼주니께, 씨 좋아서 그랴. 그러더니, 등어리를 대. 그래서 타니께는, 집 문 앞에다 내려줘. (중략) 그런데 아침먹고 저녁밥만 먹으면 어디로 없어져 버리더란다. 그래가지구 아침에 돌아와. 그래서, 어디 가서 악만 쓰며는 달려 와서 지키고, 밤마다 나갔다 돌아오며는,비단조차 금조차 많은 물건을 가지고 와. 아, 그래서 끄셔 들여놓고 밥을 먹이고 자. 그래서 호랑이 땀시롱 홀엄씨가 부자가 돼. 부자가 됐어 (중략) 그러더니 그 영감이 죽더란다. 죽어서 온갖 보화 다 묻고 장례를 치뤘어. 치르고 둘이 살어. 인자 근디, 이 호랑이가 돈이나 비단을 잔뜩 가져 와. 그러다 여자도 늙어. 늙어서 양자를 들여둬. 이 양자도 효자더란다. 그러더니 그 뒤부터는 호랑이가 산에 가서 안 와. 그러다 여자가 죽을 때가 되어서 숨이 거의 끊어지려고 해도 안와. 그러다가 숨이 딱 끊어지고, 장례 치룰 준비도 끝내고, 행여 나가는데 호랑이가 나타나 아들

54) 5-2-546, 복받은 효성있는 며느리.

마냥 행여 뒤를 졸졸 따라가. 사람들이, 여자가 호랭이 기르는 걸 알기
는 알았지만 그래도 막상 딱 따라가니까 놀래지, 놀래. 그래도 행여 가
서 산소에다 다 묻고 나나까, 이 호랑이가, 파 묻었던 사람한테들 인사
를 하고서 딱 가버려. 가서는 생전 안온대.55)

호랑이의 목에 걸린 비녀를 빼 준 며느리의 행동으로 호랑이는 며느리의
평생(平生)을 은혜로 보답한다. 여기서 비녀는 여성을 상징하는 물건으로 불
효(不孝)한 며느리나 수절(守節)을 지키지 않은 며느리에게 징계자(懲戒者)의
강한 힘을 보여주는 예라 하겠다. 이러한 호랑이의 포악함과 징계자로의
위엄은 며느리의 효성 앞에서는 인정어린 짐승의 모습으로 바뀌게 한다.
호랑이는 며느리의 효행을 돕기 위해 경제적인 문제를 해결할 수 있도록
비단이나 금을 가져다 주고, 며느리의 안전과 재산을 보호해 주는 지킴이
로서 역할을 한다. 며느리가 죽게 되었을 때는 며느리의 상여(喪輿)를 따라
가는 모습으로 또 한번 효행이적(孝行異蹟)을 보여준다.

5. 가족 구성원간의 갈등

가정을 중심으로 이루어지는 효행설화는 가족 구성원간의 갈등이 고난
의 문제로 나타난다. 그 고난의 양상을 살펴보면 부모를 때리는 행동이 불
효인줄 모르고 폭력을 일삼는 자식이 있다거나 시부모에게 불효하는 며느
리나 며느리를 구박하는 시부모로 인한 고부간의 갈등의 문제, 부모나 장
인의 잘못된 행동이나 도벽으로 인한 걱정, 시부모와 며느리의 불화 속에
시 고민하는 남편, 늙은 부모를 버리는 사회적인 풍습에 의해 자렝(恣行)되
는 부모 유기(父母遺棄)와 부모 방치(父母放置) 등이 있다. 위와 같은 고난은

---

55) 6-10-589, 효부와 호랑이.

잘못된 마음이나 행동에 대해 반성하고 마음을 바꾸는 일을 통해서 해결된다. 또한 부모를 버리는 잘못된 관습이나 제도를 부모의 지략이나 자식의 행동을 통해서 폐지되어 해결이 되기도 한다. 이 유형에는 개심형(改心型)과 기로형(棄老型)이 있다.

1) 개심형(改心型)

이 유형의 설화는 자신의 잘못된 마음이나 행동을 고치는 설화이다. 불효자나 시부모를 구박하는 며느리가 남편이나 아내, 또는 주위사람의 도움으로 자신의 잘못된 행동에 대해 반성하고 마음을 바꾸어 부모에게 효도한다는 내용의 설화이다. 또한 고부(姑婦)간의 갈등으로 인한 가정내의 질서와 평화가 깨지는 것을 우려(憂慮)한 남편이 지혜를 발휘하여 고부간의 사이가 좋아지게 하여 행복한 가정을 이룬다는 내용의 설화도 이에 해당한다. 이 유형의 효행설화는 64편이 있다.

〈표 13〉 개심형(改心型) 효행설화

	누가	누구에게	시기	도움	보상	결말	비고	유형	출전
1	아들	아버지	생전	아내		성공	아들의 개심	改心型	5-1-21
2	강도아들	아버지	생전	효자		성공	강도의 개심	改心型	5-1-224
3	아들	부모	생전	대구장수		성공	아들의 개심	改心型	5-1-229
4	강도	부모	생전	효자		성공	강도의 개심	改心型	5-1-232
5	며느리	시어머니	생전	남편		성공	며느리의 개심 賣老	改心型	5-1-301
6	며느리	시아버지	생전	남편		성공	며느리의 개심 賣老	改心型	5-1-524
7	며느리	시아버지	생전	자력		성공	媤父의 개심	改心型	5-1-560
8	아들	아버지	생전	자력		성공	아들의 개심	改心型	5-1-601
9	며느리	시아버지	생전	남편		성공	며느리의 개심 賣老	改心型	5-2-187

10	며느리	시아버지	생전	남편		성공	며느리의 개심 賣老	改心型	5-2-222
11	며느리	시어머니	생전	자력		성공	媤母의 개심	改心型	5-2-392
12	아들	부모	생전	아내		성공	아들의 개심	改心型	5-2-568
13	며느리	시아버지	생전	자력		성공	媤父의 개심	改心型	5-2-660
14	아들	부모	생전	도깨비		성공	아들의 개심	改心型	5-2-706
15	아들	어머니	생전	임금		성공	아들의 개심	改心型	5-4-835
16	며느리	시아버지	생전	남편		성공	며느리의 개심	改心型	5-5-76
17	아들	부모	생전	아내		성공	아들의 개심	改心型	5-5-121
18	며느리	시부모	생전	남편		성공	며느리의 개심	改心型	5-5-332
19	아들	부모	생전	친구		성공	아들의 개심	改心型	5-5-337
20	며느리	시어머니	생전	자력		성공	媤母의 개심	改心型	5-6-265
21	아들	부모	생전	청어장수		성공	아들의 개심	改心型	5-6-328
22	아들	아버지	생전	아내		성공	아들의 개심	改心型	5-6-330
23	며느리	시어머니	생전	남편		성공	며느리의 개심 고구마	改心型	5-7-127
24	아들	부모	생전	부모		성공	아들의 개심	改心型	5-7-499
25	며느리	시어머니	생전	남편		성공	姑婦의 개심 賣老, 고기	改心型	5-7-549
26	아들	어머니	생전	자력		성공	어머니의 개심	改心型	6-1-29
27	사위	장인	생전	자력		성공	장인의 개심 도벽(盜癖)	改心型	6-1-62
28	며느리	시어머니	생전	아들		성공	고부(姑婦)간의 개심	改心型	6-2-613
29	아들	부모	생전	자력		성공	아들의 개심	改心型	6-2-617
30	사위	장인	생전	자력		성공	장인의 개심 도벽(盜癖)	改心型	6-2-670
31	며느리	시어머니	생전	자력		성공	媤母의 개심	改心型	6-2-675
32	아들	부모	생전	소금장수		성공	아들의 개심	改心型	6-3-321
33	아들	부모	생전	타인		성공	아들의 개심	改心型	6-3-436
34	아들	아버지	생전	아내		성공	아들의 개심	改心型	6-4-243
35	며느리	시어머니	생전	남편		성공	밤, 살찌우기 며느리의 개심	改心型	6-4-263
36	아들	부모	생전	타인		성공	아들의 개심	改心型	6-4-299
37	아들	아버지	생전	아내		성공	아들의 개심	改心型	6-4-488
38	아들	부모	생전	효자		성공	아들의 개심	改心型	6-4-652
39	며느리	시아버지	생전	남편	효부상	성공	며느리의 개심 賣老, 미국놈	改心型	6-4-945

40	아들	부모	생전	친구		성공	아들의 개심	改心型	6-5-394
41	며느리	시어머니	생전	자력		성공	嫂母의 개심	改心型	6-5-509
42	며느리	시아버지	생전	자력		성공	嫂父의 개심	改心型	6-5-524
43	며느리	시부모	생전	자력		성공	시부모의 개심 도벽(盜癖)	改心型	6-6-63
44	며느리	시아버지	생전	남편		성공	며느리의 개심 賣老	改心型	6-6-202
45	며느리	시부모	생전	면장		성공	며느리의 개심	改心型	6-6-204
46	아들	부모	생전	자력		성공	아들의 개심	改心型	6-6-317
47	아들	어머니	생전	자식		성공	아들의 개심	改心型	6-7-716
48	아들	부모	생전	효자		성공	아들의 개심	改心型	6-8-40
49	아들	부모	생전	자력		성공	아들의 개심	改心型	6-8-61
50	전일규	어머니	생전	자력		성공	아들의 개심	改心型	6-8-255
51	전일귀	어머니	생전	자력		성공	아들의 개심	改心型	6-8-269
52	며느리	시어머니	생전	남편, 점쟁이		성공	며느리의 개심 알밤, 살찌우기	改心型	6-9-173
53	며느리	시어머니	생전	자력		성공	嫂母의 개심	改心型	6-9-352
54	진대병	부모	생전	대구장사		성공	아들의 개심	改心型	6-10-538
55	아들	부모	생전	친구		성공	아들의 개심	改心型	6-11-135
56	며느리	시어머니	생전	남편		성공	며느리의 개심 賣老	改心型	6-11-283
57	며느리	시어머니	생전	남편		성공	姑婦의 개심 밤, 살찌우기	改心型	6-11-286
58	며느리	시아버지	생전	자력		성공	며느리의 개심	改心型	6-11-299
59	며느리	시어머니	생전	남편		성공	姑婦의 개심 고기, 살찌우기	改心型	6-11-309
60	아들	부모	생전	자식		성공	아들의 개심	改心型	6-11-462
61	며느리	시어머니	생전	중		성공	며느리의 개심	改心型	6-12-145
62	사위	장인	생전	삼촌		성공	장인의 개심 도벽(盜癖)	改心型	6-12-184
63	며느리	시아버지	생전	남편		성공	며느리의 개심 賣老, 외국	改心型	6-12-901
64	아들	부모	생전	산신령	금덩이	성공	아들의 개심	改心型	6-12-1002

개심형 효행설화의 내용을 구조에 따라 간추리면 다음과 같다.

A1. 부모를 때리며 불효한 아들이 있다. <결여>

A2. 행실이 나쁜 부모가 있다. <결여>

A3. 고부간에 사이간 좋지 않은 가정이 있다. <결여>

B. 가정이 편안하지 못하다. <고난>

C1. 주위사람의 도움으로 자신의 잘못을 뉘우친다. <방법의 획득>

C2. 자식의 도움으로 부모의 행실이 고쳐졌다. <방법의 획득>

C3. 아들의 지혜로 고부간의 사이가 좋아졌다. <방법의 획득>

D. 가정의 화목하게 되고 이 사실이 알려져 상을 받았다. <고난과 결여의 제거>

위의 표에서 이야기의 구성요소를 분석해 보면 다음과 같다.

A1~A3에서 효행의 주체는 효자(32), 며느리(29), 사위(3) 등이다. 이 유형에서 특이할 만한 사항으로 '사위'가 효행의 주체로 등장한다는 것이다. 사위가 효행의 주체로 등장한다는 것은 사위도 자식의 일원으로 생각하고 있고, 처가의 장인, 장모도 내 부모와 같이 효행의 대상으로 포함하고 있는 전승집단의 의도인 것이다.

효행의 객체는 부모(20), 시어머니(16), 시아버지(11), 아버지(7), 어머니(5), 장인(3)으로 처가의 장인 또한 효행의 대상으로 포함하고 있다.

B에서 자식의 불효와 며느리와 시어머니의 불화로 인해 가정구성원간의 불신과 갈등의 골이 깊어져 가정은 고난에 직면하게 된다.

C1에서 불효하는 아들은 아내나 주위 사람의 도움으로 자신의 잘못을 뉘우치고 부모에게 효도한다. 이때 아들이 자신의 잘못된 행동과 생각을 고치고 효자가 되는 계기로는 자력(自力)으로 의해 깨닫게 되는 경우도 있지만 아내와 자식, 자신의 부모 등 주로 가까운 친족의 도움에 의해 마음을 고쳐먹는 경우가 대부분을 차지하고 있다. 또한 친한 친구나 효자로 소문난 사람이나 주위 사람의 도움을 통해 개심(改心)하는가 하면, 도깨비나 임금, 산신령 등의 절대적 권력으로 상징되는 존재에 의해서도 강압적으로

자신의 행동을 고치기도 한다.

C2에서 행실이 나쁘고 도벽(盜癖)이 심한 부모나 처가(妻家)의 장인 등은 자식이나 며느리, 그리고 사위에 의해 자신의 잘못된 행동과 마음을 고치게 된다.

C3의 경우 고부간의 불신과 불화로 인해 가정의 위기와 붕괴를 남편의 지혜로 해결해 낸다. 남편이 생각해 낸 계략은 밤이나 고구마, 고기 등으로 부모를 살찌워서 죽이거나 시장에 팔게 하는 방법으로 아내의 불효의 행위를 효로 바꾸려는 계략을 펼친다. 그 결과 시어머니를 죽이려고 불효를 자행했던 며느리는 마침내 시어머니의 존재를 바로 알게 되고 시어머니 또한 며느리의 소중함과 고마움을 알게 되어 서로의 존재를 올바르게 인식하게 된다. 며느리는 시어머니가 가난한 가정 내에서 음식만을 축내는 존재가 아닌 가정의 구성원으로 인정하고 소중한 내 부모, 내 가족이라 생각하여 결국 서로의 불신과 불화의 고리는 풀리게 된다.

D에서 며느리, 시어머니, 남편 등 가정 구성원간이 서로 화합하여 가정의 평화와 질서가 유지되고 이 사실이 세상에 알려져 상을 받는다.

개심형 효행설화에 나타난 고난을 살펴보면 다음과 같다.

-부모를 때리는 불효자
-시부모에게 불효한 며느리
-며느리를 구박하는 시어머니
-장인의 도벽
-시부모와 며느리의 불화

위와 같은 고난은 잘못된 마음이나 행동을 고치는 내용을 통해서 해결된다. 누구의 잘못된 행동이나 부정을 바로잡느냐에 따라 세분화할 수 있는데 효행의 주체나 객체, 그리고 양자 모두의 개심이냐에 따라 다음과 같이

세분화할 수 있다.56)

> -부모를 때리거나 불효하는 아들의 잘못된 행동 고치기 (31)
> -시부모를 구박하는 며느리의 잘못된 행동 고치기 (6)
> -며느리를 구박하는 시어머니의 잘못된 행동 고치기 (6)
> -며느리를 구박하는 시아버지의 잘못된 행동 고치기 (2)
> -시부모의 잘못된 행동 고치기 (1)
> -장인의 도벽을 바로잡기 (3)
> -부모 살찌워 팔거나 죽게하여 시부모와 사이 좋게 만들기 (14)
> -어머니의 잘못된 행동 고치기 (1)

개심형 효행설화에서 부모와 자식간의 효행에서 아들의 잘못된 행동이나 생각을 반성하고 고치는 아들의 개심인 경우가 31편으로 가장 많은데 이것은 전통사회가 아들인 남성 중심의 사회임을 증명해주며, 남성인 아들은 가족의 경제와 부양을 책임지고 부모를 섬겨 왔음을 보여주고 있는 예이다. 며느리의 경우는 주로 시어머니와의 관계에서 주로 고부간의 갈등의 문제가 고난의 문제를 차지하고 있다.

효행설화는 가정을 배경으로 부모에 대한 자식의 효행을 그 내용으로 하고 있다. 가정 내에서 발생하는 여러 가지 사건들 속에 가족 구성원간의 갈등은 효행설화의 고난을 보여주는 또 다른 요소이기도 하다.

전통사회는 부부를 중심으로 자식과 부모와 혈연적으로 관계망을 만들고 가정 구성원간의 인간적인 유대 관계 속에서 가정생활이 이루어진다. 남성인 가장은 가정의 경제와 생계를 책임지며 자녀는 부모에게 순종함을 도리로 생각해 왔다. 남편과 아내의 역할이 엄격히 구분되어 있었으며 자식보다는 늙으신 부모를 봉양하며 효도하는 것을 당연한 의무로 생각해 왔다.

---

56) ( )안의 숫자는 이 유형에 해당하는 설화수이다.

　　전통사회에서 여성이라는 지위와 역할은 결혼 전에는 친정아버지를, 결혼해서는 남편을, 남편이 죽은 후에는 자식을 따라야 하는 '삼종지도(三從之道)'를 따라야 했다.

> "여자는 남자의 가르침을 따라서, 그 이치를 길러 주는 자이다.
> 　이 때문에 혼자서 결정하는 뜻이 없으며, 그래서 삼종(三從)의 도(道)가 있는 것이다.
> 　어려서는 아버지를 따르고, 시집을 가서는 남편을 따르며, 남편이 죽은 뒤에는 자식을 따르는 것이니
> 　두 번 시집가지 않는다는 것을 말한다.
> 　가르치고 명령하기를 규문(閨門, 집) 밖으로 나가지 않도록 하고
> 　하는 일은 술과 식사를 제공하는 것에 있을 뿐이며
> 　문 밖에서의 잘못된 거동이 없어야 한다.
> 　부모가 죽었다하더라도 상(喪)을 치르려고 급하게 지역을 벗어나서 친정에 가지 않으며
> 　일은 제멋대로 하지 않고, 행동도 홀로 결정하지 않아야 하며
> 　남편과 같이 참여해서 알고 난 후에 행동하고, 경험한 뒤에 말하며
> 　낮에는 뜰에 나가 놀지 않으며, 밤에는 불을 들고 다녀야 한다.
> 　이것이 한사람의 여자로서 덕을 본받는 바이다."[57]

　　전통사회에서 여성은 한 집안의 딸이며, 아내, 그리고 어머니로서의 삶에 순응하도록 교육시켜 왔었다. 결혼을 통해 한 가정에 편입된 며느리가 시부모를 봉양하는 것은 당연한 의무로 여겨 왔다. 결혼한 여성은 어머니로서, 아내로서의 역할도 있었지만 며느리의 역할이 무엇보다도 중요하게 생각해 왔다. 사람이 살아가면서 중요하게 여기는 의식주의 문제는 한 집

---

57) 『孔子家語』 6卷, 26篇 「本命解」, "女子者 順男子之教. 而長其理者也. 是故無專制之義而有三從之道. 幼從父兄 旣嫁從夫 夫死從子. 言無再醮之端. 教令不出于閨門. 事在供酒食而已. 無閫外之非儀也. 不越境而奔喪. 事無擅爲, 行無獨成. 參知而後動, 可驗而後言. 晝不游庭夜行以火. 所以效匹婦之德也."

안을 책임지고 있는 며느리의 몫이었다. 남편이 경제와 생계를 책임지는
활동에 종사하였다면 아내는 가족 구성원의 의식주를 담당하였다. 이와 같
은 여성의 역할로 인하여 부모가 자손으로부터 봉양을 잘 받느냐 못 받느
냐 하는 관건은 여성인 며느리에게 달려 있고, 효행설화의 주인공으로서의
며느리의 역할도 그만큼 커질 수밖에 없는 것이다.[58]

다음의 불효한 며느리의 이야기는 가정내의 구성원간의 갈등의 문제를
가장 잘 드려낸다고 하겠다.

> 이 분은 선비로 평소에 글 읽기를 좋아하고 그러는 사람인데 자기 부
> 인은 얼굴은 미인이라도 마음은 미인이 못되았든지 시어머니께 잘 곤
> 양(공양)을 못했든 것 같읍니다. 그래서 항상 자기 남편 이씨는 그걸 우
> 려를 허고 서울로 과거 보러 가면서 평소에 즈그 부인 심성을 아는지라
> 내가 없는 동안 어머니 모시고 공대 잘 허라고 몇 번씩 부탁을 하고 갔
> 드랍니다.
> 그러나 그 아내 되는 그 분은 자기 남편이 서울로 떠나니까 오랫동안
> 인자 공석이 될 것을 예측하고 즈그 씨어머한테 구박을 이만저만 안했
> 드랍니다. 그래서 하루는 즈그 씨어머니를 나무창에다 몰아옇고 도구통
> 을 들어다 즈그 씨어머니를 도구통을 엎어서 돌아가시게 만들었어요.
> 그래서 그 뒤에 자기 남편이 돌아와서 분개한 끝에 동리서 여러분들
> 이 나와서 그 여자를 몰매로 죽였다고 합니다.[59]

위의 설화는 시어머니를 죽인 며느리 이야기이다. 남편은 과거시험을 위
해 집을 떠나면서 자기가 없는 동안 어머니를 잘 공양하도록 아내에게 여
러 번 부탁을 한다. 얼굴은 미인이지만 심성이 좋지 못한 며느리여서 남편
이 출타한 틈을 타 시어머니를 구박하다가 나중에는 절구통을 엎어서 죽이

---

58) 김대숙, 앞의 책, 187쪽.
59) 6-6-714, 절구통으로 시어머니 죽인 며느리.

는 비극적인 일을 감행하게 된다. 평소 시어머니를 잘 공양을 못한 며느리
는 결국 천륜(天倫)을 저버리는 일을 하고 만다.

가난한 집에 시집온 며느리는 늘 고생만 하고 희생을 강요당하고 무조건
순응하고 살아야 하는 '부덕(婦德)의 삶'을 강요당했다면 시어머니의 간섭과
구속은 견딜 수 없는 고통이었을 것이다. 며느리는 시어머니를 가정 내에
서 어떠한 노동력도 제공하지 않고 그저 음식만 축내는 쓸모없는 존재로
보였을지도 모른다. 시어머니 또한 며느리는 부모나 남편의 말이라면 무조
건 순종하고 따라야 하는 인내와 순종의 대상인데 자신을 부모로 대하지
않고 업신여기는 며느리가 미움과 구박의 대상이 되었을 것이다.

시어머니의 무분별한 간섭과 구속, 그리고 예전의 방식대로 며느리를 길
들이려는 시대착오적인 시어머니의 생각은 며느리와 시어머니의 관계를
더욱 더 멀게만 느끼게 만드는 요소이다.

이러한 고부간의 문제는 시어머니와 며느리의 관계를 더욱 더 서운하게
하고 위의 설화의 예처럼 시어머니를 죽이는 일까지 일어나게 한다. 고부
간의 갈등의 문제는 시어머니와 며느리만의 문제가 아니라 아들이자 남편
인 가정 구성원 모두의 문제이다.

> 저그 어매하고 저 각시허고 저허고 스히 살아. 스히 사는디 가만히
> 본게 시어머니 허고 듯이 안 좋아 가지고 정이 안붙게 혀. 메느리도 시
> 어머니를 그냥 단파전이 알고, 시어머니도 며느리를 근게, 서로 둘이가
> 서로 그런게 배합이 안된게 불란이 나지. 근게 신향이 저 아들이 몇 해
> 간을 두고 보닌게 즈그 마내래허고 저그 어매허고 뜻이 안 좋아가지고
> 서로 그 어피케 혀야 헐꼬, 저녁으 잠선 즈그 마내보고 이얘기를   어.
> "아 오늘 장으가 본게 어든 사람은 저그 어매를 삾을 지어가지고 와
> 서 파는디 돈을 많이 받대."
> "어 어디서 저 어매를 파냐?"
> "즈그 마내 허고 며느리 허고 듯이 안 맞어서 그서 괴기를 사다 주

고 그려서 살을 지어가지고 오늘 장으 나왔는디 돈을 많이 받대. 근게
생각이 어더냐고 우리도 그리 뜻 있냐?"

"괴기만 사오면 내가 그리 히마."고. 아 내가 그 뒤로부텀은 괴기 한
근쓱 사다 주면 그냥 시어매를 공경을 살릴란게, 잘 공경 혀얄 것 아녀.
그 미운 정이 읎어지고 시어머니를 인제 금쪽같이 알아. 돈을 많이 받
을란게. 아 그렁게 시어머니가 가만히 밑끄니 허는 것 본게. 그냥 전에
안턴 짓을 허고 괴기를 사다 준게, 아니 어디 가면 그냥 못가게 허고 시
어마이가 걸레도 빨러 댕기던 놈 걸레도 못빨고 요강도 못 버리게 허고
이렇게 대우가 없거든. 아 근디 그렇게 시방 살 시방 살을 지울란게 한
달이나 멕여야 헐 것 아녀?

그케 멕인디 지난 정도를 가만히 본게 아이 시어머니가 인제 그전이
는 메느리 헐 일을 그냥 히주고 그냥 그전이는 메느리허고 그냥 정이
딱 붙거든, 메느리가 이뻐 아. 근게 시어머니가 또 며느리기다 허는 것
을 본게 며느리도 시어머니가 더 예뻐 비거든? 근게 살이 조께 쪘든게
벼. 근게 저 아들이 저 서방이 인제 저녁으 잠선,

"어찌까 돌아오는 장으 어머니 디고 장으 가보까?"

근게 등을 탁 치며,

"그 뭔 소리여 어매를 다 팔어 먹는디야 그런 소리 허들 말라."고, 아
그렇게 혀서 고부간에 풀었드라네. 수단이 어쩌?[60]

옛날에 두 내외 산디, 즈그냄편이 도부장사(보따리 장사)를 다닌디,그
래갖고 그런디, 한 닷새마다 들어오고 열흘마다 들어오고 그런디, 들어
오면 즈그어매가, 즈그노모(老母)가 있는디, 즈그매, 즈그엄마가 삐쩍 몰
라(말라). 삐쩍 몰른디, 그래서 그 이웃에 부인네보고 어째서 즈그어매
가, 즈그어머니가 몰른지 모르겠다고 그런깨, 그 부인이 말하기를, "아
마 아마 당신 마누라가 밥을 작게 해서 준 모냥 같다고 그래서, 그 당신
어매가 몰른다고. (살이 빠진다는 소리)" 그래. 가만히 생각해 보니깨,
즈그 마누라보고 밥을 많이 씩 주래야 주도 않을 것같고, 그래 그 사람
이 꾀를 냈어. 장에 가서 어떤 친구보고 사람을 사러 다닌다고 그런 말
을 딱 부탁을 해놨단 말이야. 그래 놓고는 즈그마누라한테 와서, "아,

나 오늘 근깨 장에를 간깨, 사람을 산다고 하는 사람이 있어. 그런깨 그 어매를 싸게 팔아버리세." 그 마누라보고 그런깨, 즈그마누라 말이, "아 그래요? 가서 팔아 보시오."

아, 그래서 즈그마누라를 데리고 왔어. 데리고 가서 그 사람한테 데리고 가서, 근께 그 사람하고 약조(約條)를 딱 해놨어. 인자 사람을 데리고 가서, "당신 사람사요?" 아 그러니께, 산다고 그래. "근디 저울에다 달아서 근대(근수)가 100근 이상이 돼야 사지, 100근이 안 차거나 하면 안 산다."고, 근깨 저울추에다 딱 올려 놔본단 말이여. 그런개 한 70근밖에 안나가. (중략)

"아이고, 한 열근이나 모자라네. 한 90근밖에 안 되네. 열 근만 차면 되네 인제." 인제 또 나왔어. 또 나와서 괴기를 사 갖고 즈그어매를 잘 먹인깨, 아저 즈그 어매가 기운이 난깨 애기업고, 도구(절구)방아질도 허고, 빨래하고,오만걸(여러가지를)다 잘 한단말이여. 그전엔 배가 고푼깨 그전에는 못 허다가 잘먹고 기운이 난깨 엔간 일을, 다 전부 저 집안 살림을 다 간수를 하고 아주 기운이 나서 참 거시기 한달 말이여.

근개 즈그, 남편이 인제, "인제 팔러가세."

"아니 못 팔어라우." "왜 그래?"

"아. 어머니 없으면 살림을 못 하것응깨, 못 팔아, 인자 안 팔아! 그전에는 팔라고 했더니만 안 팔아요." 아 인자 그런깨, 아 즈그남편은 오죽 속으로 좋을 거요? 안 판다고 한깨. 그래 인자.

그 뒤로부텀은 밥을 많이씩 주고 또 괴기를 사다 반찬을 해주고 그래 갖고, 즈그 저 그 내외 효자 효부가 됐어 즈그매한테. 그런깨 말하자면 불효자가 효자가 됐어.[61]

가난한 가정에 시집온 며느리는 노동력이 중요한 생계 수단이면서 가난의 문제를 해결해 나가는 가장 기초적인 능력인데 어떠한 노동력도 제공하지 않는 시어머니가 밉게 보였을 것이다. 가난한 집에 시집온 것도 서러운데 아무 일도 하지 않고 이것저것 간섭하는 시어머니가 며느리가 보기에는

---

61) 5-1-301, 불효 며느리가 효도하다.

그저 음식만 축내는 아무 쓸모없는 존재로 보였을 것이다. 시어머니는 시집 온 며느리가 부모 공경의 물론 부모 봉양이 소홀하고 부족하다고 느껴 며느리의 모든 행동이 서운하고 밉게 보였을 것이다. 고부간의 불화는 지극히 당연한 것으로 고부간의 틈바구니 속에서 아들은 고민에 빠지고, 교묘한 계책을 통해 시어머니와 며느리의 갈등의 문제를 해결하고자 한다. 아내의 불효로 인해 자신의 어머니가 삐쩍 말라가는 것을 걱정하는 아들은 이로 인해 어머니가 병이 나거나 죽게 되는 고난의 상황을 산정하고 이를 해결하고자 지혜를 발휘한다. 아들은 '어머니를 살찌워서 시장에 내다 팔자'는 교묘한 계책을 통해 아내의 부모 봉양을 유도한다. 아들의 '부모 살찌워서 시장에 내다 팔자'는 계책은 며느리와 시어머니 사이의 끈끈한 인간적 유대를 만들며 극적인 반전을 이룬다.

며느리가 음식 봉양을 잘 하자 시어머니의 마음도 좋아지고 힘이 나서 집안일을 돕는다거나 그 동안 돌보지 않았던 손주아이를 직접 돌보는 등 일련의 과정들이 서로 서로가 상대방의 존재의 필요성을 느끼게 되고 가정 내 질서가 유지되었으며 끈끈한 인간적인 유대 관계가 형성되는 계기가 되어 갔다.

가정 내의 질서와 평화는 며느리나 시부모 한쪽만의 일방적인 노력이나 희생을 통해서만 이루어지는 것이 아니다. 그렇다고 '부모 살찌워서 시장에 팔기'와 같은 설화처럼 남편의 기막힌 계략으로 이루어지는 것은 더욱 아닐 것이다. 그것은 바로 서로가 서로의 존재를 인정하고 신뢰하는 믿음에서 출발한다. 며느리는 시부모의 존재를 인정하고 시부모는 며느리의 존재와 필요성을 인정할 때 서로의 신뢰가 싹트고 가정 내에서의 며느리의 역할과 시부모의 역할, 남편으로서의 책임과 의무, 자식으로서의 도리 등을 다 할 것이다. 또한 노인에 대한 인식의 전환도 필요하다. 늙어감에 따른 노인의 역할이 없어지거나 가정 내에서 무의미한 존재로 전락하는 것이 아니라 가정 구성원의 일원으로서의 역할 분담과 가정의 소중한 존재로 인식하는 원만한 인간관계의 형성이 필요하다. 가정 구성원간의 개인적 자유가 존중되고 가족 성원들 간의 협동이 원만하게 이루어지는 가족 공동체가 절실히 요구되고 있다. 가족 구성원 모두의 인간적인 교감과 끈끈한 유대감은 상대방이 필요로 하는 존재임을 인식하고 자신의 위치에서 자신의 일을 꾸준히 실행해 나갈 때 이루어진다고 하겠다.

서로가 서로를 인정하고 자신의 위치에서 최선을 다하는 바람직한 유대 관계가 형성될 때 가정의 존재 가치가 정당성을 부여받을 것이다. 이러한 바탕에서 형성된 효행설화라면 '살아 움직이는 설화'로서의 가치 또한 부여받을 것이다. 호남지역에 이러한 내용의 설화가 유난히 많은 이유는 단순히 유교적 지배체제를 유지하기 위한 하나의 제도적 장치가 아니라 가정을 바로 세워야 사회가 유지되고 국가가 유지된다는 것을 인식한 전승집단의 현명한 선택이었기 때문이다.

다음의 설화 또한 가정을 바로 세우기 위한 전승집단의 의지가 깃든 효행설화라 하겠다.

> 할마이가 오래 오래 살아서 아무것도 모르고 망년이 들어서 아무것도 모르나, 근디 요러고[구부리고 앉은 동작을 하며,] 안거서[앉아서] 나오들 안혀 방에서. 그런디 아들이 어디 장에를 갔다오면은 장날, 들어가 그 방으로 다른데 안 들어가고 먼여(먼저)그 방에를 들어가서, [큰 소리로 구술] "어머니!" [작은 소리로 기운없는 늙은 할머니 목소리를 내면서 구술] "응." "오늘 쌀금(쌀 값)은 한 말에 얼매 하고 괴기(고기)한 마리에 얼매하고 무엇은 얼매하고…." 죄다 그렇게 일러주면, [고개 그떡거리며 노인 목소리를 내면서] "응,응,응." 이러고 안겄는디 전부 물가를 일러 주네, [조사자: 일용 일습을요?]
> "오늘 이러고 이러고 무엇은 비싸고 무엇은 쌉다."

일러주고 나오면 옆에 사람들이 그래요.

"저 자식이 즈그 어매가 망녕든 것이 아니라 저 저자식이 망녕든 것이 아니냐? 저놈이 미쳤어." [청중: 웃음] [조사자: 동네 사람이 망녕들었구만 그래.] [청중1: 참 소자(孝子)지.] 응, 그러면, "야 이사람아, 그런 소리 말소. 어매이가 남(남)의 정신으로 저러고 안겼어도 속은 말짱해도 정신이 없어서 그런디, 우리 어머니한테다가 죄다 나는 허고 싶어서 헌디, 자네는 날보고 미쳤다고 그런가?"62)

전통사회에서 노동력을 상실했거나 정신적인 결함이 있는 노인은 그 가치를 잃은 무기력한 존재였다. 한 집안의 생계를 책임지고 가정의 중심적 위치에 있었던 부모는 늙고 병들고 나약해짐에 따라 그들의 존재와 위치는 옛날보다 축소되고 이제는 자식에게 보호받고 봉양받는 존재가 되어 간다. 그런가하면 이미 생산가치를 부여받지 못한 노인은 가정에 아무렇게나 방치되거나 버려지는 비참한 존재가 되기도 했다.

그런데 위의 설화는 치매든 노모이지만 집안의 어른으로 인정하고 무엇이든지 알려 드리고 극진히 모신다는 설화이다. 가정을 바로 세우기의 밑바탕은 부모에게 순종하는 것이다. 가정의 화목이나 평화는 가정 구성원 상호간의 신뢰에서 싹 트고, 가장(家長)이나 집안의 어른에 대한 아낌없는 신뢰와 가족 간의 믿음 속에서 집안의 화목이 이루어진다고 하겠다.

"부모를 때리는 것이 불효인 줄 모르는 자식의 이야기"63)나 "시부모를 구박하는 며느리",64) "고부간의 갈등"65) 등은 가정의 존재와 가치를 위협하는 고난의 요소들이다. 이러한 위기의 요소들은 가난이라는 경제적인 문제에서 기인하는 것도 있지만 그것보다 더 근원적인 문제로 가족 구성원간

62) 5-2-93, 뭐든지 알려 드리는 효자.
63) 6-8-40, 부모 뺨 때리던 불효자가 효자를 본받다.
64) 6-12-145, 시어머니 멸시하는 며느리.
65) 6-2-612, 사이 나쁜 고부간과 아들.

의 신뢰와 이해의 부족에서 출발한다. 가정 구성원 간의 신뢰가 무너지고, 서로가 서로를 이해하지 못한다면 온전한 가정의 모습은 만들지 못할 것이고 가정은 붕괴되고 말 것이다. 가정 내의 질서와 평화는 며느리나 시부모 어느 한쪽만의 일방적인 노력이나 희생을 통해서만 이루어지는 것은 아니다. 그것은 바로 서로가 서로의 존재를 인정하고 신뢰하는 마음에서 출발한다. 자신의 잘못을 인정하고 상대의 결점이나 부족함을 용서하고 화해하는 마음이 필요하다. 효행설화의 주인공들이 서로에게 모질게 대했던 지난날의 잘못을 인정하고 용서하고 감싸 주었을 때 비로소 가정 구성원간의 위기와 갈등은 해소된다고 하겠다.

2) 기로형(棄老型)

노인을 버리는 내용의 기로형(棄老型) 효행설화에서도 가족 구성원간의 갈등의 문제가 고난의 양상으로 나타난다.

기로형(棄老型) 설화는 사람이 일정한 나이가 되면 산 채로 산이나 들에 갖다 버리는 고려장(高麗葬)에 관한 설화이다. 이러한 장제(葬制)가 없어진 내력으로 중국에서 온 사신이 낸 문제를 숨겨 놓은 늙은 부모의 지혜로 해결하고 고려장의 제도도 폐지하게 되었다는 '문제형'과 자신의 늙은 부모를 산 채로 버리는 도구인 지게를 그 아들이 가져와 자신의 불효를 깨우치게 되었다는 '지게형'이 있다. 기로형 효행설화는 총 40편이 전하는데 이 중 호남지역에 전승되어지는 설화의 수는 13편으로 문제형(8), 지게형(4), 기타(1)의 형태로 전승되고 있다.

〈표 14〉 기로형(棄老型) 효행설화

	누가	누구에게	시기	도움	보상	결말	비고	유형	출전
1	부부	어머니	생전	산신령	산삼 쌍둥이	성공	벽장, 기타형	棄老型	5-1-52
2	아들	어머니	생전	어머니		성공	대신, 문제해결 3	棄老型	5-2-586
3	아들	아버지	생전	아버지		성공	문제해결 1	棄老型	5-5-126
4	아들	아버지	생전	아버지		성공	120살, 문제해결 1	棄老型	5-7-38
5	아들	어머니	생전	자력	금	성공	70살, 埋母 지게형	棄老型	6-3-47
6	아들	어머니	생전	어머니		성공	문제해결 1	棄老型	6-3-450
7	아들	아버지	생전	손자		성공	손자의 기지 지게형	棄老型	6-3-452
8	아들	아버지	생전	아버지		성공	60살, 문제해결 1	棄老型	6-4-266
9	아들	어머니	생전	어머니		복합	70살, 母死 문제해결 3	棄老型	6-4-539
10	아들	아버지	생전	아버지		성공	80살, 문제해결 1	棄老型	6-4-847
11	아들	어머니	생전	자력		성공	아들의 안전 지게형	棄老型	6-5-550
12	아들	어머니	생전	어머니		성공	문제해결 1	棄老型	6-8-51
13	아들	어머니	생전	자력		성공	아들의 무사안전 지게형	棄老型	6-11-287

먼저 '문제형'에 속하는 설화의 내용을 구조에 따라 간추리면 다음과 같다.

A. 어떤 사람의 부모가 늙어서 고려장을 해야 하는데 차마 부모를 버릴 수가 없어서 집안에 몰래 숨겨두고 모신다. <결여>

B. 중국에서 사신이 와서 어려운 문제를 제시하고 해답을 요구한다. <고난>

C. 집안에 몰래 숨겨 놓았던 부모가 이 문제를 풀어 주었다. <고난의 제거>

D. 고려장의 폐지를 소원(訴願)하고 부모를 모시게 된다. <결여의 제거>

이 유형의 구성요소를 분석해 보면 다음과 같다.

A에서 효행의 주체는 모두 아들(8)이고, 버려져야 할 대상, 고려장을 해야 하는 대상은 늙은 아버지(4), 늙은 어머니(4)이다. 버려져야 할 존재인 노부모는 자식의 입장에서 보면 차마 버릴 수 없는 애정을 가진 존재였을 것이다. 그들은 인생의 어려운 역경을 이겨낸 인물로 삶의 경험이 풍부하고 지혜로운 인물이다. 기로형 효행설화의 원전(原典)에는 대부분 이 인물이 아버지로 나타나는데, 버려져야 할 존재가 아버지에서 어머니로 변이를 초래한 것은 아버지보다는 어머니에 대한 친근성이 강하고 모성지향성에 대한 본능과도 관련이 있다 하겠다. 보호 받아야 할 존재로 남성인 아버지보다는 신체적으로 연약한 여성인 어머니를 내세우는 것은 설득력이 강하다 하겠다.

이 인물들은 60세 이상의 고령으로 신체적으로 연약하여 보호받을 존재이거나 쓸모없어서 버려져야 할 존재로 보이지만 삶의 지혜와 연륜을 겸비한 인물이며 전문적인 지식을 소유하고 120살까지도 또렷한 기억력과 명민함을 가진 인물이다.

기로형 효행설화에서 구연자는 늙은 부모를 산 채로 버리는 풍습인 '고려장', '고래장', '고린장' 등의 습속이 있다고 전제하고 이야기를 시작한다. 부모가 늙었다고 버리는 것은 인륜에 벗어나는 패륜으로 비난받을 일이다. 그러나 기로형 효행설화에서 부모를 버리는 고려장 제도가 있었다는 설정은 특정 가정 내에서 일어나는 개인적인 차원의 일이라는 인식에서 벗어나, 관습이라는 일종의 사회적 규약으로 규정하여 노인을 버리는 행위가 사회적 정당성과 합리성을 부여받게 하려는 의도이다. 사회적 관습하에 이루어지는 이런 행위는 사람들로 하여금 비도덕적, 비윤리적인 행위라 생각하게 하거나 죄의식을 느끼게 하지 않는다. 고려장의 풍습이 있었다는 전제는 자신의 육친을 내버리는 불효를 감추고 정당성을 부여하려는 우리나라의 독특한 특성이라 단정하기보다는 잘못된 관습이 존재하였음에도 한 개인이 국가의 법률을 어기면서까지 행한 효행으로 국가의 위기를 구하게 되고, 그 보상으로 잘못된 관습까지도 폐지하게 하는 효의 위력을 추론하게 만드는데 있다.

B에서 지혜의 대결자로 등장하는 나라로 대국(大國)으로 불리는 중국(청국, 때국)이 등장하는데 이 대국인 중국과의 대결에서 승리을 함으로써 민족적 자긍심을 강하게 나타내고자 하는 의도도 있다.

아들 효자의 신분은 대신(자료 2)과 신분이 높은 사람(자료 12)으로 나타난다. 일반적으로 문제형 설화에는 영의정, 정승, 대신과 같은 신분이 높은 사람으로 나타나는데 호남지역에 전승되는 설화에는 이 두 편을 제외하고 모두 일반 민중이다. 대신과 같은 높은 신분의 소유자를 주인공으로 설정하여 국법을 지키려는 '충(忠)'의 마음과 부모를 택하는 '효(孝)' 사이의 갈등의 문제를 다루어 충보다는 효의 가치를 높이고자 하려는 효행설화의 의식이라 하겠다. 호남지역에 전승되는 이 유형의 각 편에는 일반 민중으로 나타나는데 이것은 효의 행위가 신분이 높은 지배 세력만이 가능한 게 아니라 신분이나 연령, 성별에 상관없이 인간이면 누구나 가지고 있는 천성(天性)으로 믿었고, 평민을 설정하여 국법을 어기면서까지 효를 행하였더니 국법도 바뀌고 벼슬도 받아 신분의 상승까지 얻게 되었으니 전승집단의 구미에도 맞고 설화의 흥미도 높이는 효과가 있어 전승력을 가지게 되었다고 본다.

C에서 문제형에 나타나 있는 문제의 수는 한 가지인 경우는 6편이고 3가지를 묻는 경우는 1편이 있다. 각 편에 등장하는 문제를 살펴보면 나무의 상하 구별의 문제(3), 어미 소와 새끼 소의 구별의 문제(3), 코끼리의 무게 달기 문제(2), 뱀의 암수 구별에 관한 문제(1), 어미 피망생이와 새끼 피망

생이의 구별의 문제(1), 어미 새와 새끼 새의 구별의 문제(1), 어미 말과 새끼 말의 구별의 문제(1)의 순이다. 이를 다시 ① 동물의 어미와 새끼의 구별(6), ② 나무의 상하 구별(3) ③ 코끼리의 무게 달기(2) ④ 뱀의 암수 구별(1)로 정리할 수 있다.

①번과 같은 문제가 가장 많이 나타난 이유는 이들 동물(말, 소 등)이 전승집단의 생활과 밀접한 관련을 맺고 있는 동물들이어서 많은 빈도수를 가진다 하겠다. 또한 새끼와 어미의 구별에 대한 문제의 해결에는 자식을 생각하는 부모의 마음이 담겨 있어서 고려장 문화에 대한 잘못을 알리는 효과로서 등장하는 것이라 하겠다.

어린 새끼에게 먹이를 먼저 먹이거나 거친 풀은 어미가 먹고 좋고 부드러운 풀은 새끼에게 주는 것은 '효'를 주제로 하는 '문제형'의 본질이다. 좋고 부드러운 것은 자식에게 먹이고 나쁘고 거친 것은 부모가 먹는 부모의 자식에 대한 마음을 생각나게 하는 설정이다. 한마디로 이 유형의 설화는 부모를 버린 자식에 대한 원망이나 미움보다는 자식의 안위를 걱정하는 부모의 마음과 행동을 보여줌으로써 부모에게 효를 행해야 함을 주장하는 논리에 대한 설득력을 부여하고 있다.66) ②번의 나무의 상하 구별법도 생활에 밀접한 관계가 있는 친근한 소재였기에 강한 전승력을 가진다. 동네의 안녕과 평안과 관계 깊은 장승은 상하의 구별을 잘 해야 한다. 상하의 구별이 제대로 이루어지지 않는다면 '동티가 난다'하여 '뭔가를 함부로 하면 벌을 받는다'는 중의적(重義的) 의미도 있으며, 이러한 구별법은 생활과 밀접한 관계를 가지고 있다.67) ③번은 '작은 것이 모여 큰 것을 이룬다'는 원리에 맞추어 돌들의 무게를 재면 코끼리의 무게를 알 수 있을 것이고 ④번의 경우는 음양의 원리와 사물의 본질을 파악하는 능력이 있어야 해결하는 문제

---

66) 이수자, 앞의 논문, 143쪽.
67) 이수자, 위의 논문, 144쪽.

이다.

그리스 격언에 "집안에 노인이 없으면 빌려서라도 모셔 오라."는 말이 있다. "천재가 경륜을 이기지 못하고 경륜이 연륜을 이기지 못한다."고 한다. 이 모든 문제들은 '연륜(年輪)과 경륜(經綸)' 갖추고 있어야만 해결할 수 있는 삶의 문제이며 노인의 지혜인 것이다.

D에서 집안에 몰래 숨겨 둔 노부모의 현명함으로 나라의 위기를 세 번이나 구하고 왕을 감동시키게 한다. 한 개인이 국법이나 관습을 어기고 지킨 효행이 부모를 버리는 잘못된 관습과 제도를 바꾸는 계기가 되었다. 효행은 인간이 태어나면서 자연스럽게 맺어지면서 가족관계에서 자연발생적인 것으로 관습이나 제도로 강요하고 억압한다고 이루어지는 게 아니라 부모를 섬기고자 하는 지순(至純)한 마음이 있다면 사회를 변화시키는 위력을 가진다고 하겠다.

다음으로 '지게형'에 속하는 설화의 내용을 구조에 따라 간추리면 다음과 같다.

> A. 사람이 6, 70살이 되면 산 채로 버리는 고려장이 있어 어떤 사람이 부모를 지게에 지고 산에 버렸다. <결여>
> B. 동행한 어린 아들이 훗날 아버지의 고려장을 위해 지게를 지고 온다. <고난>
> C. 잘못을 깨달은 아버지는 늙은 부모를 다시 모시고 돌아 왔다. <고난과 결여의 제거>

A에서 효행의 주체는 부모를 버리는 아들(4), 그리고 부부(1)이다. '문제형'과는 달리 '지게형'에서는 부모를 버리는 행위를 정당화하고 있는게 특징이다. 부모를 모시기 귀찮아서 부모를 버리는 설화는 자료 7, 11이고 부모에게 먹을 것이 없는 가난으로 인해 버리는 설화는 자료 5, 13이다. 부모

를 버리는 불효를 행한다. 자료 1번의 경우 호남지역에만 전승되는 특이한
유형으로 부모를 버리는 기로(棄老)의 행위와 치모부손(癡母憮孫), 매아득보(埋
兒得寶) 등이 나타나는 설화이다.[68] 전통사회에서 이러한 행동은 용납받기
어려운 비난 받을 일로 부모를 버리는 고려장의 제도가 있었다는 전제조건
을 내세움으로써 주인공의 불효를 조금이나마 감출 수 있게 하였다. 기로
(棄老)의 행위가 인정되지 않는 사회에서 이러한 일이 일어났다면 민중의
공감을 얻을 수 없을 뿐만 아니라 전승력 또한 잃어버릴 것이다.

'고려장'이라는 전제조건을 설정하여 주인공의 불효를 가려주고 다른 한
편으로는 지순한 효를 더욱 빛나게 해주며 전승집단으로 하여금 '내 부모
는 결코 고려장은 하지 않겠다'는 다짐을 확인받는 데 부분적으로나마 기
여했다고 하겠다.

B에서 부모는 지게에 얹혀 가면서도 자신의 안전만을 걱정하여 나뭇가
지를 자르거나 솔잎을 길에 뿌리는 강한 모성을 보여 준다. 어머니의 강한
모성을 강조하여 아들의 불효를 상대적으로 보여줌으로써 아들의 행동에
대해 분개하게 만들고 잘못이라는 것을 느끼게 한다.

C에서 부모를 버리기 위해 지고 왔던 '지게'를 통해 자신의 불효를 깨우
치게 하는 도구로 사용하고 있다. 동행한 아들이 훗날 아버지의 고려장을
위해 지게를 가져 오는 것을 목격한 아버지는 자신의 노후도 이미 존재가
치가 없어지기에 잘못을 깨달아 노모를 다시 모셔온다. 이것은 자신의 지
극한 효행을 자식 앞에서 보여줌으로써 자신의 노후에도 자식에게 효로서

---

68) 자료 1번의 경우 특이한 유형의 翥老型 효행설화이다. 그 내용을 적어 보면 다음과
   같다. 부부는 노망한 노모를 고려장을 피해서 벽장에 가둔다. 굶주린 노모는 아기
   를 삶아 먹게 되고 노모의 실수를 인정하고 묵인한다. 산신령이 꿈에 현형하여 자
   식을 묻었던 곳에 가보면 산삼이 있다고 하여 그것을 구해 노망한 어머니에게 주
   었고 임금에게 이 사실이 알려져 고려장이 폐지되고 아들 쌍둥이를 얻게 되어 잘
   살게 되었다는 내용의 설화이다.

보답받을 수 있다는 심리가 작용하였다고 본다.

3) 명당형(明堂型)

이 유형의 설화는 가난한 시가(媤家)에 시집온 며느리가 시부모를 묻을 명당터가 없자 친정집의 명당터를 지혜로 빼앗아 시부모의 명당터를 잡는다는 내용의 설화이다. 또한 자식이 부모의 명당터를 얻기 위해 온갖 노력을 다한다는 내용의 설화이다.

이 유형의 설화는 다음과 같다.

〈표 15〉 명당형(明堂型) 효행설화

	누가	누구에게	시기	도움	보상	결말	비고	유형	출전
1	며느리	시부모	생전	자력		성공	묘에 물붓기	明堂型	5-2-602
2	며느리	시부모	생전	자력		성공	묘에 물붓기	明堂型	5-7-512
3	며느리	시아버지	생전	자력		성공	묘에 물붓기	明堂型	6-3-299
4	며느리	시아버지	생전	자력		성공	묘에 분뇨붓기	明堂型	6-3-453
5	며느리	시어머니	사후	자력		성공	허벅다리떼어 묘자리 구하기	明堂型	6-6-106
6	며느리	시아버지	사후	자력		성공	명당뺏기	明堂型	6-6-784
7	황효자	아버지	사후	범		실패	형제간의 갈등	明堂型	6-9-135
8	며느리	시부모	사후	자력		성공	묘에 물붓기	明堂型	6-9-191

시부모를 위해 친정집의 명당터를 빼앗는 설화의 구조를 간단히 적어 보면 다음과 같다.

　　A. 가난한 가정 환경으로 부모를 모실 명당터가 없다. <결여>
　　B. 며느리는 친정의 명당을 차지하고자 한다. <고난>

C. 며느리의 지혜로 명당터를 차지 한다. <방법의 강구>
D. 차지한 명당터에 부모를 모시게 되었다. <결여의 제거>

A에서 효행의 주체는 며느리(7), 효자(1)이다. 며느리의 경우는 가난한 가정환경으로 인해 명당터를 구하지 못하자 친정집의 명당터를 빼앗는 내용이고, 효자의 경우는 명당터를 찾기 위해 노력하나 형제간의 시기(猜忌)로 터를 구하지 못하는 설화이다.

B에 나타난 고난으로는 명당터를 차지하기 위한 형제간의 고난의 문제와 친정집과의 문제가 있다.

C에서 명당을 빼앗기 위한 며느리의 지혜는 묘에 물붓기(5), 묘에 분뇨 넣기(1), 묘에 시체다리 넣기(1) 등이 있다.

D에서 며느리가 명당터를 차지하여 시부모에게 효행을 다하는 설화는 시가 본위(媤家本位)의 효행설화임을 알 수 있다.

며느리의 지혜로 친정집의 명당터를 얻게 되는 예는 다음과 같다.

그 친정 여자는 이 항시 자기 집에 온게 곤란해. 그래 자기 친정집 말하자면 즤그 선조집, 친정 선조를 모실라고 묘자리를 해 놓았는디 그렇게 좋은 명당이 읎어. 그러니까 내일 인자 그렇게 슬라면 오늘 지금 송장 구덩이를 확 파놓았단 말이여. 그러니까 이 딸이 친정에를 가서 들어본 바 풍수나 여러 뭐 아는 분들이 하야튼 그 명당을 꾸미느라고 막 이루 말헐 수 없이 많이 주고 산 명당여. 그래 그날 딱 통관을 해서 딱 채일 쓰고 덮어낳지. 그리고 '내일 딱 몇시에 인자 하관 시간이 있으니께 몇 시에 들어가 놓으라'고 그러니 달이 가만히 생각헌게 아무리 생각해 봐도 자기가 곤란헌게, '내가 내 시부모를 갖다가 모셨으면 내도 이렇게 잘 살 것 아니냐' 저녁이 달라갖고 자기 집이 다 갖고 즤그 남편허고 둘이 그냥 자기 인자 시아버지를 모조건 파가지고 뼈를 가지고 왔어. 내일 금방 묻기로 하 딱 결단해 놓고. 자기가 가서 인자 물을 그냥 몇 동이 갖다가 그냥 천장 구덩이다 퍼붓고는……. 물은 왜 붓냐? 그

러면 거기서 인자 물을 지지. 명당 같으면 시방 물이 나오리라 혀. 인자
파업을 시키기 위해서 그렇게 물을 괴여 놓은 것란 말이여. 아 주인 가
서 묘소를 쓸라고 보니까 물이 그냥 탕구덩이가 한 구뎅이 괴여갖고 있
거든. 아 그러니께 화를 얼로 붓고(얼른 내고) 그러거든. 그러니께 직그
딸이 허는 말이, "우리는 아버님! 내 선산도 읎고 그러니까 우리 친정
인자 우리 시아버지나 모실라요. 물 있드라도 어쩌랍디까? 우리 친정
산이니까 좀 주시라요?" 그렇게 얘기를 헌께, "아 그럼 니가 그래라.그
럼 쓸라고 그래라."[69]

　가난한 시가의 시아버지 묘를 마련하기 위해 친정집의 명당터에 며느리
는 물을 붓는다. 명당형 효행설화는 친정집의 명당터를 빼앗는 설화로 자
신의 생가인 친정보다는 결혼으로 인해 새롭게 형성된 시가의 구성원으로
서의 의무와 역할을 강조한 시가위주의 사고를 바탕으로 하고 있다.
　'꿈을 못 이룬 황씨 효자'의 이야기에서 황효자는 아버지의 묏자리를 보
기 위해 100일 기도를 드리며 정성을 다한다. 범이 나타나 명당터의 위치
를 알려주는데 형제간의 반목과 방해로 끝내 뜻을 이루지 못하고 만다. 이
러한 명당형 설화를 통해 가족 구성원간의 이해와 화합, 시가를 위해서라
면 자신을 낳아 준 친부모까지도 배반하는 시가 위주의 사고방식이 깔려
있다.

6. 시묘와 제사의 문제

　부모가 살아계실 때 정성을 다하여 부모를 섬기는 것은 자식의 마땅한
도리이다. 그런데 아무리 훌륭한 효사라 하더라도 부모의 은공을 살아생선
에 다 갚을 수 없었기 때문에 우리 조상들은 부모 사후까지도 그 효를 다

---

69) 6-9-191, 명당터를 빼앗아 간 딸.

해야 한다고 여겨왔다. 그 대표적인 실천의 효행이 시묘살이와 제사이다.

효행설화에서 제사70)와 시묘의 문제 또한 효행의 주체에게 고난의 상황을 불러일으킨다. 부모가 돌아가신 후에 행하는 섬김의 효도인 제사와 시묘의 일은 가족의 범위를 죽은 조상까지 포함하는 개념으로 시묘살이와 제사를 통해 죽은 조상들과 후손 사이의 지속적인 관계를 유지하고자 하는 유교적 사고방식의 조상 섬김이다.

1) 시묘형(侍墓型)

시묘와 관련된 설화에도 효행의 주체가 겪게 되는 육체적, 정신적인 고난의 양상이 드러나 있다. 시묘형 효행설화는 시묘를 통해 부모에 대한 지극한 효행을 부모가 돌아가신 후에도 실천한 이야기로 36편의 설화가 전승되고 있다. 시묘형 효행설화는 다음과 같다.

〈표 16〉 시묘형(侍墓型) 효행설화

	누가	누구에게	시기	도움	보상	결말	비고	유형	출전
1	효자	부모	사후	호랑이		성공	효자호랑이	侍墓型	5-1-295
2	효자	아버지	사후	호랑이		성공	효자호랑이	侍墓型	5-2-489
3	효자	부모	사후	호랑이		성공	효자호랑이	侍墓型	5-2-582
4	효자	아버지	사후	자력		성공	채소	侍墓型	5-2-583
5	구효자	아버지	사후	호랑이		성공	효자호랑이	侍墓型	5-2-595
6	아들	아버지	사후	자력			채소	侍墓型	5-2-598
7	정효자	부모	사후	호랑이			효자호랑이	侍墓型	5-4-38
8	아들	아버지	사후	자력				侍墓型	5-5-71

---

70) 제사의 경우 효행의 주체는 제사를 지낼 수 없는 가난한 가정환경인 경우가 있다. 이때는 제사를 지낼 제물(祭物)을 구하지 못하는 경우에 가난의 문제가 제기되기도 하나 대부분의 경우 제물을 구할 수 없는 가난한 상태인 경우는 많지 않으며 가난보다는 제사의 법도에 어긋나는 제물을 드린 경우여서 고난의 양상을 가난이 아닌 제사로 설정한다.

9	아들	어머니	사후	자력			어머니 장례 오성대감 시묘	侍墓型	5-5-611
10	아들	아버지	사후	자력		실패	돼지고기	侍墓型	5-6-369
11	아들	부모	사후	호랑이		성공	효자호랑이	侍墓型	6-1-609
12	아들	아버지	사후	호랑이		성공	효자호랑이	侍墓型	6-2-709
13	최혜재	부모	사후	자력		실패	고기	侍墓型	6-3-242
14	아들	아버지	사후	자력		성공	부부관계	侍墓型	6-4-384
15	효자	어머니	사후	자력		실패	17개월중 死	侍墓型	6-5-263
16	효자	아버지	사후	구렁이		성공	구렁이효자	侍墓型	6-6-340
17	며느리	시어머니	사후	자력	열녀각	성공		侍墓型	6-7-246
18	효자	부모	사후	자력	표창	성공		侍墓型	6-7-267
19	아들	부모	사후	호랑이		성공	효자호랑이	侍墓型	6-8-61
20	전일규	어머니	사후	호랑이		성공	효자호랑이	侍墓型	6-8-255
21	조영규	아버지	사후	자력		성공	영혼제사	侍墓型	6-8-263
22	아들	부모	사후	하늘		성공		侍墓型	6-8-659
23	효자	어머니	사후	새		성공		侍墓型	6-8-673
24	서자대	아버지	사후	자력	효자판	실패	侍墓死火	侍墓型	6-9-134
25	오씨	아버지	사후	호랑이		성공	효자호랑이	侍墓型	6-10-441
26	안효자	아버지	사후	호랑이		성공	효자호랑이	侍墓型	6-10-634
27	정효자	아버지	사후	호랑이	인정	성공	효자호랑이	侍墓型	6-10-636
28	정이하	아버지	사후	자력		성공		侍墓型	6-10-639
29	정명우	아버지	사후	자력		성공		侍墓型	6-10-640
30	정석철	어머니	사후	자력		성공		侍墓型	6-10-642
31	안효순	祖父	사후	자력		성공		侍墓型	6-11-315
32	효자	아버지	사후	호랑이		성공	효자호랑이	侍墓型	6-11-347
33	김씨	어머니	사후	호랑이		성공	효자호랑이	侍墓型	6-11-369
34	오씨	아버지	사후	호랑이		성공	효자호랑이	侍墓型	6-11-390
35	효자	아버지	사후	하늘	인정	성공	효자 인정 도장	侍墓型	6-11-498
36	양자	養父	사후	자력		성공	養子 시묘살이	侍墓型	6-12-712

이 유형의 설화를 구조에 따라 그 내용을 간추리면 다음과 같다.

A. 효자가 돌아가신 부모를 위해 시묘살이를 한다. <결여>
B. 시묘살이 중 여러 가지의 어려움에 부딪힌다. <고난>
C. 효자는 어려움을 이기고 시묘살이를 무사히 마친다. <고난의 제

거>
    D. 효자는 상을 받고 잘 살았다. <결여의 제거>

    시묘형 효행설화는 위와 같은 구조를 가지는 성공담 내지는 행복한 결말로 끝을 맺지만 자료 10, 13, 15, 24는 효자가 부모의 시묘살이 중 죽는다거나 인간적인 욕구로 인해 실패하는 비극적인 결말로 끝을 맺는 설화이다.

    A에서 효행의 주체는 효자(34), 양자(1), 며느리(1)이다.

    유학은 효를 이념으로 하기 때문에 유학자는 부모가 돌아가시면 3년 동안 지극정성으로 모셔야만 했다. 시묘살이는 시묘(侍墓), 여묘(廬墓), 거려(居廬)라고도 하는데71) 부모가 죽은 후 부모의 묘소 옆에 초막이나 여막을 짓고 3년이라는 긴 시간을 묘소를 지키며 부모의 뜻을 기리는 고된 효행의 실천이기에 효자인 남성이 주로 하는 힘든 섬김이다. 이러한 부모의 섬김은 너무나도 힘들고 고달픈 유교적 효행의 실천으로 목숨까지도 잃게 되는 유교적 효행윤리의 실천으로 유학의 유행과 함께 널리 실행된 남성의 특권이자 의무였다.

    그런데 이와 같은 시묘살이는 유가의 보편적인 예서인 『가례(家禮)』나 『국조오례의(國朝五禮儀)』, 『사례편람(四禮便覽)』 등에도 언급되지 않았는데도 조선시대 사대부가에 유행하게 된 것은 공자(孔子)가 사망하자 그의 제자들이 스승을 위해서 3년간 심상(心喪)을 지냈고, 특히 자공(子貢)은 6년이라는 동안이나 공자의 묘 곁에서 여막을 짓고 추모하였다고 한다. 이 일이 우리나라에 들어와서 사대부가의 풍속으로 자리 잡았기 때문이었다. 따라서 시묘살이는 의례의 실천이라기보다는 전통적인 유교적 관습이라고 할 수 있다.

    효자는 3년의 기나긴 시묘살이에서 외로움과 고독함, 그리고 인간적인 욕구와도 싸워야 했다. 자료17에는 며느리가 시어머니를 위해 시묘살이를

---

71) 『한국민족문화대백과』, 한국학중앙연구원, http://encykorea.aks.ac.kr/ 「시묘(侍墓)」

하게 되는 예이며, 자료 36번은 양자(養子)가 자신의 양부를 위해 시묘살이를 한 예이다. 양자(養子)나 여성(女性)이 시묘형 설화의 주인공으로 등장한 것은 시묘를 통한 효행의 실천이 유교적 사회의 가부장제의 남성만의 전유물이 아닌 신분이나 성별에 상관없이 실천하는 생활윤리 의식이라는 것을 강조하려는 전승집단의 의식이라 하겠다.

효행의 객체는 아버지(19), 부모(8), 어머니(6), 조부(1), 양부(1), 시어머니(1) 등으로 부모뿐만 아니라 조부, 그리고 양부(養父)까지도 그 대상을 삼았다.

B에서 시묘살이의 어려움으로는 3년이라는 시간 속에서 모든 것을 해결해야 하는 효자의 고난에는 시묘 기간 중 기본적인 의식주 문제의 해결과 금욕과 관계있는 육식을 금하는 것, 부부관계의 금지 등이다. 이러한 문제보다는 3년의 시묘살이에서 사회와 동떨어져 살아가야 하는 효자의 고독함과 외로움이 가장 큰 고난과 어려움이라 하겠다.

C에서 시묘의 과정 중에 발생하는 고난의 문제들을 효행의 주체는 효자자신의 의지나 노력으로 해결하는 경우도 있지만 호랑이와 같은 동물의 도움을 통해 고난의 문제를 해결하기도 하였다. 설화에 등장하는 원조자로는 호랑이(15), 하늘(2), 새(1), 구렁이(1) 등을 들 수 있다. 시묘형 효행설화에는 타 지역과 마찬가지로 호랑이가 효자의 효행을 돕는 지킴이로 등장한다. 산짐승이나 주위의 위협으로부터 효자의 안전을 지키는 호랑이라는 의미도 있지만, 3년의 기나긴 시간 속에서 효자의 외로움과 고독함을 해소시키는 친구로의 의미도 포함하고 있다고 본다. 자료 16번은 구렁이가 효자의 효행을 완성시키고 돕는 지킴이와 수호자와 친구의 역할을 담당하고 있는 예이다.

옛날에 압해면 어느 섬이 효자섬이라는 섬이 있었는디. 거그는 그 뻘 바닥 가운데 있는 섬인디. 생활이 곤란해서 날마당 낙지를 잡으러 대니

는 아부지가 있었는디. 아버지가 낙지를 잡어다가 갖고 잡어 갖고 집에
오면 부인은 가서 폴고. 그래 갖고 살허고 바꾼다든지 그래서 먹고 사
는데, 인자 아버지가 죽게 됨스로 그 낙지 잡는 사람이 죽게 될 때에 그
섬을 어찌게 봤든가 그 섬에 다 나를 묻어 주라 그랬어요.

그래서 그 유언을 받아서 이제 자손들이 그 섬에다 뫼슬 쓰고 삼 년
세모를 산다는디 세모(시묘)가 무엇이냐 허먼은 묘에 가서 삼 년 동안
세수도 안 허고 옷도 안 갈아입고 묘세 지켜서 밥 해 먹고 삼 년 동안
살고 제사가 넘어간 뒤에, 삼 년상 넘어간 뒤에 사회에 나와서 사는 것
이 세몬데, 세모를 살고 있는데 곤란한 집이라 그 먹을 것을 잘못 갖다
준단 말이여.

그런디 그 구랭이가 난데없는 구랭이가 나오더니 그 섬에서 사는 구
랭이 인가 봐요. 그 구랭이가 먼해 먹을 것이 떨어지면 먹을 것을 갖다
줘서 그 삼년 동안을 먹고 세모를 살었다고 해서 그 효자섬이 이런 말
이 있읍니다.[72]

D에서 효자는 시묘살이를 무사히 마치고 효자판, 열녀각, 인정, 표창 등
의 보상을 받는다.

시묘형 설화는 시묘를 통해 부모에 대한 자식의 지극한 정성과 마음을
부모가 돌아가신 후에도 실천하는 효행의 이야기로 부모가 돌아가신 후 부
모의 묘소 곁에 움막을 짓고 살면서 소식(素食)[73]으로 연명하고 제유(祭儒)로
쓸 물을 뜨기 위해 먼 거리를 이동하는 등 3년 동안을 쉬지 않고 계속 해야
하는 힘든 고행(苦行)의 시간이었다. 이와 같은 효자의 헌신(獻身)은 천지만
물과 미물인 짐승까지도 감동시켜 땅에서 샘이 솟아나고 짐승인 호랑이의
도움을 받아 먼거리를 쉽게 돌아다니고 산짐승과 주위의 위험으로부터 보
호받았으며 결국에는 사회로부터 효자판을 받는 등의 인정을 받고 추앙받
는다. 이러한 효자들의 행위는 당대 사회에서 가장 높이 평가 받은 사례로

---

72) 6-6-340, 구렁이가 도운 효자.
73) 고기반찬이 없는 밥.

부모 사후 시묘살이를 통해 조선사회가 요구하는 완벽한 효자상을 구현하고 있다.

시묘와 관련된 설화에는 시묘살이를 통해 효행의 주체가 겪게 되는 육체적, 정신적인 고난이 드러나 있지만, 3년의 기나긴 시간을 소식(素食)과 금욕과 절제로 보내야 하는데 이것은 효자를 힘들게 하는 고난의 요인들이다.

옛날 얘기는 옛날 얘긴데, 바로 여그 저 정우면 거그가 어느 동네냐 허먼은 덕천리란 부락인디 바로 그 뒤여가서 큰 덕재산이라고 하는 큰 유명헌 산이 있읍니다. 그 산에다가 자기 아부지 명당을 모실라고 히서 아닌개 아니라 묘를 참 거그다가 잘 씻 모셔놓고, 그 자손이 어떻게 효손인지라, 자기 부모님이 땅에 계신 것이 하도 원통허고 안타까워서 그 요새말로 시묘살이라고 혀가지고 삼년상을 그 묘전 가서 우막을 치고 그 기도를 드리고 정성껏 식사를 자기 손으로 손수 흘러가는 깨끗헌 물에다가 지어서 아부지 묘소에다가 차려놓고 그 나중에 자기는 먹고, 이것을 삼년상을 지금 말허자면 삼년간을 계속 시묘살이를 허는디, 마지막 마지막 날 저녁에 어떻게 이놈의 고기가 먹고 싶은지, 그냥 도저히 견딜 수가 없어. 그래서 신태인 장에 가서 얼풋 생각치 못헌 나머지 돼야지 고깃국을 한 그릇 사먹고 그날 저녁으 하루 저녁만 냉기면은 그냥 존 일이 생길 판인디, 아 이 사람이 그냥 돼야지 괴기가 그렇게 먹고 싶어서 장에 가서 한 그릇 딱 사먹고, 그날 저녁으 꿈을 꾸니까 하이얀 산신령님이 오셔가지고 그냥 바로 등을 뚜딱뚜딱 하면서, "에라 이놈 같으니, 아 이옴 니가 하룻 저녁만 참었으면 아주 기가 막힐 존(좋은), 니 영광이 비칠 판인디, 그 하룻 저녁을 못 참아가지고 이놈아, 아 그 돼야지 고기 한 그릇 먹고 온단 말이냐! 엣기선 쯧쯧. 참, 그 십년 십년 공부 일촉변헌 것이 너를 두고 헌 말이로구나. 너는 고기가 생전에 포은되는 사람이니만치 너는 고기나 많이 먹어라!"히서, 아 꿈을 깨 보니까 바로 꿈이라 이런 얘기어. 그서 아침이 자고 인나서 바로 인제 에, 문아키를 나가니까 움막 밖을 나가니까, 멧돼지 큰 놈 요새 한 400근짜리 하나를 딱 때려눕혔다 그 말이여. 그서 삼년상 그냥 기도를 드리고, 공을 드리고 자기 소망을 먹고서 일을 한 번 히볼라고 기대했던 것이 어그러져

버리고, 결국 하루 아침에 십년 공부 일촉변게으름 아녀. 돼야지 한 마
리 먹고 끝냈다는 이러헌 전설이 있지요. 바로 거그 가서 저 덕재산이
라고 저, 그런 참 유명한 산입니다.[74]

효자들의 시묘의 행위는 당대 사회에서는 가장 높이 평가 받았지만 거기
에는 육체적, 정신적인 고통이 따르기에 목숨을 잃는 경우도 발생하는 힘
든 효행의 방법이었다.

시묘살이의 어려움으로는 시묘 중 의식주의 문제와 육식이나 부부관계
를 멀리하는 금욕의 생활이었다. 이러한 문제 이외에도 3년의 긴 시묘 기
간을 사회와 동떨어져 살아가야 하는 고독함과 외로움 등이 효자에게 있어
서 가장 큰 고난과 어려움이라 할 수 있겠다. 이러한 시묘의 과정 중에 발
생하는 고난의 문제들을 효행의 주체는 자신의 의지나 노력으로 해결하는
경우도 있지만 호랑이와 같은 동물의 도움을 통해 고난의 문제를 해결하기
도 하였다.

2) 제사형(祭祀型)

제사를 통해 부모에 대한 지극한 효행을 실천하는 이야기에는 제사의 장
소나 시기, 그리고 제물(祭物)의 선택뿐만 아니라 제사의 대상에 대한 고난
의 문제를 가지고 있다. 효행의 주체는 자신의 머리를 팔아 제사 비용을 마
련하거나 부모가 생전에 좋아했던 음식인 개장, 메기, 홍시 등으로 제사를
지낸다.

제사에 의한 고난의 양상을 보여주는 설화로 11편의 설화가 있다.

---

74) 5-6-369, 시묘살이 마지막 밤.

〈표 17〉제사형(祭祀型) 효행설화

	누가	누구에게	시기	도움	보상	결말	비고	유형	출전
1	아들	아버지	사후	자력	금덩어리	성공		祭祀型	5-2-424
2	아들	아버지	사후	자력		성공		祭祀型	5-2-524
3	아들	아버지	사후	자력		성공	개장(음식)	祭祀型	5-4-844
4	아들	부모	사후	자력		성공	메기	祭祀型	5-7-148
5	부부	부모	사후	자력		성공	賣髮	祭祀型	6-2-146
6	효자	아버지	사후	호랑이		성공	홍시	祭祀型	6-3-235
7	심효자	부모	사후	자력		성공		祭祀型	6-10-649
8	양자	養父(면장)	사후	자력		성공	養子의 제사	祭祀型	6-12-327
9	딸	부모	사후	할머니	보물상자	성공	싸래기죽	祭祀型	6-12-602
10	양자	養父	사후	자력		성공	바뀐 자식	祭祀型	6-12-866
11	아들	아버지	사후	자력		성공	제사장소	祭祀型	6-12-1022

효행설화를 구조에 따라 그 내용을 간추리면 다음과 같다.

    A. 가난한 효자가 돌아가신 부모를 위해 제사를 지내려 한다. <결여>
    B. 제사를 모시는 중에 여러 가지의 어려움에 부딪힌다. <고난>
    C. 효자는 어려움을 극복하고 제사를 지낸다. <고난의 제거>
    D. 효자는 상을 받고 잘 살았다. <결여의 제거>

이 유형의 구성요소를 분석해 보면 A에서 효행의 주체는 아들(7), 양자(2), 부부(1), 딸(1)로 전통사회의 제사(祭祀)의 주관자인 아들인 남성이 주를 이룬다. 자료 9번의 경우에는 효행의 주체로 딸이 등장하는데 이것은 전통사회에서 제사나 시묘의 일이 남성의 전유물이었던 인식의 문제에서 실제적인 행동의 효행이 여성으로 전환되는 모습을 보여주는 예라 하겠다.

효행의 객체는 아버지(5), 부모(4), 양부(2)이다. 양부 또한 친부모와 마찬가지로 제사의 대상에 포함하였다.

B에서 제사를 모시려 하나 가난, 제사의 장소, 제물(祭物), 제사의 대상 등이 고난의 유형으로 나타난다.

C에서 효자는 머리를 팔아 제사를 지내거나(자료 5), 부모가 생전에 좋아 했던 음식인 개장(자료 3), 메기(자료 4), 홍시(자료 6) 등으로 제사를 지낸다. 자료 9번의 경우 가난한 딸이 부모의 제사에 쓰일 제물(祭物)로 싸래기죽으로 드린다는 안타까운 이야기이다. 양자(養子)에 의한 제사도 친자(親子)에 의한 제사와 같은 의미를 부여하고 있다. 그리고 자료 6의 경우 호랑이의 도움으로 효자의 부친이 생전에 즐겨 드셨던 홍시를 구하여 제사를 지내게 되는 예이다. 이 경우의 호랑이는 홍시가 있는 곳으로 안내해 주는 원조자 의 역할을 하고 있다.

D에서 효자나 효녀 등이 제사를 잘 지내 금덩어리 얻게 되고(자료 1)나 보물상자(자료 9)를 얻게 되고 잘 살게 된다.

다음의 예는 부모가 생전에 좋아했던 음식인 홍시로 제사를 지내는 효자 의 설화이다.

한 사램이 저거 아버지 지살(제사를)지낼란디, 그라이 뭐 크게 성대해 서 지낼 건데기는 없고, 허나 저거 아버지가 생전에 감을 즐기고 해, 감 을. 감을 즐기고 한디, 그때 제사가 유월이든 것이여. 그러면 좋것는디 이거 어째서 하고, 한중 걱정을 하고 있는디, 한번은 배깥으로 나간께, 호랑이가 달랑 줏서(주워)업네. '아이구 이놈우 호랭이한테 난 죽는 것 이구나'하고 있다. 그나 저나 당추에 해를 치지 않고 줏어 업고만 가. 가다 어떤 집에서 딱 놔둔데 본께, 그 집에 불이 써인디(켜 있는데), 호 랭이는 그래뿌고(그렇게 해버리고) 갔는지 없고, '아 이거 어짠 일인고' 하고 무섭기는 무서왔지만, 불은 써놓고 그런께, 어느 산중이고 그런께, 그 집으로 들어갔던 거이여. 아, 들어가서 본께, 아마도 지사를 지내는 그런 거동이여. 그랬는디, 인자 그런 형세도, 이약도(이야기도) 했디마 는, 저녁에 음복을 시키는데 본께, 홍씨를 갖다 주네, 홍씨. 홍씰 갖다 준디, 아 시방 그날이 행팬(형편)이 이러쿰 된데, "아, 홍씨가 요새 어떠 큼 이러큼 됐냐?" 그란께, "예, 울(우리) 아버이가 홍씨를 즐겨 한데, 울 아버이 지사가 돌아온디, 나 그 일에 걱정하고 있더니, 아, 요 오늘 저

녁에 이런 풍파를 만나서, 나 자기 집으로 왔다고. 오기는 왔는디, 이 홍
씨를 본께 그 생객(생각)이 난다고." 이란께,
　　"예, 아, 그럴거여. 그런디 전에는 한 백여개 놔 두믄, 시방 내 놔 두
믄 한 칠팔 십개가 세네. 그러더니 이번에는 일곱 갠가 남았다, 일곱 개
가. 일곱 개가 남아서 온 저녁 지살 지냈다."고 하면서, 그 나머지기를
갖다줌시로(가져다 주면서), "그러믄 이놈을 갖고 가라." 그래 갖고 와
서 그 감을 얻어다 저거 아버지 지사를 지낸 사람도 있더라네.75)

　위의 설화에서 효행의 주체인 효자는 부모가 생전에 좋아했던 음식인 홍
시로 제사를 지내려 한다. 제사의 형식이나 법도에 어긋나는 제물이지만
효자의 이러한 행동에는 부모를 생각하는 지극한 정성에서 나오는 자연스
러운 효행이라 하겠다. 그런데 제사를 지내려는 효자에게는 유월이라는 계
절적인 한계에 의해 홍시를 구하지 못하는 고난의 상황이 펼쳐진다. 이때
효자의 효행에 감동한 호랑이가 나타나 홍시가 있는 장소로 안내해 준다.
효를 실현하려는 효자의 행동에 원조자로 등장하는 호랑이는 효자의 효행
에 감동하고 효자를 도와 효행의 당위성을 강화하여 준다.
　다음의 예는 가난한 딸이 부모의 제사를 지내기 위해 싸래기죽으로 드린
다는 예이다.

　　한 사람은 인자 지그 엄니도 죽어불고 저그 아버지도 죽어부렀어. 말
허자면, 인자 제사가 돌아왔어. 돌아왔는디. 지그 엄니도 죽어불고 지그
아버지도 죽어부렀은께, 지금 세상으로 하면 고아제이. 그 때는 고아 그
렇게 없었응께로. 인자 이렇게 산디, 항시 그 때는 넘의 방해(방아)나
찌거 주고 싸래기나 얻어다 먹고 큰애기가 그러고 살아간디,인자 지그
엄니가 지그 아버지 제사가 돌아왔등가 넘의 방애를 찍어다가 찍어주
고 싸래기를 좀 얻어다 갖고 왔어.
　　얻어갖고 와서 인자 딱 싸래기를 말허자면 방애를 찍어주고 얻어 왔

75) 6-3-235, 효성 지극한 아들.

어. 얻어다가 죽을 써놓고 인자 쌀에다 나서 밥을 했는가 죽을 썼는가
는 몰라도 해서 채려놓고는 인자 큰애기가 막 울어쌍게로 울다가 울다
아 잠이 들었어. 인자 싸래기 죽을 써놓고 울다 울다 잠이 들었는디, 꿈
에 지그 옛날 지그 엄니 아부지는 말고 지그 할머니가 타악 와서 어디
갯가에나 됐던가, 어쨌던가.

"니가 아무데에 바닷가에를 딱 가봐라. 가보면 숭어가 타악 있을껭께
숭어를 갖고 와서 따악 배를 따봐라. 그라면 배를 따보면 열쇠가 딱 있
을껭께로 그 열쇠를 가지고 또 어디 바닷가에를 가면, 상자가 딱 밀려
갖고 있을껭께로 그라면 낄러갖고 따봐라."

그래서 인자 큰애기가 대차로 딱 깨서 봉께로 꿈이거든. 그래서 역시
나 대처 날이 새서 딱 바닷가에를 강께로 숭어가 딱 요, 요바닷물에 밀
려갖고는 뻘 위에 딱 있어갖고 퍼드락 퍼으락 하고 있드라만. 꿈대로
인자 그걸 주서다가 배를 따봉께 열쇠가 딱 들었더란네. 그래서 그놈을
갖고 대차 또 어디 꿈에 선몽헌대로 가봉께 인자 이런 상자가 딱 밀려
갖고 있드라만. 그래서 상자를 쇳때(열쇠)를 갖고 끼러봉께로 생전 먹을
보화가 들었드라만.그래서 큰애기가 진짜 잘 살았드라네.[76]

부모의 제사를 지낼 수 없는 고난의 상황에 처한 효녀가 싸래기죽을 제
물로 드리는 효행을 보여주고 있다. 이 설화에서 효녀는 가난으로 인해 제
사를 제대로 지낼 수 없었던 것으로 보인다. 가난이 제사를 지낼 수 없는
표면적인 고난이지만 이 설화에서 보이는 고난의 양상은 가난으로 인해 제
사를 지낼 수 없다는 게 아니라 제사형식에 대한 선택과 갈등의 문제에 있
다. 효녀에게 있어서 가장 중요하고 핵심적인 고난은 "싸래기나 얻어다 먹
는" 가난이 아니다. 제사에 쓰일 제물(祭物)로 남의 집 방아를 찧어다가 얻
어 온 싸래기를 쓸 것인가 말 것인가이다. 싸래기죽을 제사상에 올리는 것
은 법도에 어긋나는 행위이다. 그러나 효녀에게 이 싸래기죽 한그릇은 오
늘 먹을 양식이다. 자신의 생명과도 같은 싸래기죽 한그릇을 제물로 올려

---

76) 6-12-602, 현몽으로 잘 살게 된 효녀.

야 할 지 말지가 고난이다.

제사는 '신이나 신령, 죽은 사람의 넋 등에게 제물을 봉헌하는 의식'을 말한다. 유교에서는 차례상과 제사상을 엄격히 구분하고 있는데 보통 명절에 올리는 차례상은 간단히 차와 술, 다과만을 올리고 기일(忌日)에 올리는 제사상은 화려하게 각종 전통음식을 예절에 맞춰 올렸다.

효녀에게 제사의 형식이나 내용은 중요하지 않다. 어동육서(魚東肉西), 홍동백서(紅東白西), 조율이시(棗栗梨枾), 좌포우혜(左脯右醯), 반서갱동(飯西羹東), 생동숙서(生東熟西), 건좌습우(乾左濕右)는 중요하지 않다. 이런 단어들은 『주자가례(朱子家禮)』, 『국조오례의(國朝五禮儀)』에도 나오지 않는 근거 없는 단어들이다. 그냥 차리고 싶은대로 차려도 유교 예법에 전혀 어긋나지 않는다. 고인(故人)이 좋아하던 음식으로 차릴 수도 있고 후손들, 특히 어린이의 제사 참여를 높이기 위해 어린이가 좋아하는 음식으로 차려도 무관하다. 중요한 것은 죽은 이를 기리는 마음과 정성을 다하는 마음이 아닐까한다.

원래 고려, 조선 전기까지 아들딸 상관없이 재산을 공평하게 분배받을 수 있어서 제사의 주체와 참여에서 남녀차별이 없었다. 출가외인(出嫁外人)이라는 개념이 없었기에, 남녀 구별 없이 돌아가면서 제사를 모시면 되었다.

제물을 마련하는 게 어려웠던 효녀는 제사상에 올라가서는 안 되는 싸래기죽으로 제사를 지냈다. 제사의 형식과 내용에 있어서 법도에 어긋나지만 자신의 소중한 생명과도 같은 싸래기죽 한 그릇을 올리고 설움의 눈물, 그리움의 눈물을 흘렸다. 지극한 정성으로 자신의 소중한 것으로 제물로 드린 효녀는 하늘의 감동을 받아 숭어 배에서 얻은 열쇠로 보물 상자에서 '생전 먹을 보화'를 얻게 되는 행운을 얻게 된다.

효행의 주체들이 고인(故人)이 생전에 좋아했던 음식으로 제사를 지내고, 자식이 제사상에서 어리광을 부리는 모습[77]을 보여주고, 효녀가 싸래기죽을 제사 음식으로 드렸던 것은 가식적인 제사의 형식이나 내용보다는 부모를 진실히 섬기는 마음이 더 중요하다고 여겼기 때문이다. 참된 효도의 길이란 체면이나 남의 이목에 구애받지 않는 것으로, 부모를 극진히 섬기는 마음이 형식적이고 가식적인 제사의식보다 가치 있는 최고의 효행일 것이다.

---

77) 유증선, 앞의 논문, 1006쪽.

제3장

효행설화의 사회적 의미

효행설화는 효행의 내용을 담은 이야기이다. 효행설화는 현실생활에 바탕을 둔 사람들의 이야기이므로, 이를 통해 민중들의 삶의 모습과 가치를 파악할 수 있을 것이다.

효행설화에는 인간이 살아가면서 겪게 되는 다양한 삶의 모습과 애환과 정서, 그리고 민중들이 원하는 삶의 목소리가 살아 있다. 한 지역에 전승되는 설화를 연구하는 것은 그 지역민의 삶의 방식과 애환, 그리고 그들의 가치관과 사상을 밝힐 수 있는 중요한 열쇠이다. 어느 특정 지역의 가치관과 사상과 지역민의 의식을 파악하기 위해서는 당연히 그 지역에 전승되는 설화의 연구를 통해 알 수 있을 것이다.

효행설화에는 효행의 과정에 고난이 나타나고, 그 고난의 양상이 만들어내는 또 다른 고난들은 효행설화로서의 묘체(妙諦)를 느끼게 해준다. 설화의 주인공들이 주어진 고난과 위기를 극복하고, 자신이 운명을 개척하려는 것은 그 지역 민중들이 가지고 있는 의식의 반영이라 하겠다. 따라서 효행설화가 담고 있는 보다 근원적인 측면을 밝히는 것은 효행의 주체가 효행의 상황에서 겪게 되는 고난을 어떻게 극복하고 해결하는가를 살펴보는 것으로 가능하다.

효행설화의 주인공들이 효행의 과정에서 겪게 되는 고난의 문제와 그 극복의 과정을 통해 효행설화의 의미를 밝힐 수 있을 것이다. 아울러 작품에 형상화된 당대의 삶의 모습으로부터 오늘날의 우리의 모습과의 대비를 통해서 효행설화의 사회적 의미를 추출해 보고자 한다.

1. 용서와 화해의 권장

효행설화는 가정을 중심으로 효행이 이루어지며 가정 구성원의 상호과정을 통해 다양한 모습으로 전승된다. 전통적인 가정생활은 유교적 질서 윤리에 따라 가부장인 남성을 중심으로 운영되었던 사회이다. 부모는 자녀의 생계를 책임져야 하는 의무가 있었으며 자녀는 그 부모에게 순종하고 효도하는 것을 당연한 도리로 생각해 왔다. 이러한 환경의 조건에서는 어떠한 문제나 고난이 없는 평온한 상태인 것처럼 느껴지지만, 인간이 부대끼며 살아가는 환경이라면 잠재적인 갈등의 불씨는 있기 마련이다.

가정 내의 가장 많은 불화는 예나 지금이나 '며느리와 시어머니' 사이인 고부간의 불화라 하겠다. 결혼한 여성들은 시어머니와 돌림자가 같다는 웃지 못 할 이유로 시금치도 먹지 않는다고 한다. 며느리와 시어머니의 갈등의 문제는 과거 전통사회에서나 있었던 일이 아니라 지금도 여전히 존재하는 현재진행형의 문제이다. 잘 풀리지 않는 문제가 고부간의 갈등의 문제이다. 아무리 잘 한다고 해도 조그만 일에도 섭섭해 하고 사이가 벌어지며 오해가 생기게 되는 것이 바로 시어머니와 며느리 사이이다. 고부간의 갈등의 원인은 시어머니와 며느리의 의견차와 세대차가 가장 크다고 하겠다.

가난한 집안에 시집온 며느리는 자신은 고생만 하고 희생을 강요당하는 존재라고 믿는 피해의식 속에서 시어머니의 간섭과 구속이 견딜 수 없는 고통이었을 것이다. 또한 어떠한 가사 노동력도 제공하지 않는 시어머니는 음식만 축내는 쓸모없는 존재로 보였을지도 모른다.

시어머니 입장에서 보면 며느리에게 전통적인 순종을 강요하고 너무 많은 것을 기대한다. 시어머니의 무분별한 간섭과 구속, 그리고 예전의 방식대로 며느리를 길들이려는 시대착오적인 시어머니의 생각은 며느리와의 관계를 더욱 더 서운하게 만드는 요소이다.

이런 고부간의 문제는 시어머니와 아내 사이에 끼여 갈등하는 남성의 문제이기도 하다. 시어머니와 며느리 두 사람의 문제처럼 보이는 고부간의 갈등은 더 나아가 남편과 아들인 남성의 문제이다. 이렇게 볼 때 고부간의 갈등의 문제는 시어머니와 며느리, 그리고 아들이자 남편인 가정 구성원이 함께 풀어나가야 하는 2인 3각의 경주와도 같다고 하겠다. 어느 한 쪽이라도 기우뚱하면 가정이 흔들리고 고난에 빠질 수 있지만 합심하면 웃음꽃이 피어날 수도 있는 가정 구성원 모두의 문제이다.

효행설화 중 개심형 효행설화는 가정구성원간의 갈등의 문제가 고난의 주요한 문제로 나타난다. 부모를 때리는 자식이나 시부모를 구박하는 며느리, 고부간의 불신과 불화 등은 가정의 존재와 가치를 위협하는 요소들이다. 이러한 고난의 요소들은 가난이라는 경제적인 문제에서 기인하는 것도 있지만 그것보다 더 근원적인 문제로 가정구성원간의 신뢰와 이해의 부족을 들 수 있다. 가정 구성원 간의 신뢰가 무너지고, 서로를 이해하지 못한다면 온전한 가정을 이루지 못하고 가정은 붕괴되고 말 것이다.

가정 내의 질서와 평화는 며느리나 시부모 어느 한쪽만의 일방적인 노력이나 희생을 통해서만 이루어지는 것은 아니다. 그렇다고 부모를 살찌워서 시장에 판다거나 부모를 살찌워서 죽이려는 설화처럼 남편의 기막힌 계략으로 이루어지는 것은 더더욱 아닐 것이다. 그것은 바로 서로가 서로의 존재를 인정하고 신뢰하는 마음에서 출발한다. 자신의 잘못을 인정하고 상대의 결점이나 부족함을 용서하고 화해하는 마음이 필요하다.

효행설화가 전승되어지고 생명력을 유지하게 된 이유를 '가정을 바로 세우기 위한 전략'으로 본다면 '용서와 화해'의 효행설화는 반드시 필요한 효행설화일 것이다.

효행설화의 주인공들이 서로에게 모질게 대했던 지난날의 잘못을 인정하고 용서하고 감싸 주었을 때 비로소 가정 내의 고난과 갈등은 해소된다고 하겠다.

인간은 누구나 행복해지기를 바란다. 현실이 고통과 좌절의 극한 상황이라 할지라도 누구나 행복해지기를 바라고 원하는 것은 당연한 일이다. 행복을 추구하고자 하는 우리의 마음은 설화를 통해서 잘 나타난다. 묵인형 효행설화에서 민중들이 바라고 원하는 세계는 근친에 의해 살해된 자식으로 한 가정이 불행해지고 몰락하게 되는 비극적인 세계는 아닐 것이다. 부모의 명당터를 얻기 위해 가족 모두의 노력이 필요한데 형제간의 욕심과 대립으로 인해 한 가정과 집안이 몰락하고 비참해지는 불행은 원치 않았을 것이다. 부모에게 폭력을 일삼는 불효자로 인해 부모와 자식사이의 혈육의 정을 끊으려는 것도 아니고, 자식을 죽음으로 몰게 한 죄의식과 죄책감으로 좌절하는 부모의 모습도 원하지는 않았을 것이다. 가족 구성원간의 용서와 화해를 통해서 가정 내의 고난의 문제가 해결되고 인간적인 교감과 끈끈한 유대감으로 가정이 화목해지고 행복해지는 것은 민중들의 갈망이라 하겠다. 효행설화의 내용에 용서와 화해를 통해 가정 내의 고난과 갈등이 해소되고 행복한 가정을 이룬다는 내용의 설화가 유난히 많은 이유 또

한 단순히 유교적 지배체제를 유지하기 위한 전략이 아니라 가정을 바로세
우기 위한 현명한 선택이라 하겠다.

2. 노인의 성문제에 대한 재인식

자식이 어머니를 위해 돌다리를 놓아 준다는 효교형(孝橋型) 효행설화나
부모의 외로움을 달래주기 위해서 자식이 부모를 재혼시키는 재혼형(再婚
型) 효행설화는 노인의 성문제에 대해 인식의 폭을 넓힌 사례라 하겠다.
다음의 재혼형 효행설화는 시아버지의 현재 상황을 제대로 파악한 며느
리가 떡장수 부인을 새어머니로 맞아 드린다는 내용의 설화이다.

> 아버지가 그냥 홀로 되어버렸어, 봉효자 아버지가. 아들 며느리 그렇
> 게 살아. 아 인자 항상 아칙이면 저녁이나 가서 문안을 들여. 그래서 서
> 이가 봉효자가 가서 아침에, "아버지, 아버지 편히 주무셨어요." 뜰 밑
> 에 가서, 뜰밑에 가서 무릎을 꿇고 뜰 밑에 가서 인사를 드리면,
> "나 잘 잤소." 이 말을 허는디 그렇게 말을 답변을 그렇게 해여. 답변
> 을 아 며느리가 인자 뜰 밑에 가서, 인자 저녁 아침에, "편히 유해셨소."
> "날 잘 잤던지 마던지." 아칙 자스고 저녁이도 가서, 그전이 다 그런
> 문안이 있어. 저녁이도 가서 이불자리 다 깔아주고 다 깔아주고, "아버
> 님 편히 유하시소."그러면,
> "나 자던지 마던지." 꼭 그렇게 갈등을 헌다 그거지. (중략)
> "아, 우리 부모가, 우리 시아버니 홀로 되신 부모님이 요로코 혼자 계
> 신께. 요로코 답답해. 요로코 심심하다."그것여. 그 마을, 마을에 있는
> 있는 떡장사 부인이 한자 떡장사를 해 먹고 사는 부인이 하나가 있드라
> 네. 그래서는 그래서는 그냥, 그냥 그 떡장시 부인한테로 쫓아갔어. 그
> 봉효자 마누라가. 쫓아가서 떡장사 부인을 보고 참 가서 그전에는 하대
> 를 했는디 아 이양 '부모라'고 그냥 막 극진히 인사를 하면서 그냥 떡장
> 사 부인 보고 그냥 극진히 대접을 허구선 인사를 허구서 그러거든. "사

부인 어쩐 일인지 모르것다."고. 봉효자 마루라가,

"내집에 와서 우리 아버님 우리 아버님 홀로 계시디, 참으로 부모 노릇하면 좋것다고. 내집에 와서 우리 부모 노릇을 하고 우리 부모 노릇을 하고, 와서 같이 우리 부모 여기 옆에 앉아서 공대만 허고 앉았으면 얼마나 좋것냐고. 이 떡장사 안하고 떡장시 파하고 우리 부모한테 와서 공대를 좀 해 쥬쇼."

'그런다'고 떡장사가 혼택했어. 혼택해갖고, "그러자."고. 그래갖고 그날 저녁에 떡장시 부인을 데려다가, 떡장사 부인을 데려다가 그 시아버니한테다가 떡 들여 밀었어. 들여 밀고는 인자 자부가 자부가 들어 가서는 인자 자부동 이냥 이불 모두 딱 깔아 주면서, "아버님 편히 유허시소." 인자 편이 허라고 하고 '편히 유허시쇼' 그리고 나온께 그 봉효자 아버지가 말하면서 그전에는 그전에는 '아버님 편히 유하십시오'하고서 자부동 다 깔아 주면서 '편히 유하십쇼'하면, "날 잘 자던지 마던지." 그랬어. [청중: 혼자 산께.] 혼자산께. 혼자산께 심심해서. 그런께 그러더니 인자 그 떡장사 부인을 딱 모셔다 놓고는,

"오늘 저녁에 아버님 유하십쇼." "오냐! 가거라."

그래서 인자 편히 유했어. 유하고 그 이튿날 아칙에 아칙에 가서 그 이튿날 아칙에 가서 인자 뜰밑에 가서, "아버님 편히 유하셨소."헌게, "오냐! 잘―잤다."[78]

새어머니 얻어 드린 며느리처럼 부모가 처해 있는 현재의 상황을 살피는 것은 효행의 과정에서 가장 중요한 일이다. 효행설화에는 여러 가지 효행의 방법들이 존재하는데 물질적인 봉양으로 부모의 마음을 기쁘게 해드리는 것도 중요하지만 부모에게 '지금 당장' 필요한 것이 무엇인가를 파악하는 것이 더 중요하다. 지금 당장 필요한 무엇을 바로 알고 그 부족함을 채워주는 효행이야말로 더 극진한 효일 것이다. 상처(喪妻)한 아버지의 고독함과 무료함은 어떠한 물질적인 봉양으로도 채워지지 않는다. 물질적 봉양보

---

78) 6-8-735, 아버지 결혼시킨 며느리와 봉효자.

다 배우자의 부재에서 오는 빈자리를 채우는 것이 우선이라는 것을 인지(認知)한 효자는 진정한 효도의 길이 무엇인지를 우리에게 보여주고 알려준다. 상처(喪妻)한 아버지의 고독함과 상실감은 부모님의 실제적인 문제이며 자식으로서 신경을 쓰지 않으면 안 되는 부분이다.

아버지의 입장에서 현실의 가장 큰 문제점은 '아내의 부재'에서 오는 성(性)의 문제이다. 성의 문제를 금기시하고 무시하는 것은 효의 길이 아니다. 인간이 나이가 들어간다고 해서 인간적인 욕구마저 쇠퇴해진다고 보는 것은 잘못된 생각이다. 아내의 부재와 성에 대한 갈망에서 오는 아버지의 고독함과 불안함은 물질적인 빈곤함보다 우선적으로 해소되어야 할 절실한 삶의 문제이다. 이 문제를 해결해 드리는 것이 진정한 효의 길일 것이다. 매 끼니마다 좋은 음식을 드리는 것도 상 받을 만한 일이지만 아버지의 현실적 어려움과 고민을 바로 알고 행동하는 것이 진정한 효의 길일 것이다.

예전이나 지금이나 성(性)에 대한 것은 타부(taboo)이며 부끄러운 일이라 여기는 데 그것은 잘못된 생각이다. 고령시대(高齡時代)에 접어든 현대에도 노인들에 대한 잘못된 편견으로 노인들은 육체적으로 늙어서 성(性)에 대해 무관심하거나 성에 대한 욕구도 떨어진다고 보고 그것을 무시하거나 금기시 하는 경향이 지배적이다. 그렇다고 노인들도 젊은이의 삶을 무작정 즐기며 흉내를 내라는 말은 아니다. 노인들에 대한 잘못된 인식에서 오는 편협한 사고에서 벗어나 '늙어감에 대한 긍정적인 수용'이 필요하다는 말이다. 노인의 성문제에 대해서 숨기거나 무시하는 것이 아니라 긍정적으로 대처해야 한다. 예전이나 지금이나 노인의 성생활에 대해서는 사회적인 편견의 잣대로 보면서 '성'을 젊은이만이 누릴 수 있는 특권이라고 인식해 온 경향이 많았다.

늙어가면서 우아하고 매력적으로 인생을 즐길 수 있는 나이가 노인이다.

늙었다고 인간의 욕구마저도 없어지는 것이 아니라 젊을 때 보다 오히려 왕성해질 수 있는 나이일 수도 있겠다. 부모의 외로움을 달래주고 인생을 보다 즐겁고 가치 있게 누릴 수 있는 기회를 마련해준 효행의 주체들의 행동은 부모의 마음을 헤아린 자식의 애정과 배려이다. 자식이 돌다리를 놓아 준 일이 윤리에 위배되는 행위처럼 보일 수도 있지만, 효라는 것이 윤리나 규범으로도 통제할 수 없는 자연스러운 인간성의 표현이기에 가능했을 것이다.

효교형 효행설화나 재혼형 효행설화는 이런 의미에서 노인의 성문제에 대해 올바르게 이해한 자식의 정감어린 휴머니티의 발산이라 하겠다.

3. 치매노인에 대한 관심과 배려

묵인형 효행설화 중 치매든 노모가 자신의 손주를 잉어나 닭으로 오인(誤認)하고 삶아 죽이는 끔찍한 사건을 다룬 효행설화가 있다. 이 유형의 설화에서 며느리는 청천벽력(靑天霹靂)과 같은 자식의 죽음의 소식을 듣게 되고, 그 죽음이 친할머니인 시어머니에 의한 어이없는 죽음이었다는 사실을 알게 된다. 그러나 며느리는 자식을 잃은 슬픔을 참아내며 앞으로 닥칠 더 큰 위기를 감지한다. 바로 시어머니의 상태가 정상적인 상태가 아닌 치매로 인해 손주를 죽이는 끔찍한 일을 저질렀다는 사실을 파악하게 된 것이다. 며느리는 이 일을 자신의 혼자 힘으로는 도저히 해결할 수 없다는 것을 알고, 아이의 아빠이며, 아이를 죽인 시어머니의 아들인 남편에게 알리고 이 문제에 대해 상의하는 현명한 선택을 하였다. 자식의 죽음으로 인한 슬픔은 가슴에 묻어두고 넘어갈 수 있는 문제이지만 앞으로 이 가정에 닥쳐올 더 큰 고난의 폭풍을 감지한 며느리는 시어머니가 치매라는 사실을 남편에게 알리게 된다.

이것은 노인의 치매문제에 대한 심각성을 미리 인지한 며느리의 현명한
태도이며, 치매로 인한 가정의 위기가 과거 전통사회에서도 심각하였음을
알 수 있게 해 주는 대목이다.

이 설화를 통해 우리는 치매가정의 문제를 한 가정만의 문제가 아니라
가정 구성원 모두의 문제이며 사회적인 문제로 보려는 전승집단의 의식을
엿볼 수 있다.

'치매(癡呆, Dementia)'[79]는 뇌의 인지 기능 장애로 인해 일상생활을 스스
로 유지하지 못하는 상태, 혹은 그러한 질병을 말한다. 태어날 때부터 선천
적으로 지적 능력이 모자라는 경우를 '정신 지체'라고 부르는 반면, 치매는
정상적으로 생활해오던 사람이 후천적 다양한 원인으로 인해 뇌기능이 손
상되면서 이전에 비해 인지 기능이 지속적이고 전반적으로 저하되어 일상
생활에 상당한 지장이 초래하는 장애를 말한다.[80] 치매관리법[81] 제2조 제1
호에서는 치매를 '퇴행성 뇌질환 또는 뇌혈관계 질환 등으로 인하여 기억
력, 언어능력, 지남력(指南力), 판단력 및 수행능력 등의 기능이 저하됨으로
써 일상생활에서 지장을 초래하는 후천적인 다발성 장애'로 정의한다.

한자어로 '치매(癡呆)'는 '어리석을 치(癡)'와 '어리석을 매(呆)', 곧 '어리석
고 어리석음'이라는 뜻으로 두 개의 부정적인 단어로 만들어진 말이다. 치
매의 영어 표기인 '디멘시아(Dementia)'의 어원을 살펴보면 'de-'는 down의
접두사로 '멀어진다' 또는 '없다', '없어진다'는 뜻이고, 'ment'은 'mental'
의 '정신' 또는 '마음'의 뜻 '-ia'는 병명(病名)에 사용되는 접미사이다. 뜻을

---

79) 중앙치매센터 https://www.nid.or.kr/
80) 서울대학교병원 의학정보 http://www.snuh.org/
81) 치매관리법-국가법령정보센터 (2021.6.30 시행) https://www.law.go.kr/법령/치매
　　관리법.

종합해 보면 '정신적 기능이 저하되는 질병'이라는 뜻으로, 완곡한 표현으로 '정신이나 마음이 멀리 도망가는 병'이란 뜻이다.

대만에서는 지적 능력을 잃어버린다는 의미로 '실지증(失知症)'으로 일본에서는 '치매(痴呆; ちほう)'라는 단어로 사용하다가 최근 '인지 능력에 병이 생긴다'는 뜻으로 '인지증(認知症, にんちしょう)'이라는 병명으로 사용하고 있다.

우리가 저속한 욕설로 많이 사용하고 있는 표현 "저 노인네 노망이 들었다."에서의 '노망(老妄)'도 이 치매를 일컫는 말이다. 이 의미의 확장된 의미로 '나이 먹고 정신 못 차리는 노인', '나잇값 못하는 노인'을 칭하는 욕설로도 쓰이고 있다. 치매는 '이매망량(魑魅魍魎)'이라고도 하는데 모두 '귀(鬼)'를 받침으로 하는 회의자(會意字)로 '도깨비의 장난'이라는 뜻이 된다.

우리가 치매라는 말을 들었을 때 치매 환자나 가족이 이 말을 들었을 때 기분을 상하게 할 수 있으므로 '인지 장애'나 '디멘시아'라는 용어로 부르기도 한다.

아무튼 고령 사회, 고령화 사회가 된 많은 선진국의 큰 문젯거리 중 하나가 치매다. 치매는 심각한 사회문제로 부상되었다. 한국의 65세 이상 노인 중 9%는 치매라 할 정도로 그 비율이 높다.[82]

나이 든 노인을 버리는 기로형(棄老型) 효행설화가 전승력을 가지는 것도 노인의 치매 문제에 대한 인식과 공감에서 나왔다고 하겠다. 치매든 노인을 벽장에 가두거나 산에 버리는 극단적인 방법을 통한 해결은 더 큰 문제를 야기하는 원시적인 방법이다. 더 근원적인 해결의 방법은 치매 노인에 대한 인식의 변화이다. 이러한 인식의 변화가 없는 상태에서 자행되는 노

---

82) 노인 인구를 기준으로 치매를 일으키는 병 중 가장 흔한 것은 알츠하이머 병이고, 뇌졸중과 관련된 혈관성 치매, 그 외에 루이소체 치매, 전두측두엽 치매, 파킨슨 치매, 알코올성 치매가 있다. 노인이 아닐 경우 뇌에 발생하는 감염(뇌염, 뇌농양 등)이나 뇌종양, 두부 외상으로 인한 치매, 뇌전증과 관련된 치매 등 원인이 다양하지만, 가장 흔한 것은 알코올성 치매이다. 이 질환들의 발생은 연령과 관련이 없다.

인 버리기와 노인의 방치는 가치관의 혼란과 인간성의 말살, 가족의 정체
성의 상실 등으로 인해 사회체제의 붕괴까지도 가져올 수 있는 끔찍한 일
이다.

노인의 치매의 문제는 노인인구의 증가로 인해 두드러지게 발생하는 대
표적인 가정의 문제이다. 치매를 나이가 들면 일어나는 자연스러운 노화과
정으로 당연하게 받아들이지 말고 치매에 대한 인식의 폭을 넓혀야 한다.
치매는 가족 구성원에게 부담과 고통을 주며 사회적인 많은 문제를 야기하
고 있다. 신체적인 부담감은 말할 것도 없이 경제적·신체적·심리적·사
회적 부담감을 준다. 심할 경우 치매노인을 유기하거나 방치하기도 하고
가족 간의 갈등과 반목을 일으켜 가족을 해체시키고, 사회질서를 혼란시켜
사회체제의 붕괴에 이르게 한다.

치매 증세가 있는 부모님을 집에서 안 모시고 요양시설이나 요양병원 모
신다고 손가락질하는 몰지각한 사람들이 많다. 아무리 그래도 자식들도 각
자 살아야 할 일상이 있고 할 일도 따로 다 있는데 말이다. 1분 1초가 불안
한 치매 환자를 집에서 24시간 직접 돌본다는 것은 현실적으로 불가능하
다. 한국사회는 가족주의가 강하고 그 속에서 살아가는 개개인의 인권은
억압되는 경향이 있다 보니, 부모를 요양원에 모신다고 하면 덮어놓고 '후
레자식' 취급부터 해대는 사람들이 많다. 그리고 부모님들이라고 자식에게
피해를 주면서까지 무조건 자식의 집에 같이 있기를 바라는 것도 아니고,
오히려 체계적이고 조용한 요양원에서 생활을 원할 수도 있다.

치매 걸린 환자를 집에서 관리하기가 쉬운 일이 아니다. 초기에 발견해
서 약을 먹으면서 치료하면 진행속도를 늦출 수도 있어 집에서 생활과 치
료도 가능하지만, 진행이 계속되면 계속될수록 점점 힘들어진다. 그렇다고
요양원으로 맡기기도 쉽지 않다. 요양원도 비용이 저렴하면 저렴한 곳일수

록 열악함도 그에 뒤따를 수 있다. 결국 어쩔 수 없이 비싼 요양원을 찾을 수밖에 없지만 그 비용은 더욱 막대하게 들어간다. 그리고 요양원이나 요양병원에서 치매 환자를 제대로 잘 모시는지 걱정이다. 요양원, 요양병원에서 뉴스에 나오는 것보다 많이 벌어지는 게 환자 학대와 환자 관리 부실 문제다. 그렇기에 보호자는 치매 환자를 요양원이나 요양병원에 맡길 때 최대한 사전 정보 수집을 철저히 하고 입원계약서의 내용들도 꼼꼼히 봐줘야한다. 가령 입원계약서에서 기저귀 채우기 여부나 치매환자의 결박에 관한 내용, 약물 사용 기준 등은 정말 중요하다. 거기에 환자의 배변 관리 문제나 위생 관리 등 공부하고 알아야 할 게 너무나 많다.

상당수의 보호자가 초기에 치매를 잡아내지 못하고 치매 증세가 확실하게 드러났을 때 환자가 치매란 사실을 알게 된다. 초기 치매의 경우 병원에서 적절한 약 처방과 치료를 받으면 지연시킬 수 있으나 초기 치매는 증상이 경미해 단순 건망증이나 나이가 들어서 나타나는 증상과 유사해 보호자들이 적정시기를 놓치는 경우가 많다. 이 시점에서 일반인이 치매 환자를 장기적으로 간병하기가 심신적으로 경제적으로 힘들어진다.

치매에 대한 문제의 해결하기에 설화의 주인공인 며느리는 시어머니의 치매에 대한 사실을 다른 가족 구성원에게 먼저 알려야 했다. 며느리가 남편에게 시어머니의 치매증상을 알린 것처럼 부모의 치매증상을 먼저 발견한다. 자식이 있다면 먼저 가족이나 주위 사람에게 치매의 사실을 알리고 지속적인 관심과 적절한 역할 분담을 통해 치매노인문제에 대응해 나가야 한다.

치매 환자의 보호자들은 불안, 우울, 사회적 고립감 지수가 일반인에 비해 높게 나타난다. 치매 환자 보호자들이 치매 환자를 장기간 돌볼수록 환자의 상태가 차도 없이 악화되는 걸 계속 겪어야 하고 환자를 돌보느라 사회적 제약이 늘어나기 때문이다. 보호자는 치매 환자가 환자라는걸 받아들이는 것에도 충격과 부담감을 느낀다. 치매환자 당사자도 힘들겠지만 환자를 간병하는 보호자 또한 힘든 자신과의 싸움이다.

보호자가 환자를 간병하는 과정에서 환자와 갈등을 경험하고, 가족 구성원과의 갈등도 빈번해 진다. 개인적인 신체적 기능 저하와 심신의 고통, 심리적 부담감, 스트레스 등도 높아진다는 사실을 알아야 한다.

환자들을 돌보는 보호자들은 심한 스트레스를 받기 때문에 환자와 트러블도 잘 생기고, 극단적인 경우에는 환자를 학대하거나 살인하기도 할 정도로 힘들어하는 경우가 많다. 따라서 치매 환자를 올바르게 대하는 방법을 잘 숙지해놓고 돌보아주는 것이 바람직하다. 절대로 치매 환자들을 적으로 대하면 안 된다. 치매 환자도 환자 이전에 내 부모요, 내 자식이요, 내 손자이다. 인지능력이 없다고 해서 인간 이하의 말이나 말이 안 통하는 짐승 취급하는 것은 효의 정신에도 어긋나는 행동이다. 치매에 걸리면 인지능력이 떨어지기 때문에 얼마 전에 한 일도 바로 잊어버리고 고집도 매우 강해진다고 한다. 실수도 잦아지기 때문에 잘못된 행동을 했다고 야단치면 안 된다. 치매환자는 기억과 이해력이 모두 감퇴하기 때문에 잘못에 대한 지적 자체를 기억하지도, 이해하지 못할 확률이 더 높아진다. 한 마디로 이 사람들에겐 일반적인 야단이 안 통한다. 그러니 환자가 그냥 위험구역에 접근 자체를 못하게 하거나 환자가 다른 행동을 하도록 주의전환을 시키는 게 더 나을 수 있다.

　　할아버지는 술을 잔뜩 먹구 와서 자는디, 어린애를 젖을 멕여서 할아버지 있는디다 누웠느랴. 나리를 들었어서 죽었는개비너랴. 술김에 술을 먹구 잤은개.
　　빨래를 해갖구 오닌개 어린애가 울틴디 소리가 읎어, 들어가 젖을 먹일라구 보닌개 빳빳하드래. 다리를 들었어서.

> 며느리가 얼마나 원통햐. 그제야 술 깼은개 알테지, 죽은디 얼마나 낙
> 담을 하는가 볼라구 있는개 가만히 두 다리를 들어다 놓구서는 어린애
> 를 안구 나가더래. 안구 나갔는디 갔다가 남궁딩이에다가(나무아래에)
> 놓어버렸는디, 저녁 밤 되기만 기다리는디, 저녁이 되닌개 들오드랴. 남
> 편이.83)

위의 설화는 술에 취한 시아버지가 손주를 깔아 죽이는 내용의 설화이
다.

과도한 음주 습관과 높은 음주 의존도로 인해 발병하는 알코올성 치매는
지속적이고 과한 알코올 섭취로 인해 뇌 손상을 유발하고, 뇌의 퇴행을 빠
르게 하여 인지 기능을 손상시키는 병이다. 술로 인해 인사불성(人事不省)이
된 할아버지 옆에는 어머니 젖을 먹고 자는 손에 넣어도 아프지 않는 귀여
운 손주가 세상모르게 자고 있다. 뭔가 끔찍한 일이 일어날 것 같은 조짐이
설화에 흐르고 있다. "어린애가 울틴디 소리가 읎다. 아무런 소리가 없다.
생명의 위협을 느낀 손주는 최후의 몸부림으로 자신의 위험을 할아버지에
게 빨래를 하고 있는 어머니에게 알리려고 한다. 뭔가 이상함을 느낀 아기
의 엄마는 "들어가 젖을 먹일라구" 상태를 확인해 보니 조금 전까지 젖을
먹고 잘 자고 있는 아이의 신체가 "빳빳하드래."는 것을 알게 되었다. 너무
놀라 아이 "다리를 들었어"지만 아무런 반응이 없다. 아이의 반응이 없다.
이런 사달이 난 것도 모르고 자고 있는 시아버지를 깨우기 위해 며느리는
아이를 깔고 있는 시아버지의 다리를 들어 올렸지만 시아버지의 아무런 반
응도 없다.

아이가 배가 고파 울다가 힘이 없어 자느라 소리가 없는 줄 알고 엄마는
아이에게 급히 뛰어가 젖을 물리려고 했는데 끔찍한 일이 일어났다.

며느리는 눈앞에서 자식 잃은 원통함으로, 그것도 시아버지가 술에 취해

---

83) 5-2-556, 효성이 지극한 며느리.

죽임을 당했다는 사실을 알게 되어 "며느리가 얼마나 원통햐."으며 아무 말
도 못하고 그저 망연자실(茫然自失)하고 있었을 것이다. 며느리는 원망의 말,
한(恨)이 섞인 말로 그저 '아이고! 아이고! 이 일을 어떡해!'라며 한숨만 쉬
고 있었을 것이다.

> "며느리가 얼마나 원통햐. 그제야 술 깼은개 알테지, 죽은디 얼마나
> 낙담을 하는가 볼라구 있는개 가만히 두 다리를 들어다 놓구서는 어린
> 애를 안구 나가드래.안구 나갔는디 갔다가 남궁딩이에다가(나무아래에)
> 놓어버렸는디"

그제야 정신을 차린 시아버지는 자기 때문에 손주가 죽었다는 사실을 알
게 되었고, 며느리는 시아버지의 반응을 보려고 이 상황을 지켜만 보고 있
다. 자식 잃은 설움이 클 텐데 며느리는 이성(理性)을 잃지 않고 시아버지가
어떻게 하는지 보고 있다. "죽은디 얼마나 낙담을 하는가 볼라구 있는개"
시아버지는 "두 다리를 들어다 놓구서는 어린애를 안구 나가드래. 안구 나
갔는디 갔다가 남궁딩이에다가(나무아래에)놓어버렸"다. 이 광경을 지켜본
며느리는 하늘이 무너지는 심정, 억장이 무너지는 심정이었다.

시아버지가 술에 취해 자식을 죽이고 미안하다는 말도 없이 내가 배 아
파 낳은 자식을 나무아래에 아무렇게나 묻어버리는 일련을 과정을 보면서
얼마나 억장이 무너지고 답답했을지 상상이 되지 않는다. 치매에 걸리면,
알코올성 치매라 하더라도 인지능력이 떨어진다고 한다. 설화에 나타난 시
아버지의 이런 행동이나 시아버지라는 나이, 술을 의존하는 습관을 보면
확실히 시아버지는 기억력을 비롯한 다양한 인지 기능의 장애가 서서히 발
생하고 있고, 일상생활 수행 능력에 문제가 있다는 것을 알 수 있다. 치매
초기 증상 아니면 최소한 알코올성 초기증상일 것이다. 시아버지가 지금
치매 초기 증상을 가지고 있다고 해서 인지능력이 떨어지니 자식 죽인 패

륜 행위를 한 사람이라고 저주거나 비난하는 것, 더 나아가 말이 안 통하는 짐승 취급하는 것은 효의 정신에도 어긋나는 행동이다.

이 설화에서 며느리가 한 행동처럼 비록 시아버지가 끔찍한 살인을 했지만 환자의 자존심을 지켜주려고 노력했고, 곧바로 생활에 변화를 주지 않도록 하였다. 시아버지는 고령의 나이이고 술에 의존하는 알코올성 치매를 가지고 있고, 설사 고령이 아니라고 해도 자신의 행동조차 알지 못하고 잊어버릴 정도로 기억력이 떨어지는 오락가락하는 상태이다. 그래서 문제의 원인은 술은 시아버지가 보이지 않는 곳에 숨기는 것이 좋을 것이다. 알코올성 치매 환자에게 주로 해당하는 이야기이지만 다른 치매 환자에게도 해당되는 말이다. 끔찍한 일을 버린 할아버지의 죄책감과 손주에 대한 미안함으로 시아버지는 자살 충동에 빠질 수 있고, 이 모든 일을 잊기 위해 술에 더욱더 의존할 수도 있다. 술을 억제하는 능력이 떨어져 음주에 쉽게 노출이 될 수 있는데, 음주에 대한 의존성, 충동성으로 인해 음주 자체가 치매의 원인이거나 치매를 더욱 악화시키기 때문이다.

시아버지에 대한 약물 치료도 중요하지만, 환자인 시아버지에게 그에 못지않게 중요한 것은 가장 재미를 가질 만한 건전한 취미 생활을 찾아 취미 생활을 가지게 해 주는 것도 중요하다. 일상생활에서 시아버지가 할 수 있는 간단한 소일거리를 주는 것이다. 손주의 부재로 인한 빈자리를 채울 수 있는 뭔가를 시아버지에게 부여해 준다면 손주 살해 후 자신의 아무 쓸모 없는 존재, 친족을 살해한 패륜 할아버지라는 고통에서 벗어날 수 있는 길이기도 하다. 내가 할 수 있는 일이 있다, 하고 있는 일이 있다는 것은 노인의 자아 존중감을 높이고, 생활만족도나 정신건강에 도움이 되는 일이다. 소일거리가 없는 상황에서 집에만 있는 건 누구에게나 답답하고, 괜히 위험한 일에 손을 대는 상황을 초래할 수도 있다.

여기에 제시된 예시는 말은 쉽게 할 수 있지만 현실은 그리 녹록치 않다. 실제로 저렇게 모든 걸 다 지켜가며 하는 보호자나 간호인도 없을 뿐더러, 치매 환자를 모시고 살거나 간호를 하는 입장에선 하루하루가 수십 번이나 극단적 생각을 할 정도의 극한의 감정노동, 정신노동이다. 치매 환자의 가족들도 치매 환자와 같은 어려움에 처해 있다. 경제적인 어려움은 당연한 것이고 정서적, 신체적 어려움을 일상생활에서 적지 않게 겪고 있다. 개인의 힘으로만 해결할 수 없기에 지역 사회, 국가의 경제적 지원과 더불어 제도적 지원이 필요하다.

물론 치매노인 요양시설이나 의료시설의 확충, 치매 노인에 대한 제도와 정책 마련 등도 중요하겠지만 이보다 더 먼저 중요한 것은 치매노인에 대한 가정 내에서의 인식의 변화와 관심이라 하겠다. 치매든 부모도 나의 부모이며, 어떠한 상황이나 여건에서도 부모를 섬기는 마음만 있다면 문제가 되지 않는다는 효자의 신념처럼 인식의 변화와 관심이 더욱 중요하다고 하겠다.

"18세의 기억을 99세까지 가지고 99세까지 팔팔하게 살자."는 24시간 치매상담 콜센터(1899-9988)의 전화처럼 그런 삶을 살 수 있는 환경을 만드는 것은 효행 정신의 숭고한 발로(發露)이다.

4. 가족 중심의 효행

효행설화는 가정 내에서 일어나는 효행의 내용을 다룬 이야기이다. 설화에 등장하는 효행설화의 구성요소를 보면 나를 중심으로 배우자가 있고 부모와 자식 등이다. 효행의 대상인 효행의 객체에 있어서도 아버지, 어머니, 조부모, 계모, 양부모, 당숙, 증조부모 등 전통사회의 가족 구성원의 범주에 해당한다. 계모나 양부모 또한 내 부모라는 인식에서 효행의 대상으로 포함시켰고, 더 나아가 친구나 이웃의 부모 또한 넓은 의미의 가족의 범위로 포함하여 효행을 다했다. 이런 점에서 호남지역 효행설화는 가정과 이웃과 사회, 더 나아가 국가를 통합하는 가족중심의 정신과 사상을 보여준 예라고 하겠다.

설화의 내용을 통해서도 호남지역 효행설화가 가족을 중심으로 효행이 이루어지고 있다는 사실을 알 수 있다.

다음은 호남지역 효행설화 중 부모의 약을 구하기 위해 효자가 호랑이로 둔갑한다는 내용의 구약형(救藥型) 설화 예이다.

옛날에 효자 하나가 살았는데 어머니가 병이 들어 누웠는데, 별 약을 다 써도 안 낫고 점을 치고 무당을 불러도 안 낫더래요. 그러던 어느 날 중이 하나 와서 시주를 청하더래요. 그래서 아들이, "시주보다도 우리 어머님 병을 치료해 드린다면 무엇이든지 드리겠읍니다."하고 청했더래요. 그러자 그 중이 들어가서 맥을 집어 보더니 무서운 병이라고 하더니,

"이 병을 낫게 하려면 누런 황개 100마리를 잡아 생간만 먹이시요." 하더래요. 그러나 그 아들이 말하기를,

"지금 황개 한마리도 못 구할 것같은데 어떻게 100마리씩 구할 수 있읍니까?"하고 묻자 그 중은 책을 하나 꺼내 주면서, "그럼 내가 개를 잡는 법을 알려드리지요"하고는, "이책을 가지고 주문을 외우되, 밤 12시와 1시 사이에 외우시요. 그러면 당신은 범으로 변할 것이요." 그럼, 개를 잡으려면 범이 되어야 한다고 알려주었더래요. 그래서 그 효자가 중이 알려주는 대로 했더니 진짜 범이 돼드래요. 그래서 밤이 되면 밖으로 나가서 황개를 잡아다가. 그 생간을 꺼내 계속 어머님께 드렸더니 어머니가 그것을 먹고 점점 병이 나아지더래요. 그런데 한 절반쯤 먹었을 때 효자 아내가 생각해보니, 범으로 변하는게 무서워, 남편이 범으로 변해서 나갔을 때 그 책을 갖다 태웠더래요. 그러구 나서 아들이 개를 잡아가지고 와서 다시 사람으로 될려고 책을 찾으니 없더래요. 그 책에

는 범이 되는 주문과 사람이 되는 주문이 같이 있는데, 책이 없어져 사
람으로 되지 못한 채 부인헌테 물어 봤더래요. 그러니께 부인이, "내가
무서워서 그 책을 불에 태웠읍니다."고 말하더래요. 그러자 범이 된 효
자는 자기 부인과 어머니를 물어 죽이고 나서 아들만 남겨준 채 산으로
도망갔더래요.[84]

위의 설화는 효행의 주체인 아들이 효행의 객체인 병든 어머니의 위해
약을 구하려고 호랑이로 변신하지만, 효행의 주체로 동참하지 못하는 소외
된 아내로 인해 약을 구하지 못하고, 어머니와 아내 그리고 자신까지 모두
죽게 되는 비극적 결말의 효행설화이다.

이 유형의 설화들을 통해서 효행의 실패에서 오는 효행설화의 비극성도
엿볼 수 있지만 그 이면에는 부모에 대한 효행이 어느 한 사람만의 일방적
인 노력으로 이루어지는 것이 아니라 가족 구성원 모두의 노력이 필요한
것이라는 가족중심의 효행이 강조되고 있다.

가정을 중심으로 일어나는 효행의 상황이나 과정은 어느 한 사람만의 일
이 아니다. 효행설화에서 가장 많이 등장하는 인물로 효자가 있는데, 효행
은 주요 인물인 남자가 많아서 효행은 가장(家長)인 남자의 특권이라는 말
은 아니다. 효행은 가정구성원 모두의 문제이다. 남편이나 아내가 독자적으
로 고민하고 노력한다고 해서 효가 이루어지는 것이 아니다. 효행의 실패
가 설화에 있는 것은 소외된 아내나 남편으로 인해 가족의 신뢰와 화합이
깨지는 것을 경계하려는 전승집단의 의도에서 그렇다.

한 가정에서 일어나는 효행의 행위는 남편이나 아내, 어느 한 사람만의
문제가 아니다. 살아치병형(殺兒治病型) 효행설화나 매아득보형(埋兒得寶型) 효
행설화의 예처럼 효행의 과정에 동반하는 중요한 결정의 문제에 부부가 함

---

84) 5-1-231, 효자 호랑이.

께 참여하고 주체로 나섰던 설화들은 행복한 결말을 맺지만, 이 유형의 설화처럼 남편 자신이 모든 걸 결정하고 주체로 나서는 경우는 반드시 불행한 결말을 낳는다는 경고의 메시지이다. 일심동체(一心同體)라는 의미의 부부가 효행의 주체로 나서서 부모의 치병을 위해 공동의 노력을 해도 효의 완성은 이루기 어려운 극한 상황인데도 어느 한쪽만의 일방적인 효행만이 좋은 결과를 얻기는 힘들 것이고, 부부의 화합과 신뢰가 없어지는 효행설화가 진정한 의미의 효행설화인지 의심하지 않을 수 없다.

5. 효행의 주체로서의 여성

호남지역 효행설화의 큰 특징으로 효행의 과정에 있어서 그 중심역할을 여성이 담당하고 있다는 것을 들 수 있다. 설화의 발단부를 보면 효행의 주체에 대해 효자, 손자, 며느리, 부부, 딸, 양자, 양녀, 양며느리 등의 명칭이 나온다. 여기에서 남성을 지칭하는 단어로는 효자, 양자, 손자, 부부(아내 포함) 등인데 비해 여성을 지칭하는 경우는 며느리, 딸, 양녀, 양며느리, 효녀, 손녀, 부부 등으로 남성을 지칭하는 용어보다 더 다양하게 사용하고 있다는 것을 알 수 있다. 이것은 효행의 중심이 남성보다는 여성이라는 것을 보여 주는 단적인 예라 할 수 있다. 각 유형의 설화에서 전체적인 사용 빈도수를 볼 때에도 여성을 지칭하는 경우의 빈도수가 남성을 지칭하는 빈도수보다 많은 차이를 보이기도 한다. 다만 구약형(救藥型) 효행설화나 시묘형(侍墓型) 설화의 경우는 여성보다는 남성을 지칭하는 경우가 많은데 이것은 이 유형의 효행설화들이 보여주는 특수함 때문이라 생각한다. 이 유형의 설화에서 구약형의 경우, 부모의 약을 구하는 과정에 있어서 강가, 산 속, 눈밭, 어느 특정 지역 등 여러 곳을 헤매야 하는 경우가 많아 육체적으로 강인한 남성이 여성보다는 신체적으로 유리하기 때문일 것이다. 시묘형의 경우 관념적인 효를 실천하는 효행의 방법이기에 유교 사회의 가정의 중심인물이라 할 수 있는 남성인 가장(家長)이 효행의 주체로 등장하는 게 타당하다고 본다.

그런데 효행설화에서 구약형의 경우 부모의 약을 구하는 행위, 시묘형의 경우 부모의 묘소 옆에 움막을 짓고 시묘살이를 하는 과정만을 효행이라 부르고, 약을 구하러 간 남편이나 자식을 대신하여 가정에서 병든 시부모를 모시는 아내의 행위, 3년의 시묘살이 기간 중 남편의 음식을 제공하거나 남편의 부재로 인한 가정의 경제적인 부분을 떠맡는 일, 그리고 가정에 남아 있는 가정 구성원들의 생활까지 책임지는 일은 효행의 과정이라 말할 수 없는지 의심하지 않을 수 없다. 남성이 부모 약을 구하고, 시묘살이를 하는 효행이 눈에 보이는 효행이라면 아내나 어머니의 이러한 행위들은 보이지 않는 효행이라 부를 수 있겠다.

「백수공인이씨묘지명(伯嫂恭人李氏墓誌銘)」[85]은 연암(燕巖) 박지원(朴趾源)이 큰 형수가 사망한 후 지은 묘지명(墓誌銘)이다. '묘지명(墓誌銘)'은 '죽은 이의 덕(德)과 공로(功勞)를 글로 새기어 후세에 영원히 전한다는 뜻을 지닌 글'이다. 백수공인이씨(伯嫂恭人李氏)는 박지원의 일곱 살 위인 형 박희원(朴喜源)의 부인이다.

여기에는 가난한 선비 부인의 노동을 이야기하고 있다. 연암의 묘지명에 의하면, 조부가 세상에 알려진 관리였지만 재산을 늘리지 않아서 뼈에 사무칠 정도로 가난했다고 한다. 조부가 세상을 떠났을 때는 집에 열 냥의 재산도 없었다고 한다.

공인 이씨는 이 집안의 며느리로 들어가 살림을 맡았는데 해마다 상(喪)

---

85) 朴趾源, 『燕巖集』 卷二, 煙湘閣選本 ○ 墓誌銘, 「伯嫂恭人李氏墓誌銘」

을 치르면서 열 식구를 먹여 살렸다. 제사를 모시고 손님을 맞이하며 20년
간 없는 살림을 꾸리느라 골수(骨髓)를 뽑아내는 것 같은 고생을 했다. 아마
도 부릴 수 있는 종도 많지 않아서 직접 노동을 감당하는 경우가 많았다고
한다.[86)]

　　공인의 휘(諱)는 아무이니 완산(完山 전주(全州)) 이동필(李東祕)의 따
님이요, 왕자 덕양군(德陽君)의 후손이다. 16세에 반남(潘南) 박희원(朴
喜源)에게 출가하여 아들 셋을 낳았으나 다 제대로 기르지 못했다.
　　공인은 평소 여위고 약하여 몸에 온갖 병이 떠날 새가 없었다. 희원
의 조부는 당세에 이름난 고관으로서 선왕 때에 매양 한(漢) 나라 탁무
(卓茂)의 고사를 들어 벼슬을 올려 주었다. 그러나 그분은 관직에 있을
때에 조그만큼도 재산을 늘려서 자손에게 물려주지 않았으므로 청빈(淸
貧)이 뼛속까지 스몄으며, 별세하던 날에 집안에는 단 열 냥의 재산도
남겨 둔 것이 없었다. 게다가 해마다 거듭 상(喪)을 당했다.
　　공인은 힘을 다하여 그 열 식구를 먹여 살렸으며, 제사 받들고 손님
접대하는 데에 있어서도 명문 대가의 체면이 손실되는 것을 부끄러이
여겨 미리 준비하고 변통하기 거의 20년 동안에, 애가 타고 뼛골이 빠
졌으며 근소한 식량마저 바닥이 나게 되니, 마음이 위축되고 기가 꺾이
어 마음먹은 뜻을 한 번도 펴 본 적이 없었다. 매양 늦가을에 나뭇잎이
지고 날이 차지면 마음이 더욱 허전하고 좌절됨으로써 병이 더욱 더치
어, 몇 해 동안을 끌더니 마침내 지금 임금 2년 무술년(1778) 7월 25일
에 돌아갔다.

　　恭人諱某. 完山李東祕之女. 王子德陽君之後也. 十六. 歸潘南朴喜源. 生三
男. 皆不育. 恭人素羸弱身. 嬰百疾. 喜源大父. 爲世名卿. 先王時每擧漢卓武故
事. 以增秩. 其居官. 不長尺寸爲子孫遺業. 淸寒入骨. 捐舘之日. 家乏無十金之
産. 歲且荐喪. 恭人力能存活其十口. 奉祭接賓. 恥失大家規度. 綢繆補苴. 且廿
載嘔腸攉髓. 瓶罍垂倒. 屈抑挫銷. 無所展施. 每値高秋木落天寒. 意益廓然貫

86) 김경미, 「조선후기 여성의 노동과 경제활동: 18~19세기 양반여성을 중심으로」,『한
국여성학』 28-4, 한국여성학회, 2012, 99쪽.

沮. 疾益發. 綿延數歲. 竟以上之二年戊戌七月廿五日歿.

남성 중심의 효행의 과정이나 방법을 보면 비교적 짧은 기간의 관념적인 효행의 방식이 많다. 구약형(救藥型)이나 시묘형(侍墓型), 상신형(傷身型) 등의 경우가 그러한 예인데 부모가 병이 난 어느 특정한 시기이거나 부모가 죽은 후의 3년인데 비해, 여성의 경우는 주로 봉양(奉養)과 관련된 효행을 볼 때 효행의 시기는 평생에 해당한다. 남성의 효행이 일시적이고 관념적인 효행이라 본다면 여성의 효행은 계속적이고 행동적인 효행이라 할 것이다.

또한 매아득보형(埋兒得寶型) 효행설화나 살아치병형(殺兒治病型) 효행설화의 경우에 있어서도 여성이 효행의 주도적인 역할을 했었던 것을 알 수 있다. 이 유형의 설화에서 자식의 희생이라는 효행의 방법을 결정하는 데는 비록 부부의 합의의 과정이 있었지만, 실제적으로 자식을 땅에 묻는 일이나 자식을 솥에 넣어 삶아 죽이는 행동은 여성이 담당해 왔다. 비록 설화의 내용에 있어 자식을 희생시키는 데 눈 하나 깜짝 않고 그 일을 감당하는 비정한 모습으로 그려져 있지만 그 이면에는 자식을 죽여야만 하는 어머니의 비장함과 슬픔을 인내하는 여인의 강인함이 숨어 있다. 자식을 땅에 묻는 행위는 자식은 죽으면 가슴에 묻는 행위이며, 자식을 솥에 넣고 아궁이에 장작불을 지피는 행위는 강하지만 여린 어머니의 삶이며 모습이다. 기자형(棄子型), 개심형(改心型), 수절형(守節型) 효행설화의 경우에서도 부모가 직면한 위기에서 자식을 버리는 행위를 했던 인물이 여성이었고, 남편의 불효나 시부모 사이의 갈등으로 인한 가정의 위기를 지혜와 열정으로 극복한 인물이 여성이었다. 여성으로서의 새로운 출발의 기회까지도 포기하고 평생을 부모에게 봉양하는 일에 전념했던 인물 또한 여성이었음을 알 수 있다. 이렇게 호남지역 효행설화에는 효행의 모든 과정에서 주도적인 역할을 했던 인물이 남성이 아닌 바로 여성이 많았음을 알 수 있다.

6. 극한상황의 설정

효행설화는 효의식의 권장을 위해 때로는 극한상황이 설정되기도 한다. 효행설화의 발단부분을 살펴보면 이러한 극단적인 상황이 설정되었다는 것을 알 수 있다. 효행의 과정에 나타난 고난의 문제를 극대화하기 위해 설화의 전승자는 가난이라는 1차적인 고난을 설정하고, 거기에 또 다른 고난의 상황을 연출한다. 가난이라는 1차적인 고난의 상황에서 부모를 굶기게 한다거나 부모가 심각한 불치병에 걸려 그 병의 치료약으로 자식을 죽여야 한다거나, 자식이 갑작스럽게 죽게 되었는데 그 죽음이 가족에 의한 어처구니없는 죽음이었다든가, 그리고 불의의 사고로 부모와 가족 모두에게 위급이 닥쳐오는 일련의 고난의 상황들도 그러한 예이다. 이러한 고난이 연속적으로 발생하는 것은 효행설화의 전승자들의 의도적인 설정이라 하겠다.

사람이 살아가면서 필요한 것이 물질이다. 이 물질의 과부족(過不足)은 여러 가지 문제를 야기하는데, 특히 물질의 부족은 심각한 고난과 또 다른 문제를 불러일으킨다. 이미 여러 효행설화의 예를 통해 살펴본 것처럼 고난의 상황이 심각하면 심각할수록 결말에서 얻게 되는 만족감과 성취감은 대단하다 하겠다. 효성을 다하기 위해 지극한 노력과 정성을 다하면, 하늘도 감동하고 인간이 아닌 동물들도 감동하고 인간을 돕는다. 불가능한 일도 가능하게 된다는 이러한 사고가 그 바탕에 깔려 있다.

이러한 사고의 보급과 가치를 극대화하기 위해서는 당연히 복합적이고 복잡한 고난의 설정들이 필요할 것이다. 효행과 결부된 복합적이고 복잡한 고난의 층위를 불굴의 의지로 집안의 문제를 해결해 내는 효자의 모습을 통해 전승자는 자신들이 바라고 원하는 삶의 방식을 제시할 것이다. 현실에서도 이와 비슷한 상황이나 과정에서도 포기하지 않고 극복해 나가는 민중들의 모습을 설화를 통해 드러내고자 했다. 현실의 상황이 효행설화의 상황처럼 심각하지는 않겠지만 더 큰 고난과 위기를 이겨내면 주인공들이 받게 되는 엄청난 보상과 결과물을 보고 설화를 읽음으로서 대리만족을 느끼게 될 것이다. 우리에게 극복의지를 심어주고, 현실을 극복해낼 수 있다는 자신감 또한 느끼게 해 주는 점에서 설화의 가치는 실로 대단하다고 하겠다. 설화는 인류의 지혜와 정감이 농축된 형식과 내용을 가지고 오랜 세월 동안 지속성과 변화를 수반하면서 전승된 사회적 가치를 가지고 있다. 그래서 우리가 설화를 읽고, 설화를 후세에 전승하는 것이 아닐까 생각한다.

이렇게 효행설화에서는 극단적인 상황의 설정을 통해 숭고한 효의식의 권장을 위한 수단으로 삼아왔다. 이러한 효의식의 권장과 더불어 민중들의 현실극복의 의지와 자신감, 그리고 삶의 고달픔에서 오는 상처까지도 치유하고 위로해 주는 일까지 담당하고 있다.

제4장

호남지역 효행설화의 전승의식

설화는 오랜 세월에 걸쳐 전승되어 온 구비문학의 대표적 갈래이다. 설화는 일정한 구조를 가진 꾸며낸 이야기이지만 설화 속에는 그 시대 민중들의 소망이나 염원, 가치관과 세계관, 또는 삶의 방식을 통해서 얻게 되는 교훈이나 고난과 역경을 이겨내는 슬기와 용기 등이 전승집단의 의식과 함께 문학적으로 형상화되어 있다.

효행설화에서도 설화를 이야기하며 즐겼던 전승집단의 의식을 찾아 볼수 있을 것이다. 이 장에서는 효행설화의 주인공들이 고난을 극복하고 행한 효행과정을 통해서 추출해 낼 수 있는 전승집단의 의식에 대해서 고찰해 보고자 한다.

1. 부모 중심적 사고

부모 중심적 사고는 모든 효행설화의 기반을 이루는 전승집단의 의식이다. 특히 치병(治病)과 봉양(奉養)과 관련된 효행설화에서 두드러지게 나타나고 있다. 효행의 주체가 보여주는 극단적 희생의 모습은 부모를 소중히 여기는 부모 중심적 사고에서 이루어지는 행위이다. 효자가 부모의 병을 치료하기 위해 자신의 신체의 일부를 드린다거나 자식을 부모의 치료약으로 희생시킨다거나 부모의 봉양을 위해 자식을 땅에 묻는다거나 호식당할 위험에 처한 시아버지를 대신하여 자식을 버리는 효부의 행위는 모두 '자식보다는 부모가 먼저'라는 사고에서 우러나오는 것이다.

자신이나 자식의 희생을 통해 이루어지는 이러한 효행은 생명을 경시하고 윤리의식도 저버리는 인간포기의 행동이 아니라 효를 인륜의 대본이며 소중한 삶의 가치로 생각한 전통사회의 사상 체계라 하겠다. 특히 자식을 묻거나 삶아 죽이는 자식희생은 부모의 사후(死後)에 이루어지는 효행보다 생전의 효를 더 강조하는 효의식에서 나온 효행이라 하겠다. 즉 부모가 돌아가시면 효는 끝나는 상황이 되므로 효행의 주체인 부부는 부모의 생명을 최대한 지속시키기 위해 자식을 기꺼이 희생한다.

수많은 효행설화를 살펴보면 병든 부모를 위해 자식을 희생시키는 과정에서 "부모는 한번 돌아가시면 영원히 그만이고 못 볼 존재이만 자식은 또 낳으면 자식이다"며 자식의 희생을 정당화하고 있는 부모의 모습을 심심찮게 찾아 볼 수 있다. 이러한 사고 속에는 자기의 자식을 분화된 다른 개체로 인정하지 않으려는 미분적 사고에서 나오는 행위라고 볼 수 있다.

이러한 부모 중심적 사고가 드러나는 효행은 친자식이 아닌 양자(養子)나 조카 내외의 행동에서도 심심찮게 나타난다. 혈연관계가 전혀 없는 오직 도덕적·윤리적·사회적 인간관계에 의해 맺어진 양자(養子)나 혈연관계가 조금 먼 조카의 자식을 양부(養父)나 삼촌 등이 죽였을 때 도 부모 중심적 사고가 드러난다. 자식을 잃은 슬픔을 뒤로 한 채 오히려 양부모의 실수를 묵인형(黙認型)하는 효행설화들은 부모 중심적 사고가 드러나는 예이다.

이렇게 부모 중심적 사고에 바탕을 둔 효행설화에서는 부모에 대한 효행위를 자신이나 자식을 희생시키는 것보다 더 중요하다고 보고 있다. 효의 성취를 위하여 자신이나 자식을 희생한 대가 뒤에는 보상이나 효행이적이 나타나 효를 수행함에서 따르는 인간적인 고난과 아픔을 조금이나 위로받게 되는 것이다. 극단적인 효행에 대한 기적적인 결과와 보상이 부여될 때 효행설화는 그만큼 전승력도 얻게 되고 그만큼 효 의식도 확대될 것이다. 만약 이러한 조그마한 보상도 없다면 누가 희생을 감수하겠으며 효행을 계속해 나가지도 않을 것이다.

급류에 휩쓸려 남편과 부모가 죽게 되는 효행설화에서도 부모 중심적 사고에 바탕을 둔 효행이 나타난다. 남편과 부모가 모두 죽게 되는 고난과 위기의 상황에서 남편에 대한 열(烈)보다는 부모에 대한 효(孝)의 행위를 높게여겨 남편의 희생을 택한 며느리의 행동도 이와 같은 사고에서 나온 것이다. 남편과 일찍 사별(死別)하고 슬하에 자식도 없는 며느리가 시부모의 봉양을 위해 개가(改嫁)하지 않고 평생 수절(守節)하는 수절형(守節型) 효행설화에서도 역시 부모 중심적 사고가 나타나 있다. 며느리는 남편이 죽은 후 개가를 할 수도 있었으나 자신의 새로운 출발보다는 시부모가 걱정되어 평생동안 시부모를 극진히 모시고 봉양하는 일에 전념한다.

이와 같이 부모의 치병(治病)을 위해 자신의 신체 일부를 도려내거나, 자식을 삶아 부모의 약으로 드리거나 봉양을 위해 자식을 땅에 묻는다거나 호식이나 급류 등으로 죽음을 당할 처지에 있는 부모를 먼저 구하고 자식이나 남편은 희생시키는 행동은 모두 부모 중심적 사고에서 우러나온 것이다. 자신의 몸이나 자식의 몸은 소중한 생명체이다. 그런데 자신보다도 자식보다도 더 소중한 것을 부모의 생명이라 보고 자신이나 남편을 과감하게 희생시키는 것은 부모를 자신이나 자식, 그리고 남편보다도 더 소중히 여기는 전승집단의 의식이라 하겠다.

2. 현실 극복의 의지

인간은 누구나 행복해지기를 갈망한다. 구체적인 행복의 기준은 각 개인이 처한 상황이나 이념에 따라 다를 수 있겠으나 사람이 살아가면서 필요로 하거나 소유하고 싶어 하는 것을 가지는 것을 말한다. 이러한 행복의 기준으로 건강, 부귀, 자식, 배우자, 명예라고 한다면 이러한 조건을 모두 다 갖추고 있으면 나는 행복한 것이고, 갖추지 못하고 있거나 부족하다고 생각한다면 행복하지 않다고 생각할 것이다. 그러나 현실의 세계는 그러한 행복의 조건들을 모두 충족시킬 수 없는 상황이 대부분이다. 오히려 이러한 행복의 조건들은 인간이 살아가면서 겪게 되는 뜻밖의 재난이나 사고, 질병 등으로 깨져 버릴 수 있으며, 이러한 현실들로 인해 앞으로 다가올 미래에 대한 기대마저도 두려움으로 느껴질 때가 있다.

인간의 행복을 결정하는 데 가장 보편적이고 일반적인 조건을 부(富), 귀(貴), 자손, 건강으로 본다면 호남지역 효행설화에는 이러한 인간의 행복의 조건을 갈망하고 염원하는 민중들의 의지가 그대로 반영되어 있다고 하겠다.

효행설화의 주인공들은 효행이 이루어지는 현실이 효를 행하기에 어려운 고난의 상황이지만 부모를 섬기고자 하는 마음만 있다면 이러한 문제는 극복할 수 있는 단순한 일이라 믿었다. 지극한 정성과 굳은 의지의 힘으로 어떠한 희생도 받아들이며 효를 다한 그들만의 효행의 방식은 상식과 윤리를 뛰어넘은 행동이었다. 비록 비상식적이며 무모한 효행의 방식이라 생각할 수 있지만 설화의 주인공이 바라보는 현실 인식 태도는 극한 현실이 도저히 바꿀 수 없는 '나의 숙명'이라 믿는 순응적 태도가 아니었다. 내가 노력만 하면 얼마든지 바꾸고 개척할 수 있다고 믿는 반운명적 현실 인식의 태도를 주인공들은 가지고 있었다. 주어진 운명에 순응하며 현실에 안주하기 보다는 현실의 극한 고통과 비애가 있더라도 극복의지만 있다면 그것을 바꾸고 벗어날 수 있다고 믿었다. 소극적이고 운명에 순응하는 인간보다는 적극적이고 자기주도적이며 개척적인 인간의 모습이야 말로 전승집단의 구미에 딱 맞는 인물이라 하겠다.

그래서 설화의 전승자들은 주어진 운명에 순응하는 정지되고 정체된 인물형보다 주어진 운명도 이겨낼 수 있는 강인한 인물형을 만들어 냈고, 설화의 향유 집단 또한 미래 지향적이고 도전적인 설화의 주인공을 통해 현실의 위안을 삼았다고 하겠다.

3. 시가 본위(媤家本位)의 사고

전통사회의 여성은 결혼이라는 제도를 통해 시가(媤家) 본위의 사고방식에 지배받았다. 결혼은 남자와 여자의 결합으로 각기 남편과 아내라는 새로운 지위를 형성하고 그에 따른 적절한 역할과 의무를 부여 받게 된다.[1] 여성은 결혼으로 인해 친정집으로부터 '출가외인(出嫁外人)'으로 규정되고 남편의 가문(家門)에 들어가 아내의 역할과 함께 시부모를 봉양하며 시가(媤家)의 대(代)를 이을 의무도 부여받게 된다. 이런 의무들 중에서 가장 으뜸의 항목이 정절(貞節)인데, 유교적 전통사회에서 여성의 정절은 자신의 목숨이나 생명보다 더 소중한 것으로 남성에 대한 신의(信義)보다는 남편의 가문을 위해 자신의 삶을 희생시키는 정절을 요구하였다.

이러한 시가 본위(媤家本位)의 사고(思考)가 두드러지게 나타나는 설화는

---

1) 배성진, 「열녀설화연구」, 한국교원대 대학원 석사논문, 1993. 38~39쪽.

수절형 효행설화를 들 수 있다. 수절형 설화는 남편이 죽은 후 개가하지 않은 며느리가 시부모를 봉양하며 자식을 훌륭하게 키워 가문을 지켜나간다는 내용의 설화이다. 며느리는 친정 부모의 개가 권유를 거듭 강요받으나 그 권유를 물리치고 시가로 돌아와 평생 동안 시부모를 모신다.

설화의 내용 중에 과부의 원조자로 호랑이가 등장하는데 이때의 호랑이는 부인의 열 행위를 강조시키는 매개체이다. 강력한 힘을 가진 호랑이를 내세워 시가 위주의 생활을 강요받게 하고, 여성의 정절과 유교적 가치 질서를 유지하고자 하는 의도가 숨어 있다. 전통사회에서 여성은 한 남편의 아내로서 결혼과 함께 시부모를 잘 모시고 가문을 지키는 온갖 노력을 다하여야 했다. 여성을 '시가(媤家)'라는 공간에 묶어 두어 가부장제하의 순결이나 정절과 같은 관념의 틀에서 살게 하는 시가 본위의 사고가 두드러지게 나타나 있다.

가난한 시가에 시집온 며느리가 친정집의 명당터를 지혜로 빼앗아 부모의 명당터로 삼는다는 내용의 설화에서도 시가본위의 사고에 의한 효행을 보여준다. 가난한 집의 며느리는 시아버지나 시어머니의 묘터를 구하기 위해 부유한 친정집의 명당터를 빼앗기 위해 묘에 물을 붓는다거나 분뇨를 붓는다거나 송장의 허벅다리를 떼어 묘에 넣는다.

4. 가족공동체 의식

효행설화는 가정을 배경으로 부모에 대한 자식의 효행을 그 내용으로 하고 있다. 설화에 등장하는 인물은 나를 중심으로 한 배우자와 부모 그리고 자식이다. 효행의 대상에 있어서도 아버지, 어머니, 조부모, 계모, 양부모, 당숙, 증조부모 등 전통사회의 가족 구성원의 범위에 해당하는 인물로 주로 나를 포함한 직계존속이었음을 알 수 있다. 또한 계모나 양부모 또한 내 부모라는 인식에서 효행의 대상으로 포함하였고, 더 나아가 친구나 이웃의 부모 또한 넓은 의미의 가족의 범위로 포함하여 내 부모처럼 극진히 섬기며, 이웃과 사회를 통합하는 가족중심의 정신이며 사상이라 하겠다.

호남지역 효행설화 중에 부모의 병에 쓰일 약을 구하기 위해 효자가 호랑이로 둔갑한다는 내용의 설화가 있다. 효행의 주체인 아들은 병든 어머니의 약을 구하려고 둔갑법까지 배워서 호랑이로 변신하지만 효행은 실패하고 만다. 효행의 주체로 인정받지 못하고 효행의 과정에도 동참하지 못한 소외된 아내로 인해 부모의 치료약도 구하지 못하고 어머니와 아내 그리고 자신까지도 죽게 되는 비극적인 결말을 맞게 된다. 이 유형의 설화를 통해 부모에 대한 효행이 어느 한 사람만의 일이 아니며, 일방적인 개인의 노력으로 효는 이루어지는 것이 아니라는 걸 알 수 있다. 효와 효행은 가족 구성원 모두의 문제이며 관심사이다. 효는 효자 한 사람이 행하는 일이 아니라 가족 구성원 모두의 일이며, 공동의 노력이 필요한 가족중심의 효행임을 말하는 것이다. 가정을 중심으로 일어나는 효행의 상황이나 과정은 어느 한 사람만의 일이 아니다. 한 집안의 가장이라고 해서, 아들이라고 해서, 남성이라서 효행을 해야 하는 게 아니다. 효행은 가정 구성원 모두의 문제이다. 부모에게 효도를 해야 하는데 이 부모는 남편을 낳아준 부모이기에 아내와 관련이 없다고 생각해서 아내를 효행의 주체에서 제외해 버린다면 그 효행은 이미 실패한 효행이 되어 버린다.

혼자 고민하고 노력한다고 해서 효행의 좋은 결과가 얻어지는 것이 아니다. 효행의 실패는 소외된 아내로 인해 가족간의 불신과 오해가 빚어낸 당연한 결과이다. 한 가정에서 일어나는 효행의 행위는 남편이나 아내 어느 한 사람만의 일도 아니고 한 사람의 힘으로 해결하는 것이 아니다. 살아치병형 효행설화나 매아득보형 효행설화의 예처럼 효행의 과정에 동반하는 중요한 결정의 문제에 부부가 함께 참여하고 주체로 나서서 공동의 노력을 해야 한다. 일심동체라는 의미의 부부가 효행의 주체로 나서서 부모의 치병을 위해 공동의 노력을 해도 이루기 어려운데 어느 한쪽만의 일방적인 효행만으로 좋은 결과를 기대하는 것은 어려울 것이다. 부부의 화합과 신뢰가 없는 효행설화는 실패할 것이고, 설사 효행이 성공한다고 해서 이 효행이 진정한 의미의 효행인지도 의심받을 것이다.

효행설화 중 부모에게 불효하는 자식이나 시부모를 구박하는 며느리, 고부간의 갈등 등은 가정의 존재와 가치를 위협하는 요소들이다. 이러한 고난의 요소들은 가정 구성원 간의 신뢰를 무너뜨리고 서로를 이해하지 못하게 하여 온전한 가정을 이루지 못하게 하며 결국 가정은 붕괴를 초래한다. 가정의 평화를 위해서는 며느리나 시부모 어느 한쪽만의 일방적인 노력이나 희생을 통해서만 이루어지는 것은 아니다. 그렇다고 부모를 살찌워서 시장에 판다거나 살찌워서 죽이려는 남편의 기막힌 계략으로 이루어지는 것은 더더욱 아닐 것이다. 그것은 바로 서로가 서로의 존재를 인정하고 신뢰하는 마음에서 출발한다. 자신의 잘못을 인정하고 상대의 결점이나 부족함을 용서하고 화해하는 마음이 필요하다. 효행설화의 주인공들이 서로에게 모질게 대했던 지난날의 자신의 잘못을 스스로 인정하고 용서하고 감싸주었을 때 비로소 가정 내의 고난과 갈등은 해소된다고 하겠다.

또한 가정 내의 가사 노동에 있어서도 며느리만의 일방적인 일로 여기지 말고 시부모에게도 일정 부분의 가사 노동을 부여하여 노인의 존재 가치와 권위를 인정해 주는 가사 노동의 공동 분담이 필요하다. 가족 관계에 있어서도 남편이나 가장에 의한 수직적이고 일방적인 결정에 의해 이루어지는 것보다는 부부나 가족 구성원 모두의 수평적이고 평등한 결정권에 의해 이루어져야 하겠다.

또한 상대방의 의견을 경청함으로써 모든 가족 구성원의 의견을 수렴하고 심리적으로 지원하며 서로의 삶의 목표를 달성할 수 있도록 적극 후원해 주어야 한다. 개개인의 감정이나 의견 및 선택이 다르다는 것을 알고 이해하고 인정해 주어야 한다.

그래야 가정 내 존경심과 신뢰 및 협동 정신 확립이 되어 가족 구성원간의 미워하는 마음도 오해의 불씨도 사라질 것이다. 상대에 대한 위협적인 태도보다는 마음을 열고 진실된 마음으로 이야기하며 그 이야기를 들어주어야 한다.

상대방의 실수를 용인하고 각자의 심정과 생각과 태도에 대한 존중이 필요하다. 이러한 가족주의의 개념과 가족 공동체 의식은 전통사회에서 민중들이 바라는 염원이며 현대의 관점에서도 바람직한 가족상이라 하겠다.

5. 살신성효적(殺身成誠孝的) 사고

설화는 인류의 역사와 더불어 발생하여 오늘에까지 전승되어 오는 근원적인 인간 체험과 상상력의 산물이다. 효행설화에서 자식이 부모보다 앞서 죽는다는 것은 우리 민족의 전통적 사상에 비추어 볼 때 불효(不孝)라 하겠다. 심청전의 심청이 안맹(眼盲)한 아버지를 방치해 두고 인당수에 빠지려 가는 것은 미래를 생각하지 못한 현명하지 못한 처사로 볼 수 있겠으나 자신을 희생하면서까지 아버지의 눈을 뜨게 하고자 하는 마음이 살신성효의 마음이라 하겠다. 병든 노모를 위해 자신이 허버지 살을 베어 공양(供養)한 효자의 모습에서 찾아 볼 수 있을 것이다. 하루 한 끼마저 거르는 가난의 상황에서 노모를 위해서는 시궁창의 지렁이라도 잡아 정성으로 음식으로 만들어 드린 며느리, 병든 부모의 치료약이 친자식이라는 비상식적인 상황이지만 어버이의 약이 만들기 위해 스스로 자신의 친자식을 끓는 솥에 집어넣는 부모, 할아버지의 치료약이 자신이라는 사실을 알고도 기쁨으로 끓는 솥에 들어가려는 사춘기 손주의 모습, 늘 밥상머리에서 할아버지의 음식을 빼앗아 먹는 아들이 부모 봉양에 방해물이라고 생각하여 자신의 아들을 직접 땅에 묻으려 했던 어머니, 부친의 제사를 지내기 위해 소중한 머리카락을 팔아 제사를 모신 효녀의 행동, 시아버지의 회갑연을 차리기 위해 매신(賣身)과 단발(斷髮)을 감행했던 며느리의 행동은 모두 살신성효의 효행이라 하겠다.

제5장

결론

효행설화는 효행의 내용을 다룬 설화이다. 효행설화에서 효행이 이루어지는 상황은 심각한 결핍의 상황으로 도저히 효를 행할 수 없는 한계 상황인 경우가 많다. 효행설화의 묘체(妙諦)는 이러한 고난의 상황에서 지극한 정성으로 부모께 효를 행함으로써 상상하지 못한 일들이 일어나는 것이다.

헌신적인 효행의 결과로 얻게 되는 성취감이나 보상으로 받게 되는 물질은 민중들이 원하는 하나의 삶의 방식이다. 어버이를 섬기는 데 있어서 고난의 정도가 심각하면 심각할수록 효자의 행동은 더욱 값지고 빛을 발휘하며, 그 성취감과 행복감 또한 상대적으로 커져만 간다. 이런 사고가 반영된 설화는 전승집단에 의해 널리 전파·전승되어 효관념을 더욱 강화시키는 기능을 해왔다고 할 수 있다.

현전(現傳)하는 우리의 설화를 보면 효행에 관한 것이 많은데 이는 효와 우리 민족의 삶이 밀접한 관련이 있었음을 보여주는 예이다. 효는 원래 부모와 자식간의 원초적인 관계에서 형성된 것으로 전통사회의 절대적인 도덕률(道德律)로 자리잡기도 하였다. 전통사회는 남자인 가장을 중심으로 이루어진 남성중심의 부계사회(父系社會)로 부모에 대한 순종이나 섬김을 가장 큰 우위(優位)에 두었다. 이러한 부모에 대한 종속의식으로 자식보다는 부모의 삶을 위주로 생각하는 부정적인 측면도 있었지만 가족의 결속을 확고히 하고 사회질서 확립에 크게 기여하는 긍정적인 측면도 있다.

우리의 현실을 보면 근대화로 인한 가족제도의 개편이나 새로운 사고로 인한 의식의 변화, 그리고 물질문명과 함께 유입된 개인주의 등으로 물질적인 부유함은 얻었으나 인간을 소외시키거나 부모를 버리는 반인륜적인 사건들이 빈발하는 도덕적 위기를 맞고 있다. 이를 극복하기 위해 전통윤리의 핵심인 효행설화를 타산지석(他山之石)으로 삼아 현대적인 관점에서 고찰해 보았다.

이 글에서는 『한국구비문학대계』에 수록된 호남지역 효행설화를 통해 효행설화의 고난의 문제에 관심을 가지고 고난의 양상과 극복의지를 고찰하여 효행설화의 사회적 의미를 살펴보았다. 『한국구비문학대계』의 자료를 통해 호남지역 효행설화의 전모를 파악하는 데에는 어느 정도의 한계가 있겠으나 나름대로 다음과 같은 결론을 얻을 수 있었다.

지금까지 논의했던 것들을 요약하면 다음과 같다.

효행설화는 가정을 중심으로 효행이 이루어지는 설화이다. 효행설화를 연구하는 것은 가정이라는 공간 속에서 가족 구성원간이 벌이는 상호관계 속에서 그 의미를 찾는 과정이다. 효행의 내용이나 효행의 상황은 평범한 일상에서 쉽게 발생하고 이루어지지도 하지만 때론 고난의 상황에서 발생하고 그 고난으로 인해 발생하는 극한 상황과 그 해결 과정에서 다양한 사회적 의미와 가치를 발견할 수 있다.

효행설화는 전국에 걸쳐 779편이라는 많은 양의 효행설화가 전승되고 있으며, 특히 호남지역은 305편이라는 방대한 양의 설화가 꾸준히 전승되고 있다. 이것은 우리 민족이 예로부터 효를 중시하고 가문과 가족의식이 강하였음 보여주는 증거라 할 것이다. 또한 호남지역은 효행 설화와 관련된 실존 인물이나 그 인물과 관련된 행적이 많이 드러나는 지역이기도 하다. 구연자의 연령층에서도 60대 이상의 노년층 구연자가 많은 지역이라서 효행설화의 교훈적이고 교육적인 내용을 후세대에 전달하기에 용이(容易)한 지역이라 호남지역 효행설화를 연구하는 것은 한국 효행설화을 연구하는 연구이기도 하다.

2장에서는 호남지역 효행설화를 연구하기 위해 효행의 주체가 효행의 객체인 부모를 위해 효도하는 효행의 상황에 주목하였다. 먼저 효행의 상황에서 발생하는 '고난'에 관심을 갖고 그 고난에 따른 유형분류를 시도하였다.

효행설화의 효과적인 분석을 위해서 최래옥이 제시한 '효행설화의 핵심요소'에 V.propp의 '형태론적 분석방법론'을 원용(援用)하여 효행설화의 구조를 분석을 하였다.

호남지역 효행설화는 고난의 문제에 기인(起因)하여 효행의 상황이 발생하는데 <결여 - 고난 - 방법의 강구 - 고난의 제거 - 결여의 제거>라는 기본구조로 전개되고 있었다.

효행설화에 내재해 있는 이러한 고난의 양상은 '가난', '부모의 병', '불의의 사고', '배우자의 부재', '결혼과 성의 문제', '가족구성원간의 갈등', '제사와 시묘의 문제' 등으로 대분류 할 수 있다. 효의 실천 방법에 따라 '매아득보형', '단발형', '보신개안형', '구약형', '상신형', '살아치병형', '묵인형', '살신형', '기자형', '재혼형', '효교형', '수절형', '개심형', '기로형', '명당형', '시묘형', '제사형'으로 세분화할 수 있다.

효행설화에는 고난의 문제가 중심 화제로 이야기가 전개되고 있으며, 고난의 문제는 또 다른 고난과 갈등의 상황을 발생시키고 있고, 고난의 문제는 효행설화에서 복잡하고 다양하게 얽혀 나타나고 있었다.

효행에 나타난 효행의 주체에 있어서 남성보다는 여성이 주도적으로 효행의 주체로 나서는 경우가 많았고, 효행의 대상으로 계모나 양부모 등이 나타나는데 이것은 호남 지역민의 인성적(人性的)이며 한국인의 특성인 것으로 판단된다. 호남지역 효행설화는 자신의 친부모뿐만 아니라 양부모에게도 효행을 다하고, 친구의 부모나 이웃의 부모에게까지도 효행을 다한 것으로 드러났다. 이는 효행이라는게 나의 가정을 중심으로 가문을 중시하는 편협한 사상에서 이루어지는 것이 아니라 내 가족을 떠나 이웃과 사회, 더 나아가 국가와 우주를 통합하는 정신과 사상의 발현이었음을 알 수 있었다.

효자의 효행을 도와주는 원조자로 호랑이와 까치, 개, 구렁이 등이 등장하는데 이 동물들은 인간과 비교적 친근한 동물이고 인간과 오랫동안 관계를 맺고 살아온 동물들이었다. 효행설화의 주인공으로는 신분이나 연령, 성별에 상관없이 다양한 인간군이 등장하였다. 그리고 효의식의 가치와 권장을 위해 극한 상황이 설정되어 있음을 알 수 있었다.

이러한 고난의 유형들은 설화 속에서만 있을 법한 가공의 상황이 아니라, 우리가 살아가고 있는 현실에서 인간이 겪게 되는, 그리고 한번쯤 만나봤던 우리의 이야기였으며, 진실한 삶의 모습이며 발자취라 하겠다.

3장에서는 효행과 결부되어 있는 고난의 문제와 극복을 통해 얻게 된 효행설화의 사회적 의미로 '용서와 화해의 권장', '노인의 성문제에 대한 재인식', '치매노인에 대한 관심과 배려', '가족 중심의 효행', '효행의 주체로서의 여성', '효의식의 권장을 위한 극한 상황의 설정' 등으로 파악했다.

4장에서는 호남지역 효행설화에 나타난 전승집단 의식으로 '부모 중심

적 사고', '현실극복에 대한 강한 의지', '시가 본위의 사고', '가족공동체 의
식', '살신성효적 사고' 등으로 파악하였다.

지금까지 단편적 논의에만 머물렀던 호남지역의 효행설화에 대하여 고
난의 양상이라는 측면을 통하여 그 특수성과 의미를 밝혀 보았다. 다만 이
연구를 위해 쓰인 자료로 『한국구비문학대계』의 자료만을 가지고 연구라
서 시대적·지역적 한계라는 연구라는 비판의 말을 겸허하게 받아들인다.
이를 극복할 수 있는 전반적 연구는 앞으로의 과제로 남겨두고자 한다.

참고문헌

1. 기본자료

孝經

論語

孟子

擊蒙要訣

中庸

三國史記

三國遺事

高麗史

三綱行實圖

五倫行實圖

父母恩重經

東國輿地勝覽

大東韻府群玉

於于野談

한국정신문화연구원, 『한국구비문학대계』

임동권, 『한국의 민담』, 서문당, 1974.

유증선, 『영남의 전설』, 형설출판사, 1971.

최상주, 『한국민간전설집』, 통문관, 1958.

김정호, 『전남의 전설』, 전라남도, 1987.

전남문화유산해설사회, 『남도전설』, 전남대학교 출판부, 2005.

의재 최운식 박사 화갑기념논총 전설과 지역 문화 간행위원회 [편], 전설과 지역
        문화』, 민속원, 2002.

2. 단행본

김승찬, 『民俗學散藁』, 제일문화사, 1980.

김열규 외, 민담학개론, 일조각, 1982.

김열규, 『한국민속과 문학연구』, 일조각, 1982.

김현룡, 『한국문헌설화』, 건국대출판부, 1999.

김호근·윤열수, 『한국 호랑이』, 열화당, 1986.

손도심, 『호랑이』, 서울신문사, 1974.

유증선, 「설화에 나타난 효행사상」, 『장암 지헌영선생 화갑기념논총』, 호서문화사, 1971.

이가원, 『조선호랑이 이야기』, 학민사, 1993.

이돈희, 『경로효친의 교육』, 서울시교육위원회, 1985.

이수봉, 「百濟文化圈域의 孝烈說話研究」, 百濟文化開發研究院, 1987.

이영덕, 『효사상과 미래사회』, 한국정신문화연구원, 1995.

이월영 역, 『청구야담』, 한국문화사, 1995.

이을호, 『충효사상』, 단국대학교출판부, 1977.

이창식, 『호랑이띠』, 국학자료원, 1998.

장기근, 『도덕 윤리 효도의 원리와 실천』, 主流: 一念, 1996, 94쪽.

장덕순, 『한국설화문학연구』, 서울대출판부, 1970.

정상진, 「구비 <노인재혼담>에 투영된 효의식」, 한국민족문화, 2003.

정주동, 『고대소설론』, 형설출판사, 1970.

천병식, 『효행문학연구』, 태학사, 1999.

최성규, 『효학개론』, 도서출판 성산서원, 2001.

최래옥, 『한국구비전설의 연구』, 일조각, 1981.

최운식, 『심청전연구』, 집문당, 1982.

_____, 『한국설화연구』, 집문당, 1991.

한상수, 『한국호랑이설화집』, 문지사, 1987.

V.Propp, 유영대 역, 『민담형태론』, 새문사, 2000.

3. 일반논문

간호옥, 「한국 說話文學에 나타난 老人에 대한 孝思想연구」, 『인문학과학 논집』 9, 강남대학교 인문과학연구소, 2000, 247~270쪽.

강덕희, 「한국구전효행설화의 연구: 부모득병의 치료효행담을 중심으로」, 『국어국 문학』 21, 국문학회, 1983, 367~388쪽.

강진옥, 「삼국유사 <효선편>설화 연구(Ⅰ)-손순매아의 의미」, 『국어국문학』 93, 국어국문학회, 1985, 139~162쪽.

_____, 「효자호랑이 설화에 나타나는 효 관념」, 『민속연구』 1, 안동대 민속학연구 소, 1991, 81~101쪽.

김경미, 「조선후기 여성의 노동과 경제활동:18~19세기 양반여성을 중심으로」, 『한 국여성학』 28-4, 한국여성학회, 2012, 85~117쪽.

김낙효, 「희생효 설화와 그 소설화 과정-<청화담>을 중심으로」, 『비교민속학』 17, 비교민속학회, 1999, 455~471쪽.

_____, 「희생효 설화의 전승양상」, 한국어교육, 1994.

김동춘, 「유교와 한국의 가족주의」, 『경제와 사회』 55, 한국산업사회학회, 2002, 93~118쪽.

김대숙, 「구비효행설화의 거시적 조망」, 『口碑文學硏究』 3, 한국구비문학회, 1996, 177~201쪽.

김덕균, 「실록에 나타난 단종시대 효행장려정책의 특징과 강원도 영월지역 효충문 화 연구」, 『효학연구』 21, 한국효학회, 2015, 1~33쪽.

김명희, 「설화 속에 나타난 호랑이와 여성」, 『강남어문』 9, 강남대 국어국문과, 1996, 5~35쪽.

김선풍, 「영동 지방의 효열설화문학고」, 『우리문학연구』 3, 우리문학연구회, 1982, 3~36쪽.

김수연, 「효자호랑이 설화에 나타난 효와 여성의 의미」, 『한국고전문학』 4, 한국 고전연구학회, 1998, 323~341쪽.

김숙자, 「유교 전통사회의 어머니 역할과 아동 양육」, 『교육학연구』 34, 1996, 372~379쪽.

나경수, 「광주 · 전남의 전설을 통해 본 남도인의 인성과 지향」, 『建築士』 5, 대한 건축사협회, 1999, 64~67쪽.

라인정, 「구비설화에 나타난 호랑이의 성격 고찰」, 『어문연구』18, 어문연구학회, 1998, 373~396쪽.

박영주, 「효행설화의 고난 해결방식과 그 의미 - 가난의 문제를 중심으로」, 『도남학보』16, 도남학회, 1997, 149~169쪽.

박철호, 「효 윤리체계에 의한 효도법 제정 고찰」, 『효학연구』4-4, 한국효학회, 2007, 69~83쪽.

서태수, 「자녀희생효설화를 통해 본 효행주체의 의식」, 『청람어문교육』5-1, 청람어문학회, 1991, 240~271쪽.

신호림, 「희생대체의 원리와 <동자삼>의 제의적 성격」, 『우리문학연구』43, 우리문학회, 2014, 159~190쪽.

_____, 「희생제의 전통의 와해와 기괴한 효행담의 탄생: <죽은 아들을 묻은 효부>를 중심으로」, 『고전과해석』21, 고전문학한문학연구학회, 2016, 241~269쪽.

심우장, 「효행설화와 희생제의의 전통」, 『실천민속학연구』10, 실천민속학회, 2007, 175~203쪽.

이동철, 「호랑이가 등장하는 효행설화의 교육적 효과」, 『한민족문화연구』21, 한민족문화학회, 2007, 251~285쪽.

오종근, 「韓國口傳 孝行說話의 硏究: 父母得病의 治療孝行譚을 中心으로」, 『국어국문학연구』12, 원광대학교 출판국, 1987, 207~225쪽.

이강엽, 「효행담의 새로운 이해와 교육」, 『한국초등국어교육』59, 한국초등국어교육학회, 2015, 325~352쪽.

이상일, 「효행윤리의 변이 연구: 설화의 역사화과정을 중심으로」, 『人文科學』3-1, 성균관대학교 인문과학연구소, 1973, 209~227쪽.

이수봉, 「호남 지방 열설화 연구」, 『장태진박사 회갑기념 국어국문학논총』, 삼영사, 1987.

이수사, 「고려장실화의 형성과 의미」, 『국어국문학』98, 국어국문학회, 1987, 131~162쪽.

이원영, 「<孝不孝橋> 설화의 변이양상과 원형적 의미」, 『온지논총』25, 온지학회, 2010, 73~103쪽.

이인경, 「'孝不孝說話' 연구-문헌과 구비자료의 비교를 중심으로-」, 『고전문학연구』 18, 한국고전문학회, 2000, 178~182쪽.

이정재, 「희생제의 설화의 원형성 연구: 인신공희 설화중심」, 『구비문학연구』 28, 한국구비문학회, 2009, 133~156쪽.

장병호, 「한국 호랑이 설화의 유형적 성격」, 『동화와 번역』 5, 건국대 동화와 번역연구소, 2003, 183~218쪽.

정운채, 「구비설화에 나타난 자녀서사의 어머니」, 『문학치료연구』 6, 한국문학치료학회, 2007, 231~252쪽.

_____, 「자기서사진단검사도구의 문항설정을 위한 예비적 검토」, 『겨레어문학』 41, 겨레어문학회, 2008, 361~397쪽.

조은상, 「<효 불효 다리>의 반응을 통해 본 우울성향 자기서사의 양상」, 『문학교육학』 30, 한국문학교육학회, 2009, 423~463쪽.

최래옥, 「韓國孝行 說話의 性格 研究: 孝子호랑이 說話를 中心으로」, 『한국민속학』 10-1, 한국민속학회, 1977, 111~186쪽.

하수경, 「한국 호랑이 그림에 대한 일고찰」, 『비교민속학』 26, 비교민속학회, 2004, 611~643쪽.

허 춘, 「설화와 고소설의 호」, 『연세어문학』 18, 연세대 국어국문학과, 1985, 227~245쪽.

허원기, 「한국 호랑이 이야기의 현황과 유형」, 『동화와 번역』 5, 건국대 동화와 번역연구소, 2003, 85~104쪽.

4. 학위논문

권석환, 「효행설화연구: 희생효설화를 중심으로」, 계명대 대학원 석사논문, 1996.

김동기, 「한국 효행설화 연구」, 단국대 대학원 석사논문, 1976.

김미성, 「韓國 古典小說에 나타난 孝思想 研究: 沈淸傳·狄成義傳·陳大方傳을 中心으로」, 수원대학교 교육대학원 석사논문, 2002.

김성봉, 「경북지방 효행설화의 연구」, 영남대 교육대학원 석사논문, 1997.

김영복, 「충남지방의 효행설화 연구」, 충남대 교육대학원 석사논문, 1985.

김영희, 「자식희생형 효부설화의 연구」, 한국교원대 대학원 석사논문, 1995.

김용주, 「양자 효행설화 연구」, 한국교원대 대학원 석사논문, 2003.

류성민, 「희생제의와 폭력의 종교윤리적 의미에 대한 연구: 성서종교 전통을 중심으로」, 서울대학교 종교학과 박사논문, 1991.

박정기, 「보편가능성의 효 윤리체계에 의한 <효경>의 내용 분석」, 성산효도대학원 대학교 석사논문, 2002.

박철영, 「영동 지방 효열전설의 연구」, 경희대 교육대학원 석사논문, 1984.

배성진, 「열녀설화연구」, 한국교원대 대학원 석사논문, 1993. 38~39쪽.

소은정, 「효행설화의 유형과 의미: 영남지역 설화를 대상으로」, 경남대 교육대학원 석사논문, 2005.

신웅철, 「한국 설화에 나타난 효의 세계」, 고려대 교육대학원 석사논문, 1979.

윤승원, 「효자득약설화 연구」, 한국교원대 대학원 석사논문, 2000.

이명선, 「구비효행설화의 효 윤리분석」, 성산효도대학원 대학교 석사논문, 2004.

이지향, 「전북지역의 효행설화연구」, 우석대 대학원 석사논문, 2005.

이호주, 「호랑이 설화에 나타난 한국인의 의식고찰」, 고려대 대학원 석사논문, 1982.

장양섭, 「沈淸傳考: 그 說話의 側面에서」, 인하대 대학원 석사논문, 1979.

정인모, 「경남지방효행설화연구」, 경북대 대학원 석사논문, 1993.

조성민, 「한국 효행설화연구; 전북지역 효행설화를 중심으로」, 원광대 대학원 석사논문, 1993.

한 구, 「고려장 설화 연구」, 한국교원대 대학원 석사논문, 1998.

한미옥, 「길들이기 형 효행담 연구」, 전남대 대학원 석사논문, 1995.

한철희, 「효경의 생명론적 연구」, 성균관대학교 유학대학원 석사논문, 1997.

허원봉, 「한국 설화에 나타난 유교사상 연구」, 고려대 교육대학원 석사논문, 1975.

이병일李炳一

    1971년 광주 출신으로 조선대학교 국어국문학과를 졸업하고 동 대학에서 석·박사학위를 취득했다. 조선대학교 국어국문학과(2003-2010), 동신대학교 교양학부(2008-2010)에서 <삶과 글>, <발표와 토론>, <읽기와 쓰기>, <보고서 작성 및 발표>, <사고와 표현 1, 2>, <한국의 전통문화>, <사회언어학> 등을 강의하였다. 2010년부터 중국 천진사범대학교 한국어학과 외국인 교수로 재직 중이다. 저서로는 『예체능계열 글쓰기』, 『한국어 열독(상, 하)』, 『신편 고급 한국어(상, 하)』, 『신편 한국어 쓰기』, 『초급 한국어 읽기와 쓰기(1, 2)』 등이 있다.

효행설화 연구
호남지역 효행설화를 중심으로

초판 1쇄 인쇄 2023년 5월 25일
초판 1쇄 발행 2023년 6월 12일

지 은 이 이병일
펴 낸 이 이대현
펴 낸 곳 도서출판 역락

책임편집 임애정
편　　집 이태곤 권분옥 강윤경
디 자 인 안혜진 최선주 이경진
마 케 팅 박태훈

펴 낸 곳 도서출판 역락 / 서울시 서초구 동광로46길 6-6 문창빌딩 2층(우 06589)
전　　화 02-3409-2058 FAX 02-3409-2059
이 메 일 youkrack@hanmail.net
홈페이지 www.youkrackbooks.com
등　　록 1999년 4월 19일 제303-2002-000014호

字數 179,325字

I S B N 979-11-6742-547-8 93810